蒸汽歌剧

[日]芦边拓　著

邢利颉　译

台海出版社

◇
千本樱文库
◇

　　文库，原本是指收纳书物的仓库和书库，也指收纳书与记事簿，以及不常用物品的小箱子。以前者为例，京浜急行线的"金泽文库站"就是以前镰仓时代北条氏用来收藏汉书用的，"金泽文库"名字的由来便是如此。东京都的世田谷区也存在着收集着珍贵汉书的"静嘉堂文库"。后者则更多地被称为"手文库"。

　　江户时代以来，可以放入袖袂的小开本书籍逐渐流行起来，被称为"袖珍本"。明治36年（1903年），富山房发行了小开本的丛书，起名"袖珍名著文库"。随后，明治44年（1911年），讲述战国时代的猿飞佐助和雾隐才藏系列故事的讲谈社"立川文库"发行出版。讲谈是日本民间艺术，以口语化的方式讲述历史故事的形式。而"立川文库"则是将讲谈收录成册集中出版的丛书，据统计，当时刊行量为200册左右。从那时起，文库就脱离了原本的释意，逐渐演变成了现在的类书集丛。

　　文库说法借鉴了日本出版业界的传统说法。而千本樱源自日本奈良县吉野山樱花盛开的奇景，世人皆称"一目千本樱"来形容樱花美景。千本樱文库的纳入作品皆为日系作品，题材包括推理、悬疑、幻想、青春、文化等类型，正如千本樱满山盛开的绝景。

现代日本，以"文库"命名刊行的丛书系列有 200 种以上，所谓"文库本"只不过是统称而已。日本传统的"文库本"常用的是 A6 尺寸的 148mm×105mm，也叫"A6 判"。千本樱文库的所有书籍将在"文库本"的基础上提升，达到 148mm×210mm 的开本标准。追求还原的前提下，力图带给读者更清晰的阅读体验。

从 20 世纪 70 年代以来，日系推理小说逐步进入中国读者的视野。随着时代更替，涌现出了各种不同风格的作家。日系推理能够长久不衰的原因之一在于设立的各种新人奖，这些新人奖能为日本文坛输送新鲜血液，不断地创作优秀作品。鲇川哲也奖是日本东京创元社在1990 年创立的公募新人文学奖，也是日本推理作家们至关重要的出道途径。该奖创立以来挖掘出了众多才华横溢的作家，如芦边拓、二阶堂黎人、西泽保彦、柄刀一、城平京、相泽沙呼等。

芦边拓是第 1 届鲇川哲也奖的获得者，但他却出道于幻想文学新人奖。其作品风格多样，涉及知识丰富，从学术到流行文化无所不有。代表作《森江春策的事件簿系列》跨越了时空与虚实的限界，该类型在推理小说史上可谓独树一帜。本书虽非该系列之作，却也有着密切关联，还请读者尽情享受。

千本樱文库编辑部

◇作家 WRITER

鲇川哲也奖作家系列

◇ 芦边拓

◇ 城平京

◇ 柄刀一

◇ 相泽沙呼

梅菲斯特奖作家系列

◇ 西尾维新

◇ 井上真伪

◇ 天祢凉

◇ 殊能将之

◇ 木元哉多

◇ 北山猛邦

其他作家系列

◇ 深木章子

◇ 三津田信三

◇ 乙一

◇ 仓知淳

◇ 横关大

◇ 野崎惑

◇

蒸
汽
歌
剧

◇

蒸汽歌剧

芦边拓[①]

　　每天早晨送达的《幻灯报》（*Magic Latern Gazette*）提供了茶余饭后的谈资。内置以太[②]螺旋桨的空中飞船将要入港停泊。如果从外部俯瞰城市，就能看到齿轮结构的蒸汽马车在道路上疾驶——此处是以蒸汽为能源的伟大科学都市。烦恼于自己职业出路的女学生爱玛·哈特里[③]得知由父亲担任船长的空中飞船"极光号"即将归航，她急匆匆地赶向码头，准备迎接父亲，却在飞船内遭遇神秘少年尤金。以此邂逅为契机，爱玛与尤金一同成为名侦探穆里埃的弟子，碰上了种种看似不可能的犯罪，而尤金的真实身份却隐藏着更大的谜团！这是一部以罕见的想象力所描绘出的顶级科幻侦探小说！

① "芦边拓"（1958.5.21—）本名小畠逸介，小说家，大阪出身，就读于同志大学法学部，毕业后就进入了读卖新闻大阪本部工作，直到1994年才正式成为作家，活跃在多个领域，其作品《红楼梦杀人事件》在中国有一定知名度。

② "以太"（Ether 或 Aether）是古希腊哲学家亚里士多德（Aristotle）所设想的一种物质，古希腊人以其泛指"青天"或"上层大气"。而17世纪的物理学家为解释光在真空中的传播，又提出"以太"是一种介质，没有质量但有极大刚性，并且无处不在——包括真空和物质内——但20世纪初的物理实验证明"以太"并不存在。

③ 爱玛的姓氏"哈特里"（Hartley）与物理学中的"哈特里"（Hartree）同音，"哈特里－福克方程"为量子物理、凝聚态物理学、量子化学中最重要的方程之一。

<h1>◇—目　录—◇</h1>

---

　　*　"萨克雷"（William Makepeace Thackeray）是 19 世纪英国维多利亚时代的代表作家之一，与狄更斯齐名，代表作有《名利场》等。

———————

　*　"另一个世界"餐厅的店名读音是法语l'autre monde,意为"另一个世界"。

　**　"伊夫利特"是阿拉伯神话里的魔神、火之精灵，又被拼写为Efreet、Ifreet、Ifrit、Afrit等。

　***　"乌拉诺斯"（Uranus）是希腊神话里的天空之神，在希腊语中意味"天"，是全宇宙最初作为统治者的众神之王。

　****　"天王星乌拉诺斯"（Uranus），"乌拉诺斯"是天王星的音译，因为它正是以天空之神乌拉诺斯来命名的，在太阳系中是由内向外数起的第七颗行星。

蒸汽歌剧

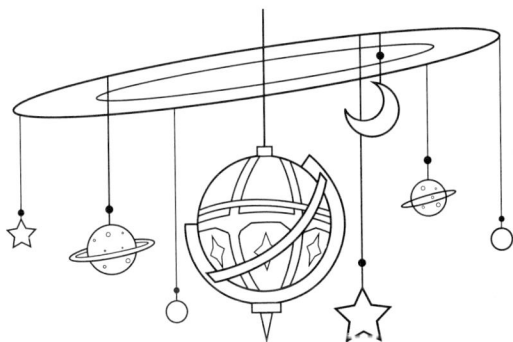

◇ 蒸汽都市侦探奇谭 ◇

☆

　　一个明亮的圆形光斑，于一片黑暗之中浮现出来，仿佛仅有那一处沐浴在聚光灯下。

　　而那片光斑正中，是一座只能称之为精妙的机械装置，正映着柔光，闪耀出金黄的色泽；无数齿轮和奇形怪状的零件相互咬合在一起，复杂得几乎令人眼花缭乱，每个部分都一刻不停地搏动着，发出"滴答滴答"声。

　　正让人这么想着，它却不时响起卡壳辗轧般的噪音，整座装置都剧烈地晃动，简直像是滞住了呼吸一般。

　　这是借由积累已久的智慧与顶尖匠人的工艺所打造而成的机械天象仪①，太阳和围绕着它的星球们通过精巧细致的做工，在这亿万分之一的宇宙缩影模型里得以重现，即使将之作为一件艺术品来看待也是打造得极好、极美的。

　　然而说到底，这还不是它最核心的部分，科学正确性才更为重要——太阳系行星们及其运行轨道在制作过程中格外受到重视，故而有了"天象仪"这般恰如其分的命名。

在"天象仪"最里侧周转着的是水星,自它开始算起,第二个是金星,然后到地球,再接着依次有火星、木星、土星、天王星、海王星和太阳系外行星。九枚行星模型从极尽精确严密之能事、不会休眠的时间装置那里获得动力源,同步再现着现实世界中的冲相、合相、留相等天相②,持续环绕在太阳的周围——

① "天象仪"（Planetarium）是展示天体运转的模型，通过该装置可直观地看出天体运动的原貌。

② "冲相、合相、留相"都是天相，"相"指"相位"，即两颗星体之间所形成的角度。

第一章

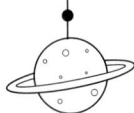

1

我前阵子在天文科学馆里看到了这幕由机械装置所构建的星空，直至我意识到自己将它与昨晚睡前阅读的插图小说混为一谈为止，我曾如痴如醉地想着自己是该作为火枪手爱玛·哈特里，攻下七座城池，从邪恶的宰相手中救下国王大人一家，还是成为秘密搜查官爱玛·哈特里——又名"接线人 No.6"，去消灭横跨水陆的强盗集团。

为了打发多余的精力，爱玛·哈特里教授既身为冒险家，又去当考古学者，解读卡斯卡底古陆①的神秘古代文字、探索人迹之外的魔境。在这之后，我又不知不觉就成了热爱自由的"大海蛇号"②船长爱玛·哈特里，从巨龙把守着的洞窟里搬运出金银财宝，而为了前行的盘缠，我光是在旅途中把一两个大陆破坏得粉碎殆尽还不算完，还要率领船队……咦？

在实现这一步之前，本人已经被称为"局头③粉碎者"的爱玛·哈特里，发挥着出神入化的牌技，还是说我更早就以天才外科医生爱玛·哈特里的身份去成功实现了困难的手术？

但这大概是化身为大怪盗——"女爵"爱玛·哈特里，取回一度被夺走的拳头大小的钻石，将它物归原主地还给身陷囹圄的国王大人以后，才该去考虑的问题。

唉，总之诸如此类的超级冒险，以及大获全胜都已经无法令我知足，我又给自己增加了新的身份，那便是与托马斯·阿尔瓦·爱迪生先生、尼古拉·特斯拉博士并称为"现代科学三大恩人"的发明大王爱玛·哈特里，我要率领飞行船队翱翔天际，越过星辰的大海、穿过以太的浪涛，出发前行。

……啊呀呀，除去直到刚才还迎风招展的骷髅海盗旗④、在侧舷一字排开的大炮筒及船舱内满载的金银财宝之外，我的船明明只是艘用于出海远航的帆船而已。按说不该存在于此的引擎却不知何时轰鸣着、咆哮着，眼看着轻轻松松就快要把船体都带得飞起来——

"呃……再怎么说，这也有点……"

好像有点太顺我的心意了，简直让人目瞪口呆——正在这时……

滴滴滴滴滴，滴滴滴滴滴！

警示音突如其来地作响，一群野蛮暴乱的男性杀到了不讲究天文单位、连以光年计的旅程都不当回事的大航海家爱玛·哈特里提督跟前，场面混乱无序。

——是敌袭啊。

——第九行星的人！

——被他们的 Σ⑤爆裂光线射中可就必输无疑了。

船内登时乱作一团、全员溃不成军，我不得不抽出腰间的西洋佩剑，说道："各位！切勿慌张！这未必是敌人发动的袭击，只不过是……是……"

一名绅士不知何时靠近我，微笑着向我问候。他那身富有品味的服装也好、那股沉静的态度也好，净是些和眼下的环境格格不入的要素。

"啊，穆里埃先生。"

尽管困惑于有意想不到的熟人在意想不到的情况下登场，我仍叫出了这位熟人的名字。

"那个警铃声……"

"有什么问题吗？"

穆里埃先生带着笑意问我。而我虽犹豫了一瞬，但还是很快下定决心把话说出了口。

"警铃声是……闹钟叫早的铃声！"

当我在梦中如此高呼之后，瞬间便发现自己正在自家卧室的床上，上半身坐起。此外，这么大的动静其实是源自父亲淘汰给我的航海钟⑥，它正左摇右摆，鸣叫得很是大声。

随即——准确地说，是十七分钟之后，我便在赶往一层的途中，连电梯那自由落体般飞快的下行速度都让我感觉缓如蜗牛。

个人形象打理得一如素日般完美，头发梳得规规矩矩，束住发辫的位置和平时分毫不差，衣服的领口、纽扣，还有系带靴子的鞋带也都无一懈怠；不过靠这十七分钟总会有些地方没能完全拾掇整齐，手里还抓着啃到一半的吐司面包。

只是，我——著名船长猛虎的独生女，在学校里论起行动迅速绝不输人，可不能让自己叼着面包全力狂奔的丑态暴露在外。因此，在公寓大门敞开前的最后一刻，我把剩下的面包硬塞进口中。

我硬吞着嘴里的食物，而几乎同一时间，外界的喧扰一下子就涌上来，把我包围——石板街被往来交错的人群踩得嘈杂，脚步声、咆哮声、嘎轧作响的引擎声，还有持续不停的车喇叭声，摁得又久、传得又远。

突然出现在我眼前的是一架特里维西克式蒸汽马车，车轮巨大，为抬高整个车体而导致车底与地面之间的空间留得很大，空当里就紧紧填满了齿轮设备——确切地说，这是架不配马的马车，后方有"呼哧、呼哧"地冒着烟、轰声震地的蒸汽巴士追着它跑，旁侧是像要从轻便铁道上脱轨而来的蒸汽手推车，此外还有二轮或三轮蒸汽自行车，伴着"噗噗"作响的轻声穿梭而过。纵横遍布的高架桥仿佛结成了一张网，蒸汽火车头正浓烟腾腾地在高架上拖着载客车厢猛冲——这番景象太过理所当然，不必多做说明。

使用了空气压缩式引擎的车辆们则毫不示弱，一边发出怪声，一边高速行驶。它们也大小不一，其中最厉害的是空气压缩超级特急快车，疾行之下穿山跨海，只可惜它"藏"在特殊钢材制成的送气管道内部，我们无以得见它行进时的那份雄姿。

又有一阵巨响袭来，离我的距离很近，声音从我的右边一路响到左边，回声嗡嗡的，连管道都跟着桥梁一起晃荡。那是载着旅客去往地球对侧的长途列车刚从中央车站（Grand Central）发车，不对，是发射。

都怪那一座座鳞次栉比的摩天大楼，我只能从极度狭窄的夹缝空间里看到空中有无数的气球出租车和飞船巴士，如同游鱼一般，而在它们之上更有着用成群的巨人气球吊住的空中旅馆，现正以豪华的餐饮和优秀的景观来吸引客人。

而穿梭自如地流转其中的是形似蝙蝠的蒸汽动力飞机"风神"和机翼能够扇动的鸟型飞机[7]。机翼长达近五十米的汉森－斯特林费罗式空中蒸汽车又比它们要大上许多，飞行时它烟囱顶端的国旗飘扬，车身在地面上投下了巨大的影子。

我有时会被这些人造的"大鸟"吸引，看到入神。有时还会跟这些空中的"钢铁怪物"们赛跑，经常强行切入到它们前面。其实我对自己作为女生过高的身高很是介意，所以经常佝着背，但现在却能痛快地伸展背脊，直视前方。

面对这样的我，这所都市诚恳地开放了道路，展示着它日新月异的面貌。那边有正在举行装修新品大促销的百货商店，可以当场买齐蒸汽化全套家居。这边有运用各种炫目特效而广受好评、客似云来的全景电影剧场[8]，还有能让人感觉置身于别样天地般放松游玩，被评为"疗效出类拔萃"的全景温泉 SPA[9]等等。

只是想想就觉得美好，不过这块地盘其实就像是尚在建设中的大楼，全都只由骨架组成。事实上，至关重要的核心，与之相匹配的差速器分析中枢引擎——即蒸汽驱动的思考型机械，很快就能从隔壁在建的巨型锅炉中获得动力，让它那数以百万计的齿轮、皮筋、拉杆不停运作。那些机械配件在朝阳的照射下，使人眼花缭乱。

城市街道就处在光与声交织的旋涡中，满满都是钢铁机械。不过即使骚动混乱如此，这一带依然算是我的后花园，虽说我自己家可没有附带像样的院子。

比起任何静美而丰茂的自然风光，我还是更加喜爱、亲近这里的环境。不论如何，这个蒸汽都市是生我养我的故乡。入夜时分，煤气灯散发出美丽的光辉，就相当于街边成排的茂密绿树。高层建筑那层层叠叠的影子，在我眼里即可算作家乡的群山。话说回来，我还是乱来过头了，差点被突然出现在身边的车辆给撞飞出去。

因为方才在认真地考虑问题，注意力好像一时离席——我也差不多该考虑将来从事的职业了。为此，我不得不去各路专业人士的身边实习，但我怎么也决定不下去向。

就在并不遥远的过去，欧洲也只有上流阶层的子嗣们能够上学念书，其中女孩子们尤其难，唯二的选择就是指派一名家庭教师去教学，或者直接扔到修道院学校的宿舍里去。如今，小镇和村子里也都有学校，我们能够如愿学习。

顺便说一句，我就读于技术学校，凡对世间有用的内容，这类学校都会教授。以前还有很多所谓大学，据说里头各色学者云集，可现在出色的人才们则是依序被理工学院、中级学校、幼儿学校所聘用。

在教过我的老师中，有时也会有人对此感到不满、遗憾、缅怀往昔光景。不过我是怎么都不太能理解这种心情。

总之，现在的教育和以前截然不同，虽说我也不知道以前都教的是什么内容，不过人嘛，就是会挑这嫌那的。用艰深一点的词汇来说就是"情感引力"决定了人心所向，即使做着同样的工作，各人的满足度和疲劳感也各不相同，这当然也会大幅度地影响到工作成果。

由此，当没有工作的人在选择职业道路时，务必要忠实地遵照"情感引力"所指，比如说不停收集值钱的物品，喜欢囤东西的人，便会被认为更适合于从事废品回收业务或是银行家的工作。

我也差不多该看清自己的未来了，要去谁手下做上一阵子的徒弟或者助手，然而我还没能决定去哪里。总之喜欢的去处，感觉有趣的去处，还有想了解的去处都太多了，实在筛不出唯一选项。我的"情感引力"大概伸向四面八方吧。

但这样是不行的。学校老师已经再三交代我要上报一个去处，随便哪里都好。今天大概也要为这个事情对我说教了。让人头疼，选项多如繁星，不过就算学校强迫我像抽牌一样随便选一个，我也不干。

正这么想着，差点被一辆近在眼前的蒸汽汽车撞到，幸好千钧一发之际闪了过去。

"搞什么啊，《幻灯报》家的送报车。"

我冷汗涔涔，看着那辆车渐行渐远的背影，嘴里念叨着。

我现在租住的房子附近，有从业者开车过来更换"幻灯新闻"的报栏，每天三次。那些富裕人家每天都订阅专用的全彩报栏，但我所在的公房里，最新的圆盘型报栏都会送到楼管员的办公室，楼管员再定时用回转式投影设备通过镜头和镜子将新闻内容传送到每户人家的镜子上。

那个投影设备任谁都能单手操作，不需要专业技能，同时还常常附赠图画与留声机上的蜡管声。这么说来，都怪我今早睡了个懒觉，错过平时必看的早间新闻。

"糟糕，这下哪儿都看不到了。"

我碎碎念道，四处打量着周围，恰好发现一个面向十字路口而设的滚动报栏，正一边发出"咔嚓咔嚓"的怪声，一边准备更换最新的新闻标题，组成新的展示内容。

截至目前，报栏上还大大地显示着"维多利亚女王⑩与大清国光绪帝⑪进行会谈，双方就连接欧亚两洲的管道延伸及光纤通信网络、以人研究内容充实化等问题达成基本共识"的字样。大清帝国实行了变法维新，于数年前转型成为现代国家，现在北京已是亚洲屈指可数的蒸汽都市之一，宫殿与佛塔⑫的那些直冲云霄的屋顶上到处可见烟囱和暖气排风口。

领土与人口相近的东西两大立宪制国家的君主能够直接会面固然可喜，不过也有报道称年轻的光绪帝不知为何很不擅长应对维多利亚女王这般老妇人，全程都很紧张。总之这次会谈好像很顺利，但相关报道及其照片目前已被替换得无影无踪了。

"极光号"即将归航至伦敦港第二码头。

　　航行成果备受各界期待。

　　奇奇纳博士或将发表重大事实。

　　报栏版面重排后，内容变为了以上文字。

　　有些人注意到更新，驻足观看，但街上的大部分人仍是步履匆忙，一味赶路。

　　要说我呢，倒属于这少数派；而且深深地被这些标题导语定在石板道上，仿佛已沐浴在舰船发出的那炫目的闪光信号的光芒之中——恐怕也就只有我一个是这样的。

　　要是又像刚才那样，有车子快要开到面前，我说不定就会被撞飞出去，不过我已意识不到这些。

　　"父亲他今早就回来啦……"

　　而当注意到新闻的具体内容后，我原本打好的主意又作废了。

　　船的确切返航时间还没有确定，说是今早也只是我的臆测，不过我原以为再怎么快也得明后天归港，或是更往后的行程，虽然被这条出其不意的新闻吓了一跳，但若抱怨它没能给出确切时间也是挺不讲理的。

　　我一下子冲到马路上，恰好就堵住了一架正往我这边驶来的马车。算不上车夫的司机手忙脚乱地摁响喇叭，我却完全没把鸣笛警告声当回事，等对方刚一刹停，我就硬是往车里蹿去，边挤边说道："请载我去

14

港口，全速前进，我给你加付燃料费。"

2

与街上的"怪物"们不同，另一种漆黑的钢铁怪物们不停地来回走动着、咆哮着。这里是全国最棒的，不，即使是与周边诸国相比也毫不逊色的首都伦敦港，也是我最为熟悉的场所。

猛虎·哈特里——"极光号"的船长，我的父亲，在还我蹒跚学步时，他只要一有空就带我来这里。对他们那类人来说，这里可是堪称为"陆上据点"的地方，或许是仅次于船上的自在之处，搞不好比家里都更能放松，所以也想让独生女儿过来看看吧。

这份感受力仿佛拥有传染性，不知何时港口就变成了令我感怀的空间。特别是当父亲因出航而久不在家的期间，这里比任何地方都更能让我感受到他。有时在放学回家的路上我就会来看看，明明也没什么事，但就是会这样漫无目的地看着航船出入，打发时间。

其实，夕阳余晖下的船影、交互鸣响的汽笛、海港边独特的气味，都不会让我产生"这就是我的父亲"般的安心感，也不会让我轻松惬意，却总会有一抹寂寞之意，好像哀愁就弥散在空中。若向同班同学们说起，他们也只会是一副"咦? 爱玛你吗? 不可能! "的表情，对我不予相信。

（但今天肯定不一样……）

我从摇晃的车窗探出头去，自言自语着：

"因为这次我和父亲的团聚，肯定与平时不同！"

——确实，大有不同。

首都港口的第二码头上早已是人山人海，一片黑压压的，虽然时间尚早，但整片港口区的氛围已经不对了。摆在中央的摄像镜头对准了四面八方，十分醒目。说话声转化成音阶，通过支柱向空中投放，这样一来其他地方就能把接收到的共鸣震动还原成本来的文字。

话是这么说，原理也都在学校里学过，不过我还是第一次目睹理论实际运用于通信作业现场，而且还是一次性集齐全流程的现场。能够亲眼看看当然是不错，但若要问起，这可算不上是多愉快的体验。

（啊——真是的，叽叽嘭嘭的，吵死了。）

我在心中发出悲鸣，正准备从现场撤退，但出现在前方的双筒望远镜吸引了我，那是一个用另一只手举着喇叭的男人，喇叭的另一端是通过蛇腹型的管子连接的留声机。

"……接下来是由《以画传声新报》特派记者本·克劳奇在第二码头为您播报的最新情报，首都港口的上空平时总是被可恶的云层所笼罩，但云间充满了间隙，耀眼的光芒可以从中透出，那番景致着实适合迎接'极光号'的归来，我们正期待着航船能够尽快抵达……"

这人约莫二十五岁，光看长相的话倒是长了一副会让人误解年龄的娃娃脸。规规矩矩地穿着高领的白衬衫，领带也系得好好的，还套着崭新的西装，不过看起来总有点像是小孩子硬充大人。虽说他也许还是新人，但直播的方法和技巧又相当成熟，只听他接着说道："'极光号'是我国引以为豪的罗比尔·莫尔斯⑬型空中飞船，全场约七十五米。五十五根转轴林立于甲板之上，装载的是同轴反转双螺旋桨⑭，采用垂直上升的方式。船头船尾还安装了控制船体沿水平方向移动的螺旋桨。驱使着如此性能卓绝的机械设备，踏上包括极地在内的人迹未至之处，既为调查那些地域做出了贡献，也为我国及全人类的领土扩张提供了裨益⋯⋯"

要是让别人产生误会就不好了，所以我还是要先说清楚，我的父亲猛虎·哈特里，身为船长是没错，不过他是空中飞船的船长；而所谓的港口也是专供飞行机械使用的，水上机械和飞行船的出入尤其频繁，其中大型的空中飞船很多时候都需要在海面上着水、停泊，因此除去陆地上的滑行道路段和机坪，亦会将河川或海洋也纳入港口的规划构架之中。

"极光号"是海陆空都可航行的万能船，同时整个伦敦港里有好几个大型码头，因此它经常会先慢慢降落到海面上，再驶向舰板。出发的时候就是这样，而我在来路上看到的新闻导语中也有如此叙述。

"那么，应该快到了。至今为止已经多次完成使命，抵达首都港口的'极光号'即将平安归来。而且，要说本次航程打破了历来的规格也毫不为过，它是一场远超过往的大冒险，航行到了地球的大气层外，甚至计划脱离引力的束缚。为此，当然也有必要对船体进行特殊的配置，其中最为重要的不用说就是以太螺旋桨。经历了前所未有的大型改造，我们的'极光号'的活动范围一下子扩大了数千倍，不，数万倍⋯⋯

"全程同行的还有帝国引以为荣的科学部前任长官——奇奇纳博

士，由他担任此次的调查团长。博士在各行各业都是专家，天文学、物理学和化学自不必说，连绘画、文学等文化艺术领域也包括在内。由他们出手探索，究竟会带回怎样的成果，着实令人充满兴趣，无比期待啊……"

我正琢磨他是不是该顺其自然地介绍本次出航的统筹人——"极光号"船长猛虎·哈特里，但这位《以画传声新报》的记者却将喇叭从嘴边拿开，又把包在留声机滚筒外头的锡纸似的东西迅速卷好，绑到从一旁的箱子中取出的传信鸽脚上，并将它放飞到空中去了。

鸽子在我们头顶呈圆环状盘旋了两三圈，随后往某处——大概是往《以画传声新报》的总公司飞去。而这附近到处都能看见鸽子飞走的身姿，估计也是用的同样的原稿输送方法，其中还混杂着机械鸽子。不过暂且不论速度，我从某处曾听说过就传书准确率而言还是有生命的鸽子更占优势。

做完这件工作之后，记者再次拿起喇叭，和刚才一样，语调流畅地说道："接下来，是本·克劳奇在现场为您送上的报道。'极光号'飞船将调查团一行人带去天空的彼方，与以太螺旋桨这一发明共同发挥作用，使得人类能够出入宇宙——一时之间，寻找其他星球以开拓新天地的移民计划已经可以公开谈论。然而，实际上该计划却未见明显进展，也有一些'隐匿重大失败'的谣言在流传，各国都遭到意外的打击，开始气馁。我国的情况也大致相同，尤其是学术调查相关事宜，现在仍一直处于欠奉状态。

"帝国科学部的奇奇纳长官对此看不下去,曾再三向政府进言,但都因'预算不足'或'议会不予承认'为由而遭到政府拒绝。此时伸出援手的是法尼荷地理学基金。他们大幅改造其背后的母公司——法尼荷产业所拥有的最大的空中飞船,提供资金和人员,拟定了脱离地球引力圈且沿公转轨道进行的太阳系飞行计划。作为回应,奇奇纳博士辞去了科学部长官的高位,以调查团团长的身份加入了'极光号'的出航队伍。另一方面,执掌这艘肩负光荣使命的空中飞船的则是……啊!"

可算要说到父亲的部分了,这时却突然传来刺耳的声音,记者一下子疯了似的尖叫着抬头仰望天空,然后他再次把双筒望远镜拿端正,用比方才更加高亢激昂的声音说道:"刚才,我看见了!'极光号'终于归来!空中飞船'极光号'拨开云层,从我们所在的第二码头的正上方开始降落。即将承托住它庞大船体的海面目前正风平浪静,泛着银鳞般美丽的光泽。而在我为大家播报的同时,'极光号'还在全速下降,其存在感愈发强大,船体在阳光的照射下熠熠生辉,完全就如同浮于空中的宝石般……这颗宝石眼看着越来越大,每过一秒都越发接近我们所在之处。啊啊,这是何等威风凛凛的飞船,何等壮观的空中美景啊!

"……嗯?这又是怎么回事?'极光号'没有如预期那样转舵向海,而是继续笔直地朝向我们所在的陆地下降。是要变更着陆方式吗?就这样继续降下来,加上逆光,连船体上细枝末节的部分都能看得一清二楚,太壮观了,简直是太壮观了!"

(他在说什么啊?)

听他讲到一半，我急急忙忙抬头仰望，与此同时觉察到有成片的暗色覆盖下来，原来是"极光号"正在遮天蔽日，将我们吞进了巨大的阴影之中。

其他的报道队伍似乎也注意到了同样的事，都齐刷刷地朝同一个方向举起了镜头和话筒，要不就是高声说着话，运笔速度快得令人眼花，甚至还有人聒噪地演奏起了用于联络的乐器。

然而，之后在我们头顶上展开的景象却轻而易举地便吹散了这股喧嚣。

说起父亲任职的"极光号"，我迄今也已见过多次，可它从空中降临期间，庞然的身姿缓慢又切实地逐渐变大时，整个过程都有叫人百看不厌的魄力。

正如克劳奇记者所言，借由此次出航，"极光号"获得了改造，而此刻我也得以一睹它那前所未见的神秘之姿。不过，正确说来，其实在它出发之际我还是有机会看上几眼的。

连小孩子都知道，以太螺旋桨是继瓦特⑮的蒸汽机、巴贝奇⑯教授的齿轮式思考机械之后，孕育出的又一项伟大发明。只是比起前两者，它的诞生历时尚短，具体成果也不多，其价值对于有些人来说可能只是造出了几盏镭射灯之类的罢了。

人类也不是从未尝试着用自己的双手来让物体飞离地球。比如说总部设立在美国巴尔的摩市⑰的"大炮俱乐部"就在佛罗里达州坦帕市往地下挖出了深达二百七十米的纵形洞穴，并使用在该洞穴中制造出来

20

的哥伦比亚大炮⑱对准月亮发射铝制炮弹。此外，在美国还有人用水力缓缓地给一对巨大的飞轮车加速，通过产生的作用力将窑中烧成的球体射出去绕行地球⑲，给驶向外海的船只提供标志物。

但那些始终只是有去无回的单程车票，尚不足以作为将人类送上宇宙的手段而获采纳。

我们征服了天空与大海，例如在暴风无法带来降水的久旱时节，可以通过向辽阔的空中发射爆裂弹，化作降雨——我们人类已经进步如斯。当我们无法确定那枚被射出的窑烧球体能否永久逃离地球，并且就要放弃时，当时还只存在于理论与幻想之中的某件事物吸引了万众的瞩目。

那正是神秘的物质——以太，它充斥着这整个由黑暗、酷寒与虚无支配着的空无一物的宇宙。就像大大小小的波纹会沿着水面传递开去，声音也会通过空气而传播扩散，而远方的星光之所以能够传到地球上，其实正是因为有以太——它填满了这不得了的超远距离，作为介质起到了与水和空气同样的作用。

因此——如同船浮在海中，乘着波浪，通过转动自身的桨轮或通过螺旋桨搅动水流以前进。又如空中飞船和飞机那样或腾空、或滑翔、或用自己的力量自由地飞行般——放在以太身上能否行得通呢？

意外的是，这飞跃性的构思是被誉为"发明界的两位巨人"兼命中注定的对手（杂志上刊登的传记故事就是这么写的）——爱迪生先生和特斯拉博士⑳历尽艰辛后几乎同时想到的。他们二人开发出了迥然相

21

异的两种推进方式，至于到底有何不同，像我这种凡人可不太清楚，不过两方都各有长短，而且都拼命想让自己的发明成为世界标准，但结果还是以双方并存的形式收场。

要说父亲出任船长的空中飞船是哪家的发明……果然还是营销能力出众的爱迪生公司获选。而要我选的话，我自己是站在尼古拉·特斯拉那边的，但"极光号"的船主，此次出航的赞助商"法尼荷地理学基金"却不这么认为。

这期间的来龙去脉，就要去问我的同班同学莎莉·法尼荷了。事实上，采用爱迪生公司的以太螺旋桨就是法尼荷产业社长（同时也是法尼荷地理学基金的总裁）千金莎莉的建议。如果我当着她的面提出质疑，她势必会说"那么你为什么会认为尼古拉·特斯拉的更好呢？说说看你的根据，如果它有优于爱迪生款的地方，就一起提出来吧"，从而引起争论。其实选哪款引擎对我而言都无所谓。既然"极光号"像这样安然归来，我便可以认为法尼荷产业的选择没有错。然而我已经看过无数遍父亲的船，与现在的样子的确是大相径庭。

不知何时起，无数耀眼炫目的螺旋桨旋转着，彩虹般的光彩包裹在它们周围，其中心地带似乎还有金黄色的事物正在闪耀，但相隔太远，看不真切。而随着它的持续下降，我们能够认出那是"极光号"的侧影——待到此时，那个金黄色事物的真面目也终于真相大白。

金黄色的圆锥从甲板、船头、船尾上突出来——侧面深刻着螺旋状的物体，还不停变换着形状，就仿佛圆锥本身正高速旋转着，可同时又让人觉得它们看起来是静止不动的。而且，那里散发出的彩虹光芒围绕在圆锥们的周围，时而绽开，带着躁动的声音，时而又如同泡沫一般涌现。

它们就像这样，不仅仅是发光，还伴有实在很不可思议的声音，既类似于音叉，又好似高速旋转的陀螺、微弱的呻吟，就是此类微妙的声响。

或许应该归咎于怪声之故，大家不由得变得有些呆愣。突然，金色圆锥的光芒黯淡了下来，转眼之间，锥体们就开始慢慢被回吸到船体内——正当我这么想着，又换成其他物体逐根地杵出来，是轮状视镜的升降轴。

很快，它们便在甲板上成排立起，看上去就像是必备品，同时它们各自所附带的螺旋桨桨翼就像花朵绽放一样逐瓣张开，并立刻开始旋转了起来。我当然明白这意味着什么，但听《以画传声新报》记者是这么说明的："啊，就在方才，'极光号'收起了航行于真空中时所需的以太推进器，继而接替的是普通飞行螺旋桨。之前那种奇异的光芒和声音又别于强力的引擎，目测就像是船体自身的重量一下子增加了，莫非是我的错觉……"

克劳奇记者的表现绝不能说是夸张。事实上，在飞行装置更替的前后，"极光号"的外观发生了变化，增加了真实感。虽说在视觉上还留有似影似幻的朦胧，不过颜色和轮廓都在变得清晰，这绝非错觉。

我曾听说过，以太螺旋桨运作期间，周围的空间会发生某种变化，刚才"极光号"外观有变，大概就是这个原因所致——但这样一想，我又莫名有些惊骇。

然而，实际上没有这个必要。我们在大气层里升降时会使用上百台普通螺旋桨，以太螺旋桨只有到了它们派不上用场的高空才开始发挥作用，因此，在肉眼可见的范围内，像刚才那样的切换是没必要的。

其实当我以前在第二码头目送"极光号"出发时，并未见过那种金色和彩虹色的光芒闪动，而是直接就朝着高空、云端一飞而去了。

那么朴素多半不行吧？会有人说："如此一来就跟普通的空中飞船起航没有什么两样。要是场面不足以入画，也就没法写成优美的好文章。"所以在飞船回归的时候，就算没有必要也得让以太螺旋桨运作一番，一边发出通常不会出现的光芒和声音，一边凯旋降临。

（莫非这也是莎莉的意见吗？不在海面降落而是停到陆地上这么花哨抢眼的表演也是安排好的吗？）

我正琢磨着，但又用力摇头否定了，心想不至于此才对。因为即使她身为法尼荷家族的独生女儿，也还只是与我同年同校的普通女孩子啊。

不，能否称她为普通女孩还有待商榷。为解决让我伤透脑筋的实习问题，我曾着急地去过一个公司，对方快倒闭了，可莎莉一出马，便重新评估了账目，建议说要裁掉亏本经营的部门，打造新的业务。

令人吃惊的是，整个经营层居然会听从区区一介女学生的见解。而更惊人的是她居然完美地重振了公司，甚至还将规模扩大到原来的数倍，使之也成长为大企业了。

为了她的名誉，我先说好，莎莉没有依靠过家族的财力，没有动用过家里的一毛钱，只不过是灵活有效地运用了"法尼荷"这个姓氏所持有的威力……

我想着想着，"极光号"已经满满占据了我的视野范围，即将进入着陆状态。突然，"哗"的惊叫声毫无预兆地响起。我回过头去，发现不知何时背后已经聚集了有刚才十倍的围观群众，瞧那势头已经是在向我这边压过来了。

同时，在发现飞船不是往海面而是朝地面降落时，码头一侧的人群也开始移动，与来得迟些、正从后往前挤的那批人流混在一起，最终导致了冲撞，有人因此摔倒在地。那些看热闹的起哄者们有男有女，有老有少，但像我这样逃课的女学生却只此一家。

还有迟来的巡警们，虽为时已晚，可仍在往人潮赶，随即站成一堵人墙，打算阻止他们。总之，已经有看客神不知鬼不觉地跑到飞船正下方去了，这下子在飞船着陆的同时他们就很可能会被压扁，于是便又着了慌，所以这种乱象也是情非得已，人们也只是看着，没有人愿意主动后退。

另一方面，负责报道的团队也陷入了骚乱之中，他们为了应对着陆场所的现状，正盘算着往前移动，去找个更合适的工作据点，只不过也被挤得溃不成军。祸不单行的是，他们还有很多器材，无法随心移动，眼看着就将要与群众、警方队伍三者一起被卷入混乱之中。

事已至此，再慢腾腾地肯定行不通。我十分焦虑，只想再往前一点。

正当我这么想着——

"啊！那边那个女孩！请等一下！"

听起来像是巡警先生在叫我，果然我在看客之中也很显眼。如果逃课被识破，再被捉拿，那可就麻烦了，总而言之先跑了再说——就在此时！

"极光号"巨大的船体着陆了！船底装有的橇型着陆装备弧度很大，着地时重重地撞击地面，发出震天动地的巨响。

我呼出一口气，重新看向"极光号"。它距离我很近，在大地上展示着那庞大伟岸的雄姿。引擎声变弱了，转得晃眼的螺旋桨们也随之逐渐停下。

周围的群众突然爆发出欢呼声、赞叹声，还拍手鼓掌。而报道团队的运笔疾书声，对着留声机的快速言语声、照相机的快门声和镁粉的焚烧声①、摄影胶片的手动转动声——所有的声音节奏亦都在加快。

然而，全部声音在我听来，也只是汇集成了一句问候。我对着"极光号"稍稍挺了挺脊背，一边做着敬礼的手势，一边出声说道：

"欢迎回家，父亲！"

3

"奇奇纳博士，长途旅行您受累了。虽说问得早了些，还想请您谈一下此次探险的成果。"

"奇奇纳博士，有传言表示您继海王星之后又发现了新的行星，这是真的吧？还有，新星的名字已经决定好了吗？"

"同时，地球的公转轨道上埋藏着令人震惊的自然资源——不对，我们也有听说你们遭遇的是漂浮状态下的资源，关于这一点您有什么说法吗？"

"身为科学部前任长官，您担任此次的调查团团长，我们确信您绝对不会颗粒无收，不过请问实际情况如何呢，博士？"

白发如雪的老科学家、调查团团长奇奇纳博士从"极光号"的升降舷梯走下，脚刚踏上地面，便被孙子辈的记者们团团围住，问题连珠炮般地向他袭来。

绝对温度的制定者，将以太力学的诸项法则予以公式化而闻名于世的开尔文勋爵[22]，解开以太散乱与表面波问题，并且以自己的名字为它们命名因此声名大噪的瑞利勋爵，发现了以人透射束从而拯救了许多人的性命的伦琴博士，还有在新大陆为天文学与其推广做出卓越贡献的塞维斯教授均是当代屈指可数的大科学家，而与他们四人齐名的奇奇纳博士在记者面前也是无能为力。

"啊，请您朝这边看，这个是拍摄动态的机器，您要是能随便动一下可就感激不尽了。对，就这样……"

"喂！我们这边在拍普通的照片啊，你别提那种要求。博士，请保持这个表情让我们来一张！好嘞！"

奇奇纳博士被诸如此类的指示搞得忽左忽右，不禁苦笑。随后，本以为接下来的记者攻势会减弱，怎料……

"呃——博士您为参加一个民间的调查团队，甚至辞去了科学部的要职，关于此事想必也有各种臆测……"

"其中有一部分人在私下说——您是为了避开德国皇帝[23]的干涉，请问这是怎么回事呢？"

如此尖锐的问题一个个接连不断。

我在记者们的包围网外倾听着他们的交谈，期间有不少让人感到意外的内容，比如说这位德国皇帝，当然是指德国的威廉二世——在这个无论帝国、王国、共和国都在相互协调、维持和平的大局之中，只有他播下了唯一的火种，是个令人头疼的皇帝。然而，是说"极光号"的出航与他有关吗？更有甚者会提问："归根结底，法尼荷地理学基金越俎代庖替政府出航，真正的用意何在？"

"想要对资源开发的权力出手是真的吗？还是说，果然，是那个——"

"没错……至今为止已经发生好多起宇宙航天蒸汽飞船未归的事件，您有发现什么线索吗？我们认为这是目前全世界都在关心的问题。"

最后提问的是刚才还在滔滔不绝的《以画传声新报》记者——本·克劳奇。之前他所讲述的"重大失败"其实就是曾经成为话题的宇宙航天飞船未归事件，大概是想说这些事件与"各国都遭到意外的打击，变得气馁"有关吧。

但面对这些问题，奇奇纳博士则在装傻，巧妙地应付对方。他一边甩动全白的唇须，一边晃着消瘦的身体和双手，姿态十分有趣。

"好了好了，就算你们问得这么多，老人家我也没办法一次性全回答了。从结论说起，可以用一句话概括。我们去了一个荒凉无垠的世界，随便怎么走都碰不到一个水分子。或许大家会觉得意外，但即使是在星星的世界，所见到的光芒还是极为耀眼，更何况在当今已知的行星轨道外侧还有未知事物，就像是太阳系的兄弟星系，而我们却尚未找到它。不过话虽如此，倒也不是一无所获。所谓开发资源并不仅是挖掘出有形之物，举个例子，在地上难以被探知的以太，在绝对真空环境下就很容易了解它的性质，以后还可能从中引出莫大的能源。啊，还有，老人家我很不擅长德语，德国皇帝说的什么，老人家我都听不懂哦。还有那些叫嚣着要发动排除有色人种战争的恶徒，去煽动那个俄罗斯的尼古拉二世㉔吧。

"哎，官方很快就会发表详情，所以今天就让老人家我回家见老婆吧，啊呀，正好来接我的车子到了，那么诸位，先走一步啦！"

说着，他便乘上一辆分开人群驶来的蒸汽汽车。而且只消看一眼驾驶席，任谁都会吃惊。

"蒸、蒸汽人？！"

这就像是在石炭炉上附了眼睛鼻子，又生出手脚的弗兰克·里德㉕型铁质机器人。

奇奇纳博士敲了敲蒸汽人的头部，让它再次启动，就这样迅速地离场，把惊呆的人群抛在身后。而且这辆汽车是在码头滑行道上行驶，开着开着便流畅顺利地张开了翅膀，这更让人吓一大跳。

趁着大家都在"看那个、看那个"的起哄阶段，汽车已经化作了飞机，排气筒轻快地吐着烟圈，往某处飞去了。

目睹这一幕之后，大家（也包括我）才想起奇奇纳博士不仅是一位万能的科学家，还是一名热衷于发明的飚速狂人。

"啊——等等……"

"等一下，等一下啊！"

"喂喂，很危险的啊，别推我！！"

阵阵狂叫声很快便在人群中兴起，又追着奇奇纳教授而去。记者团和一般群众都混杂在一起，行动开始往无序发展。

只有我身处其中，遭到推搡的同时，还始终看向"极光号"——周围的骚乱与我毫不相干，我始终看向静静耸立着的飞船的舱体。

此次重新观瞻，我仿佛要被它的威严之姿所压倒——正当我做此感想时，某个好像在哪听过的声音响起。

"等等、等等，到底怎么回事？说好我家的飞船要回来，我上午都请假不去上课了……奇奇纳博士在哪儿？还有这束花，叫我怎么处理？"

我猛然一惊，回过头去，只见有一处特别拥挤的人群，一个娇小的身影正在中间大吐苦水。透过两个都快重叠在一起的成人男性之间的空隙，我隐约看见那头打着卷的秀发和高高的额头，然后是架着细框眼镜的直鼻梁——呃，难道是她？

（莎莉·法尼荷，为什么这里又有她？）

但不用问为什么，考虑到她的身份，安排她代表法尼荷地理学基金在"极光号"归航之际献花也不奇怪。让我意想不到的反倒是自己看到她就着了慌，心中暗叫糟糕。

不，我可以向神明发誓，这绝不是考虑到父亲的立场，而觉得自己的地位比她低。更何况，诸如一看到莎莉的脸，似乎就会受到理由不明的训斥，这种让人难以应付的情况也是没……不能说不会发生。总之，想必她是跟学校请了假才来这边的。相反，我是自作主张，没有提交任何申请就逃课，因此也内心有愧。

幸好，她没有注意到我，很快就与如退潮般散去的围观群众一起离开，另去他处。大概她像平日一样，又发挥出"生气包莎莉"的本领，干脆利落地回去了吧。

这话我只在这里说一次，每当低头看到莎莉对我本人或对其他人气鼓鼓的样子，不知为何便会有种乘坐气球飞行在活火山上空的感觉，不知不觉就会觉得有点好笑。

说真的，尽管在火山的正上方飞行时是否还笑得出来是个问题，但以前因为某件与学校有关的事，我和莎莉两人一起去了教职员办公室谈判，她就在我身旁，气势汹汹，怒火滔滔。也许是因为与她那娇小可爱的外表反差过大，显得很是奇突，我都差点没能绷住，险些笑喷出来，令人不知如何是好。

由于我们之间有过这么一场共同战斗的孽缘，班上同学好像都在称我们为"凹凸组合"，可事实上我至今仍不明白是什么意思。另一方面，要是让莎莉听到这个花名，她这座火山的喷发规模就大到和同为火山的喀拉喀托㉖或者维苏威㉗不相上下，令我记忆犹新。

　　我当时的确没有跟着莎莉一起行动的意思，不过大家好像都认定了我是有意为之，她对此似乎相当不满。

　　啊，原来如此，我明白了自己为什么不想跟她有接触。无论如何，没被她发现真是太好了。没惹她莫名其妙地发火，没被她吼叫般地质问，也没有人说什么奇奇怪怪的凹凸组合，真的是太好了。

　　可是，这时我尚未意识到自己接下来的行动会再次惹怒莎莉·法尼荷，还创下了她迄今为止的火气喷发新纪录。

　　"啊——哟，结果连下午的课也要摸鱼休息了呀！"

　　从那时起已经过了几个小时？我一边叹着气，一边仰视着"极光号"，远眺早已纹丝不动的螺旋桨们，心头暗恨。

　　围观人群也消停下来，因为在奇奇纳博士下船之后，就再也没有任何人出现。当然，也没有见到我的父亲猛虎·哈特里。

　　这艘宇航蒸汽飞船着陆至今，仅有一部分人员下了船，其余的人仍逗留在船内——从这一点来看就有问题。所以船里究竟发生了什么？我心中的不安愈加强烈。

　　不知不觉地，飞船的四周便被身着警服的人们零零散散地包围了。

目睹此番场面，不安的预感又增加了一倍。

莫非飞船内出现了恶性疾病？但那样的话，奇奇纳博士也不该出来，这是我所希望看到的最糟糕的状况。

然而更糟糕的情况是大家身负重伤，别说外出，甚至都动弹不得。即使是被半开玩笑地评价为"无敌不死之身"的父亲，我也不能断言他不会有此遭遇。

话说回来，假如是传染病之类的问题。医生和防疫人员理应会赶到港口来。如果是有人受伤，那么没有负伤的人应该可以下船。然而，如果不是这些原因，那必然是出了其他什么事。

等我回过神来，已经错过了离开现场的机会。都这么晚了，我也没打算再去学校。要是回家等父亲回来，也不能保证他会带着平日里的笑容安然无恙地回家。

我开始更加认真专注地思考起来。

"喂，你小子在这里干什么？什么？记者？管你是记者还是谁，都禁止入内，听得懂吗？"

一个粗犷却亲切的声音响起。我朝着声源回过头去，只见一名青年神不知鬼不觉躲过警备人员耳目，已经爬了一半悬梯，而"极光号"的老船员路易大叔则面相可怖，形如赤鬼㉘地在甲板上冲他怒吼。

"那是……刚才那位《以画传声新报》的记者先生吗？"

我过于惊讶，喃喃自语道。

没错，就是那位自称本·克劳奇的记者。不知为何其他报社的记者们都撤离了，他却还没有走，大概是在瞄准机会捕捉到足以作为特别报道的新闻素材。最终，他尝试潜入"极光号"，可偏偏被最强壮悍勇的路易大叔发现了。

"不，所以说，我们专栏记者们是有义务报道真相的，尤其是全国人民都很关心的'极光号'，明明就可能发生了异常，现在却什么都不肯公布，叫人放心不下。就在船里……"

他还试图继续辩解，路易大叔自然听不进去。被烦扰到最后，大叔已经很火大了，抄起木箱、垃圾桶之类的东西就对他扔过去，而克劳奇记者虽仍抓着悬梯的扶手在努力坚持，但很快便慌乱了起来，不得不连滚带爬往下跑开。

"哎？"路易大叔的声调突然变了，"那边的是爱玛小姐吗？哈特里船长的女儿爱玛小姐……啊，果然是嘛。怎么了，一个人在这种地方——哈哈，我明白了，是来迎接爸爸的吧？真了不起啊，爱玛小姐。"

"嘿嘿嘿……您说对了。"

我挠了挠头，略难为情。就算对方是从小就认识的叔叔，但自己仍被当成不满十岁的小孩子对待也很为难，我对此有些愤愤然。话虽如此，就算他们改口称赞我"长大了呐""呜哇，长得好高大呀……""真是大孩子了""个头很高嘛"之类的话，也会让我受伤。

总之，现在不是请路路叔叔（啊，就连我也没改口，还是下意识用了小时候的叫法……）体谅我的小烦恼的时候。

"不过，我父亲根本就没有出来啊，所以我有些担心他是不是受伤或者生病……发生什么事了？"

"受伤、生病，你是说船长？"路易大叔的表情有些呆愣，说道，"没有没有，没这回事，你放心。船长好好的，不管是在地面上还是在宇宙中，猛虎就是猛虎，只不过目前有点情况搞得大家都没法出船。倒不是生病之类的……而是捡到了个有点麻烦的东西。"

我刚被他前半段话安抚，就又听到了让人挂心的事实。

"呃，是什么……"

"那个有点麻烦的东西到底是什么？"

我刚问出口，克劳奇记者就接过我的话头把问题给补全了。这位新闻记者不晓得几时又绕着弯子折回我身边，竖起耳朵听着我和路易大叔的对话。

"这个不好说啊……不好说。抱歉啦，爱坞小姐——还有，我对那边的混账记者已经没话好说了。"

路易大叔突然脸色一变，冷不丁随手抓起点什么就对准克劳奇记者扔过去——被掷出去的物品在空中打着转飞了过来，瞄准得不偏不倚，正好就命中了他的头顶。不过幸好由于飞行距离颇远，其动能已经减弱了很多。

要不是因为这一点，他或许会伤得不轻，毕竟仍过来的是一盒罐头，里头装着吃剩下的豆子和肉。

"疼疼疼疼！哇，这是什么？！"

克劳奇记者惨叫着逃跑了，我深切感受到了记者这个职业的艰辛。再联想起之前提过的实习制度，我可以将它排除出"助手岗位"的候选名单了。我也要留神远处飞来的物品，别被砸到。

"那就先不说那个了……嗯。"

我站在久攻不下、难以入侵的城堡——"极光号"那背光的剪影前，不由自主地喃喃自语。

"到底是怎么回事呀，爱玛·哈特里？"

我一边说着，一边困惑地稍稍歪着脑袋，专心思考。这时有个异样的身影却突然从我背后冒出来。它头上挂着黏黏糊糊的东西，脸上沾满了各种不明污渍——对着这个怪物，我不禁尖声惨叫了起来。

但下一瞬，我那"呀啊啊啊啊！"的尖叫声就被那家伙一下子递出的东西给深深噎回了喉咙深处。是的，我从不知道世上居然会有拿着《以画传声新报》名片的怪物……

不过，受到惊吓，同时却被伟大的记者精神所折服的我，很快就陷入了失望和烦恼的情绪。

本·克劳奇记者用手帕不停擦拭着脸庞，他自来熟得很，说话时脸根本没必要凑得这么近。即便我多次远离他，他还是会一而再、再而三地贴上来，死缠烂打的，让人无可奈何。

"小姐，你是'极光号'船长的女儿吧？刚才我也被拒之门外了，不过他们会放你进去吧？能帮我个忙吗？嗯？拜托你啦！"

他把同样的话翻来覆去说个没完，开什么玩笑，我可没有这种义务，而且要是带着这种人同行，本来能进去的也进不去了。

突然，一条妙计浮现在我脑海中。我对克劳奇记者招招手，大大咧咧地朝"极光号"走去。确认船员路易大叔不在之后，我盛气凌人地加大步伐，克劳奇记者虽然心存困惑，却还是跟了上来。

很快就到了那架空中飞船的跟前，警官们被我们惊动，三三两两地飞奔过来，围住了我和克劳奇记者。

"你们要去哪里？前方禁止入内。"

"我知道。"

我尽可能把语气放得强硬，转头朝向一旁的克劳奇记者，继续说道："从刚才起这个报社记者就老跟着我，硬是要我带他进入飞船，实在是太头疼了，不管怎么驱赶都没用，能请你们逮捕他然后找个地方关起来吗？"

"咦，咦咦！说什么傻话呢你，喂……"

克劳奇记者一时语塞，慌乱地为自己辩解着。我则完全无视他，摆出悠然，甚至是傲然的态度装腔作势，没有再理会他。

这一手似乎效果显著，一名警官转向我问道："话说，你又是哪位？"

好的，他终于上钩了。

"你问我吗？"我用平静而庄严的口吻说道，"我是莎莉·法尼荷，代表法尼荷地理学基金总裁而来……你们怎么还慢吞吞的？动手啊，请快点解决掉！"

4

操舵室、海图室、通讯室、医务室、配膳室、浴室、机械室、燃料室——还有船长室。我至今多次造访过"极光号",其内部构造已清晰地印入了我的脑海中,就算是闭着眼睛走也不在话下。

……抱歉,刚才撒了一个谎。排气管、电灯泡、操作杆,在各种物品都凸出来的船内,要闭眼走路还是有些强人所难。我"砰砰咚咚"地东碰西撞,强忍疼痛。除非提前做好小腿磕出好多淤青、脑门上撞出肿包的心理准备,否则还是不要这样干了……

我打算先去船长室,可很快便又踌躇起来。要是见到父亲,他肯定会惊讶万分。虽说有一半原因是为了逃离那个记者,不过潜入得这么顺利,倒是有点无聊。

"那我提前跟船长说一下,请他稍后到卫生室来就行。"

突然听到的说话声把我吓了一跳,僵立当场,动弹不得。船内沿走廊布满了传声管道㉙,我稍微花了点时间才意识到声音就是从里面传出来的。

"嗯,拜托你了。船长和担任团长的奇奇纳博士也被这次的事情搞得手脚大乱,不过别的船员们呢?没人抱怨不能下船吧?"

"啊啊,多少有……不过办法总比困难多,他们虽然不知道具体发生了什么,却还是在有所察觉的情况下,接受了上级的安排。而且,我们本来就计划等入夜后就让大家回去,问题应该不大。倒是船长出于

38

身份立场，可能回不了家。刚刚爱玛小姐还来码头迎接他了，见不到面的话也太可怜……"

这人自不必说就是刚刚才见过面的路易大叔了。我不知道他是在跟谁说话，不过从语气上看不是船员，而是调查团的成员。不过比起探究声音的主人是谁，我还是更在意与我父亲有关的对话内容，于是竖起了耳朵仔细聆听。

"话虽如此，但也无可奈何吧。唉，总之这样也挺好，大家先等奇奇纳博士回来，然后重新协商之前的那事。他这次会直接在甲板上着陆，还嘱咐我们别把他击落了。"

奇奇纳博士会坐那架飞机回来？我更是全力调动听觉，但紧接着路易大叔那豪迈的声音便喷薄而出，把传声管道都震得嗡嗡作响。

"谁要击落他呀！那个老先生，三天两头就对我们开些莫名其妙的玩笑给自己寻开心，真头疼。他要是让我们攻击他，那准是想给什么新武器做实验吧。不过他把记者们带走，也方便我们之后的操作。"

是这么回事吗……我为之咋舌。

"那倒是个好主意，不过把原定的在海面降落改为陆地降落，是上策吗……地面运输也未必比航运安全吧。啊，还有一个通讯联络是找路易大哥的，好像是请路易大哥传话下去，指挥出入口的守门人以及监视着外界动向的家伙们，就说有重要的客人来了，让他们放行。"

"嚯，重要客人？"

路易大叔问道。对方则回答："是巴尔萨克·穆里埃先生哦。"

"哦，那位著名的……据说他也是我们船长的挚友？"

"是的，我也吓了一跳……"

之后，传声管道里继续传来路易大叔和某人的对话，但我已经没法好好听下去了。

（穆里埃先生——名侦探巴尔萨克·穆里埃先生要过来了！）

这个名字对我而言就代表着"英雄"。

巴尔萨克·穆里埃，一个看透一切、料事如神、解构奇迹同时也自己创造奇迹的男人，犯罪的博物学者兼分析家。他解决震撼全首都的猎奇连环杀人案、诱捕犯人等事迹至今仍令我记忆犹新。而身为一流私家侦探的同时，他还凭多项发现成为了人人皆知的科学家和探险家，教科书上都记载有他破解镌刻在古代石板上的神秘文字的功勋。

当我还是个小孩子时，曾被父亲带着见过他几次，但后来他们二人都越发忙碌，碰面的机会也减少了。尤其是我，自从通过书籍和报纸等媒介得知穆里埃先生的事迹之后，始终对他心生尊敬，被他的出色魅力所折服，但却越来越少能见到他。

关于"飞行在空中的短剑和看不见的子弹"案、"骗过人体测定器的男人"案，以及"十七个拿破仑三世塑像"案等，我都有很多的问题想要请教他本人——（今早，穆里埃先生曾有一瞬出现在我的梦里，这或许就是预兆。）

我思考了一下接下来很可能会遭到穆里埃先生否定的事，随后下定决心。不管父亲会发多大的火，我都要去见见父亲。而且只要有一丁点的可能，我也要见穆里埃先生一面。

——几分钟后，我成功潜入了路易大叔他们在传声管道里所提及的卫生室。

这间屋子我有印象。记得以前某次来飞船上玩耍时，到过此处。

不管是多么引以为豪的飞船，普通的父亲也不太会带女儿来参观这种地方，所以这也许是我一个人擅自"探险"时跑进来的。真是的，我们父女俩的情况与当时别无二致，我又是自己偷摸来的，没有什么变化。

不过室内的样子却与回忆有了很大的不同，并排放在拼木工艺地板上的床和桌子被移走了，连痕迹都没留下，取而代之的是我从未见过的东西，正坐镇于置物台上。

"这、这是……"

我不自觉地出了声。

我要再过一阵才会知道大人们把这个未知物体称作"胶囊"，而当时脑海中一下子浮现出来的则是"茧"和"蛹"之类的词汇。

这个不是茧就是蛹的东西，长约二点五米，直径有一米左右，整体呈圆筒形但两端收尖，和飞行船或者空中飞船的船体相似。

说得确切一些，它的横截面并非圆形，而是一、二、三……正八角形，因此它其实由两个八角锥和一个八角柱组合而成。八角柱的部分是透明的，金属材质的细带围着柱体绕圈，把每个棱角都环住，带子上还打了大头钉，像钉窗框一样。

摆着这东西的置物台上刻有法尼荷地理学基金的标志，所以它确实是"极光号"的后勤物资。但若要说这个奇妙的金属加玻璃制茧也同样属于"极光号"，我可就不太认同了。

怎么讲呢，不仅仅是置物台，而是它们整体都非同寻常。尽管我的表达不够到位，但它们真的给人一种不属于我们世界的感觉。

（换言之，这就是父亲他们在宇宙之旅中发现的东西吗？）

这个想法让我打了一个寒战，可同时也令我的脑中忽生疑窦。

提起所谓"印象"，为何我偏偏会想到"茧"呢？"蛹"也一样，就是壳子里必须得有些什么活物。不过，难道说……

为了确认自己的直觉，我战战兢兢地挪步前行。假如，里面是非常丑陋可怕的宇宙生物可怎么办啊？比如软趴趴的腕足，比如肉块上有眼球在抽动，又比如无数足肢丛生、既算不上昆虫也不属于甲壳类生物的怪物。再进一步说，假如它们突然冲破玻璃飞出来呢？

即便如此，我也不能止步不前。这个房间并没有特别宽敞，我很快就走到了置物台附近，差不多伸腿就能踢到它。

我眯缝着眼睛，将视线投向置物台上的那个物件，下一瞬间，我发现——

（里面……有东西！）

我用力地紧闭双目，可一直这样也不是办法，只得怯怯地睁眼，同时——

"啊！"

现实超乎我所有的想象，原本不管里面装的是多么离谱的东西，我都不会受到这么大的惊吓，整个人都僵在原地。这究竟是怎么回事？能说是我今早那个闹腾的梦境的后续吗？

茧里面是一名少年。

透过玻璃往里看，只见那个茧的中空部分里安设着类似简易床的东西，那名少年就横躺在床上。此外看上去就是细碎地放了许多机械装置和操作面板，不过我什么都不懂就是了。

不，比起这些，还是这名少年更关键。他的外貌——身高、身形、长相，也包括发色等等，跟我平时看到的男孩子们并无不同。年龄也是，大概跟我一样是十六七岁左右——不对，可能再年长一点吧。

既然茧里不是可怕的怪物，我便松了一口气，但很快又被涌入脑中的大量问号所恼。

这男孩是什么人？为何在这种东西里？他就是我在传声管道里听见的"变更降落地点"的理由吗？如果这就是父亲他们在此次航行中发现的东西，那么为什么宇宙空间里会有这样的少年？还有——他还活着吗？或是死了？

我把脸贴得离那层玻璃更近了，仿佛被这些疑问推着前进。由于少年阖着双眼，我目前还搞不清他的真实容貌，但就这样看来应该是相当端正的长相。

不过暂且不说这个，我忽略了一件大事——透过筒身的玻璃部分，可以看到这名少年赤着上半身！难道没有玻璃的部分所遮盖住

43

的躯体也……

我被自己离奇的想象惊吓，慌忙就要跳着退开。淑女们的观念我虽不太清楚，但作为技术学校的学生，我还是知道女孩子该有的教养——而就在跳开的前一刻，我受到了能够匹敌刚才，不，或许是比方才更强烈的惊吓，整个人都被呆在原地。

少年双眼圆睁，他那浅浅的眼睑，包括瞳孔的色调、形状都与我们的几乎一样。他正用那双眼睛回望着我。

至于我呢，别说动动身体，就连移开眼神都做不到。惊吓与困惑过度就会产生异变，我能做到的只有对视而已。

一开始，少年只是睁着眼睛，什么都没有在看，好像本来就看不见似的。但是，我和他距离这么近，脸都差不多贴玻璃上了，他不可能看不到。

他起先还因讶异而眯起的双目，突然就睁大了。原本只透着呆然的瞳孔，也带上了鲜明的感情——那是震惊。少年似乎也突然清醒过来。被素未谋面的女孩子从极近处窥视，不可能淡定自若吧。

可是我注意到，少年的表情中仿佛还混杂着吃惊之外的感情。莫非，是喜悦——不会吧，虽然不太可能。

不过少年的嘴边却浮现出若有似无的微笑。我觉得他的嘴唇在微动，与此同时却又出现了更加始料未及的变化。

我感到有一种似曾相识的声音和震动，似乎聆听过、感受过它们。接着我明白过来，声源出自我眼前这个金属与玻璃制成的茧，而茧也接着张开大口。不，不如说是像展翼一般敞开。

只是这样已经十分惊人了，再加上此时整个房间都在剧烈摇晃——大概是出于茧内外部的气压差，室内卷起了旋风，将桌上的文件全都吹飞吹散。

"呀啊啊啊……"

我此刻被吓得发抖，跳着往后退去，伸手半遮住眼睛，透过指缝看向那名少年缓缓坐起上半身的样子。

起初，从我这边看去朝向左边的少年，慢慢地转向我，表情与我一模一样，既惊讶又困惑，而且有所畏惧——但不知为何，我觉得他脸上好似也浮现出了一丝安心。

"……"

少年凝视着我，再一次动了下嘴唇。而我则与刚才一样，觉得他会说什么意义重大的话，就凝视着他，竖起耳朵听他开口——然而，正在此刻。

"爱玛！"

背后传来一个熟悉的、令我想念到无以言表的声音，它正呼唤着我的名字。我条件反射般地回过头去，那是一位中年男性，胡须浓密，戴了一顶船长帽，身材魁梧厚实，正茫然无语地矗立在门口，叼在嘴边的烟斗都险些要掉了。

"父亲！"

我叫出声来。随后我又继续说道："欢迎回来，父亲……工作辛

45

苦了！"

"哦，哦哦……谢谢。"

我的父亲——"极光号"船长猛虎·哈特里有些困惑地点了点头，但很快又恢复镇定。

"不是，先不说问候啊，爱玛，你跑来飞船上是要做什么？"

这、这个嘛……我正欲辩解，一位白发老人突然从父亲的影子里闯出。

"这、这到底是怎么回事呀，我们怎么都打不开的胶囊神不知鬼不觉就开了！而且里面那名少年还是这个样子……哦，发生了什么？"

声调突然亢奋异常的是奇奇纳老博士。这位刚刚还轻易打发了记者们的调查团团长，此刻正把头发抓得乱七八糟，一只手掩着高高的脑门，整个人都有些晃晃悠悠的。

随后，他如同想起了什么似的向我问道："猛虎家的女儿，你到底是怎么办到的？你到底对那个胶囊做了什么？"

虽说博士会这么问我也在情理之中，可我却不知该如何回答。

"博士，算了算了，既开之则安之哦？"

奇奇纳博士背后的门口传来清澈悦耳的声音，说话的人也很快就出现了。

当我见到那个身姿，不禁喊出声来，而对方则是对我微笑，继续说道："我收到委托，说有个紧闭且无法从外部打开的秘箱，需要我取出其中的物件，特地前来。不过这位小姐已经早我一步了……作为'侦探'却落后于人，疏忽啦。但对高明的手腕还是要送上掌声呢——恭喜，爱玛·哈特里小姐。好久不见。"

这些话语太令人意外，但也足够令人高兴，我当时就忘记了自己所处的立场——即堪称谜团的现场，少年既不是梦境也不是幻影，而且还在茧里待着呢。我下意识地就叫了出来："我才是呢……能见到崇拜的名侦探，实在是太开心了，巴尔萨克·穆里埃先生！"

那之后没过多久，我向技术学校的导师递交了实习相报告。这样一来，我想要去哪里进修？想要去进修什么？很快就可以向大家汇报了。

——旋涡状的雾气从少年脚下涌起，一直上升到头顶，他就伫立在雾中。

　　然而，雾气很快就消散在室内的空气里，他的衣着也很少，几近全裸。

　　他清澈的眼睛似乎已看遍了四周，却又像是什么都没有在看；他的嘴唇微微颤动，仿佛有话要说，但他会说出什么呢？抑或是，他只不过既冷又怕而已呢？根本无从判断。

　　他的身形和面庞、五官，甚至发色、肤色都毫无异常，要是直接穿好衣服，到外头的街道上走走，路上的行人们也都不会觉得古怪吧。

　　不对，视具体情况而言，说不定还会有人惊叹着回头，因为这名少年的容貌无疑是高于路人平均水准的。

　　即使如此，对于始终看护着少年，现在又见证他觉醒的人们来说，他只是一个来自异世界的人。他们最终也没法理解他，在语言、习惯上他全都是与当世隔绝的存在。

毕竟，少年是来自我们之外的世界，与我们这个世界的事物没有一丝关联，正如字面意义上的"孤儿"……

① "卡斯卡底古陆"（Cascadia），是一条从加利福尼亚北部延伸到华盛顿州的卡斯凯迪亚断裂带。

② "大海蛇"（Sea Serpent），是一种传说中身体类似蛇的海怪，目击纪录已经有几千年的历史。

③ "局头"即组织赌博、在赌局中贷钱给赌徒并抽取高额手续费的人。

④ "骷髅海盗旗"原文标注的读音是"Jolly Roger"，即传统的海盗旗，在红色大幅布上画有裹着缠头的白色骷髅头。

⑤ "Σ"是希腊字母，英语写作 Sigma，又被音译为"西格玛"，也是常见的加法求和符号。

⑥ "航海钟"（chronometer）是一种非常精密的计时器，又称航海天文钟或精密钟，是偏差仅 0.5 秒的高精度、可携带的机械计时仪表。

⑦ "蝙蝠式飞机"是仿照蝙蝠翅膀进行机翼设计的，第一台被设计者克雷芒·阿德尔（Clément Agnès Ader）命名为"风神"（Eole）；"鸟型飞机"仿照鸟类翅膀进行机翼设计，可以展开各片"羽毛"形的分片机翼；"汉森 – 斯特林费罗式空中蒸汽车"是用两位设计者的名字——威廉姆·塞缪尔·汉森（W. S. Henson）和约翰斯·斯特林费罗（J. Stringfellow）命名的空中蒸汽车，外观是一架高翼单翼飞机，由蒸汽机驱动两个推进式配置螺旋桨。三者都是蒸汽时代被设计出的经典机型，虽然没有能够全都被用于生产实践，但仍富有意义，也常在蒸汽主题的幻想类作品中得见。

⑧ "全景电影剧场"是日语中的融合词"kineorama",该场所融合"kinema"（影院）与panorama（光线特效全景）两类设施的特质而独树一帜。

⑨ "SPA"一词源于拉丁文"Solus Par Agula"的字首,Solus（健康）,Par（在）,Agula（水中）,意指用水来达到健康,即利用水资源结合沐浴、按摩、涂抹保养品和香熏来促进代谢、放松身心,也有人称之为"水疗法"。

⑩ "维多利亚女王"（Alexandrina Victoria,1819年5月24日—1901年1月22日）为大不列颠及爱尔兰联合王国女王（1837年—1901年在位）、印度女皇（1876年—1901年在位）,是英国历史上在位时间第二长的君主,也是第一个以"大不列颠和爱尔兰国女王和印度女皇"名号称呼的英国女王,她在位的期间是英国最强的"日不落帝国"时期,被认为是英国工业革命和大英帝国的顶峰,也是英国经济的全盛时期,史称"维多利亚时代",但在文化上虽然强盛、影响力巨大,却充满了严肃刻板、保守禁欲的氛围,高度重视道德上的"正确性"。

⑪ "光绪帝"（清德宗爱新觉罗·载湉,1871年8月14日—1908年11月14日）,清朝第十一位皇帝,定都北京后的第九位皇帝,在位年号光绪,史称光绪帝,在位三十四年,主要成就为对日本主战、主持戊戌变法。

⑫ "佛塔"又名"浮屠"、"塔婆"等（梵语"佛陀"的音译）,用于供奉舍利、经卷或法物,呈各种塔状。

⑬ "罗比尔"为科幻之父凡尔纳作品《征服者罗比尔》中出现的主要人物,"莫尔斯"音近"摩尔斯",是"摩斯密码"的发明者。

⑭ "同轴反转螺旋桨"（Contra-rotating propellers）是一种涡轮螺旋

桨引擎所特有的一类螺旋桨，与普通螺旋桨最大的不同在于其单个发动机上有两组并列转动的螺旋桨，这两组螺旋桨转动的角速度方向相反，因此被称为同轴反转螺旋桨。理论层面上，同轴反转螺旋桨两组叶片转动时产生的涡流可互相抵消，将涡流造成的能量损失降到最低，但缺点在于重量大以及噪音大。

⑮ "瓦特"即詹姆斯·瓦特（James Watt），18、19世纪的英国发明家，是蒸汽机的改良者，第一次工业革命的重要人物，正是他的改良促使人类社会进入工业时代。

⑯ "巴贝奇教授"即查尔斯·巴贝奇（Charles Babbage），19世纪的英国发明家、数学家，科学管理的先驱者，在19世纪初期初次想到用机械来计算数学表，后来制造了一台小型计算机，能进行8位数的某些数学运算。

⑰ "巴尔的摩市"（Baltimore）是美国马里兰州最大城市、美国大西洋沿岸重要海港城市；"坦帕市"（Tampa）是美国佛罗里达州佛罗里达半岛西岸海港城市。

⑱ "哥伦比亚大炮"是1865年科幻小说之父儒勒·凡尔纳（Jules Gabriel Verne）发表的小说《从地球到月球》中的设想，即使用哥伦比亚大炮运载探险家们进入太空。

⑲ "飞轮射出球体"是美国唯一神教派牧师和作家爱德华·埃弗雷特·希尔（Edward Everett Hale）在作品《窑烧的月亮》中的设定，这也是世界最初的人工卫星主题科幻作品。

⑳ "爱迪生"即托马斯·阿尔瓦·爱迪生（Thomas Alva Edison），19、20世纪美国发明大王,拥有超过2000项发明,创立著名的通用电气公司；"特

斯拉"即尼古拉·特斯拉（Nikola Tesla），19、20世纪塞尔维亚裔美籍大发明家、机械工程师、电气工程师。

㉑ "焚烧镁粉"指的是早期照相机的闪光灯是利用镁粉燃烧来发光的，通过在按下快门的同时燃烧散装镁粉实现闪光灯功能，使用的镁粉实际是镁和氧化剂的混合物，光线的强弱由镁粉的多少来决定，而点燃镁粉是使用了打火机用的火石。

㉒ "开尔文男爵"即威廉·汤姆逊（William Thomson），开尔文勋爵（Lord Kelvin）是他的封号。作为英国数学家和物理学家，他在数学物理、热力学、电磁学、弹性力学、以太理论和地球科学等方面都有重大的贡献，修建了世界第一条大西洋海底电缆；"瑞利勋爵"即约翰·威廉·斯特拉特（John William Strutt），出身贵族的英国科学家，除了透射束，也发现了第一个惰性气体——氩，是1904年第四届诺贝尔物理学奖得主；"伦琴博士"即威尔姆·康拉德·伦琴（Wilhelm Konrad Rontgen），德国物理学家，X射线的发现者、1901年诺贝尔奖获得者；"塞维斯教授"即加勒特·普特曼·塞维斯（Garrett Putman Serviss），是美国天文学家，天文学普及者和早期科幻作家。本作中将四人在科学史上实际的成就按照"蒸汽都市与以太科学"的背景设定进行了化用。

㉓ "德国皇帝"即恺撒（Kaiser），是德国皇帝的称号，源自于古罗马皇帝"恺撒"，在日本多指威廉二世皇帝。

㉔ "尼古拉二世"是尼古拉二世·亚历山德罗维奇（1868年5月18日—1918年7月17日），史称尼古拉二世（Nicholas II），是俄罗斯罗曼诺夫王

朝最后一位沙皇。他登基之时，沙皇制度已经开始摇摇欲坠，他对外扩张、对内改革却不尽如人意。其执政末期俄罗斯先后爆发了的二月革命和十月革命，前者推翻了他的统治，后者最终结果了他的性命。

㉕ "弗兰克·里德"是指"弗兰克－里德位错源"（Frank-Read source）机制，为三种位错增殖机制之一，一条两端被固定的位错线段称为一个弗兰克－里德位错源，这个位错源可以导致在同一滑移面上产生大量的同心位错环。

㉖ "喀拉喀托火山"（Gunung Krakatau）位于印度尼西亚，是一座活火山，历史上持续不断地喷发。最著名的一次是1883年等级为VEI-6的大爆发，释放出250亿立方米的物质，是人类历史上最大的火山喷发之一。

㉗ "维苏威火山"（Vesuvius）位于意大利南部，是一座活火山，被誉为"欧洲最危险的火山"。世界上最大的火山观测所就设于此处。它在公元79年的一次猛烈喷发，摧毁了当时拥有2万多人的庞贝古城。

㉘ "赤鬼"是日本民间传说中阎魔大王的手下猛鬼，高大凶悍，与"青鬼"是搭档，在《桃太郎》等作品中亦有出场。

㉙ "传声管道"是大船上的设施，在墙上铺设外露的管道，以此实现不同房间之间的简单对话而不用满船跑。

第二章

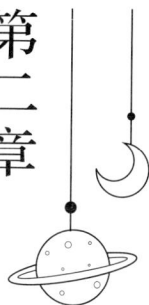

1

"好……这样就行了!"

我关上蒸汽负压吸尘器的开关阀,拭去额头上的汗水,劳动成果就是闪亮到晃眼的地板,而且暖烘烘的,都快要冒热气了。绒毯上的灰尘也都被吸得清清爽爽,污渍被擦得干干净净。

除此之外我还利用余温烧了开水,简直完美。接下来差不多可以歇一会喝口茶了,我伸手叉着腰,浏览了一圈四周。

那边是我一大早过来的第一项战果,我一面泡着茶一面望过去,这感觉可真是别有风味。

虽说我很擅长打扫这件事可能会让人意外,由于经常被担任空中飞船船长的父亲留下看家,这种级别的扫除和整理对我来说是相当简单的。要是父亲看到现场,很有可能会发些不符合大胡子巨汉形象的牢骚。

"爱玛你这算什么,清扫得比我们家还干净呢,这边比爸爸还重要吗?"

这么一想,还真有点可怜兮兮呢。

但也不是没有理由的。不管怎么说,这里对我而言是特殊的存在,房主本来就是我一直憧憬的对象。至于他到底是谁，请看，就在那边的磨砂玻璃门上，有着如下字样——

"孙里埃侦探事务所 • 克萨尔巴"

很是显眼，但从我的角度看过去好像反了？

巴尔萨克 • 穆里埃是我国，不，是令全世界都为之骄傲的名侦探，虽然我好像最近刚对他做过详细介绍。总之他是犯罪搜查业界的第一人，同时也是通晓学问与艺术的万能的巨人，特别特别了不起。

而且，出类拔萃的不仅是他的头脑，容纳其大脑的头盖骨亦是造型美丽，否则不管在上面贴上多少皮肉都无法……不行，往失礼的方向跑了。反正就算保守地说，他的外形也绝属俊美。

高高的额头，给人有几分冷淡的感觉，同时却拥有五官端正、随和可亲的俊秀面容。略长的头发随风飘逸，做工精良的西服套装①包裹着修长的身材。

不过我却绝非被其外貌所吸引，我喜欢的是他的头脑，知性、有正义感，以及无比崇高的精神。是真的啦。

这里是穆里埃先生的侦探所，位于一栋砖石建筑的九楼，从蒸汽厢式电梯里出来很快就能看见刚才那排文字。当然，不是左右颠倒的镜像版本。听说穆里埃先生好像在同一栋楼里还租了一套房子。不过，我从管理员那里只拿到了事务所房间的钥匙。

穆里埃先生在这里会见来客，接受委托，策划谋略，分析各种实验和证据，甚至还会与宿敌对峙——这里是名侦探的大本营暨司令部，或者说是秘密基地。想要进入这里略窥一二的人简直数不胜数，可是能够实现心愿的人却少之又少。

（仅仅是能够进来就已经十分幸运，而我居然还能在穆里埃先生的手下担任助手……简直像做梦一样！）

"助手"这个说法也不十分确切，我提交给学校的职业报告上写的是"实习"。虽然只是提前接触，但为了明确未来的职业规划，学校规定我们学生要跟着专业人士在一线进行实操学习。然后，我选了穆里埃先生的侦探事务所作为我的实习地，前几天的迷茫困惑，难以抉择就仿佛是假的一般。

原来如此。我自己原本懵懵懂懂的，烦恼于到底想成为什么样的人，可现在我想通了，我其实想当侦探。可能是这念头过于直白，因此反而没有察觉到。

可能是特别热爱这个职业，就连那些奇葩的梦境也是我内心愿望的反映，所以才不知不觉放在了备选项之外。可是，在"极光号"归来的那一天，一切就已成定局。

当然，这也不是轻而易举就能定下来的。我东拉西扯，好说歹说，才终于把父亲带回家。奇奇纳博士让我们搭了他那辆蒸汽人操作的无马马车。

"你想当穆里埃先生的弟子？还要调查杀人案、抓捕犯人？然后还要解剖尸体、处理炸弹什么的？你是认真的？你脑子出什么问题了？”

听到我的决心之后，父亲大为震惊。他没有发作，大概是因为在部下们面前不能抓狂吧。

“我非常健康哦。”我平静地回答，“因为，我是猛虎船长——猛虎•哈特里的女儿，与众不同再正常不过了哦。”

同乘人员里没有穆里埃先生可真是万幸。虽然我事后才知道他为何要坐另一辆车回去，不过如果他本人在场的话，我大概也没法发出这么厚颜无耻的宣言了。

“哎，这又是什么歪理？就算你是我女儿，年纪轻轻的姑娘家去做侦探也太……”

父亲还在强撑着反驳，而我则直接紧逼回去，完全不留给他喘息的时间：“啊，这样哦，那么父亲您留在陆地上工作的期间，只要您在家，我就不给您做饭了哦。但如果您同意我去穆里埃先生那里实习，就算我不在家也会把您的那份提前准备好，还给您做母亲亲授给我的肉酱派哟。”

我引用了亲戚家大婶的口头禅，言谈间充分发挥了留守女性的强悍之处。

“嗯，这……”

父亲点了点头，仿佛在说“我输了”，随后向奇奇纳博士就坐的前座探出身子。

“博士，爱玛刚见我就说这种话，能请您帮我说说她吗？”

父亲已经暴露出越来越多不宜让部下看见的状态了，博士似乎也对此感到诧异："咦，你突然拜托我也没用啊……不对，那个什么，小妹妹啊。"

他面朝向我，继续说道：

"嗯，你打算去哪里实习啊？我看那里就特别好……"

"博、博士！您在说什么！"

父亲手忙脚乱地插嘴出声。

奇奇纳博士则说着"哎呀，没什么"，摆摆手，打算糊弄过去。

"你要是昨天提出来倒还好说，今天去穆里埃君那边可不方便哦，他现在身负重任呐。"

"莫非是那个'胶囊'里的……"

我想起了秘藏在"极光号"卫生室里的那个金属与玻璃质地的"茧"，于是使用了博士他们对它的称呼。

"嘘！"

父亲和博士同时发出了尖锐的嘘声制止我，我被吓了一跳，然而那台蒸汽机器人也发出了"噗咻"的声音，同时还喷出了热气，十分滑稽，搞得现场的紧张气氛全都化为乌有了。

我趁机顺杆而上，探出身子说道："父亲和博士都这么说的话，那我就把当时在那个房间里看到的、听到的全都捅出去咯？比如说——那些在父亲的飞船周围做警备工作的人不是抓了一些记者嘛，有个《以画传声新报》的记者，我们也对人家做了不好的事呢。"

其实我也不记得做过什么对不起他的事情，但总之先把话放出来嘛。

"呃！"

话一出口，就见父亲他们双目圆睁，嘴巴大张却哑口无言。蒸汽人是唯一的例外，他本来就是这样设计的。圆筒形的头部上眼睛溜圆，嘴巴张开，除了吐出烟雾或者蒸汽之外，都可以算是沉默状态。

我其实没指望像这样装腔作势的胁迫，能让他们上钩，可结果却轻易就得手了。搞得我反而更为惊讶。总之，我成为名侦探弟子前的最大路障已被击溃。

即使如此，我所钦佩的穆里埃先生愿不愿收下我还不好说，此刻只能专心祈祷，寄望于神明、运气以及名侦探先生的心血来潮。

父亲虽然用蒸汽邮政为我寄出了信，但他仍期待着遭到回绝，我都能想象出他在行义里透露出的请对方尽可能回绝的暗示。不过我也有自己的想法和做法，就算被拒绝了，只要再构思新的作战方案就好。

然而，当他把信函投入排风口、拨号输入寄送目的地所属的区域号，接着拉下发送杆后。过了不到一小时，就收到了回信。这也是特殊收费下的"蒸汽报"②，通过"蒸汽远程打印机"即可迅速地收发信件。

——来函已悉，同意您的需求，明天请来我的侦探事务所。

以上

父亲不管怎么努力解读，这里头都没有拒绝的意思。

如此一来，我便可以去穆里埃先生那里担任侦探助手了。怎么会这么幸运呢，先生他又是出于什么想法而答应下来的，其实我都一无所知，不过对我来说是再好不过的结果。

话又说回来，关于我溜进父亲的空中飞船，也就是宇航蒸汽飞船"极光号"的方法，要是暴露的话会产生各种麻烦——不不，还是别想这种不吉利的事情了。

我每天早上都必须要借助闹钟才能起床，但从今天起，外出的目的地不再是学校，而变为了穆里埃先生的侦探事务所，于是我在远早于设定好的闹铃时间前就"啪"地睁开眼睛。平时我都嫌打扫和其他杂务麻烦，只是迫于无奈才做的。但现在，我的干劲却强烈到自己都感到意外了。

毕竟，同样是用抹布擦拭、除去灰尘，打理的对象可完全不一样——比方说，用于细致入微地分析证据的显微镜和试管、烧瓶、蒸馏瓶之类的，还有各种采样和标本。那个看着像寻常足迹的东西其实是有名的大盗残留在现场的痕迹，就连仅算恶作剧的涂鸦，其实也是暴露犯人内心的物品。

此外还有很多易容变装的道具，像是各种假发、人皮面具、假胡子、假鼻子、义眼、在脸上涂画的彩笔和画具，还有调色板。如果把这些能够让人自由变换容颜的东西进行商品化出售，所有的女性都会来购买的吧。

（没错，像我的同学莎莉就一定会把它发展成更好的生意……）

我心中如此暗道，但不知为何背脊上突然划过一阵寒意。

总之，对于读过巴尔萨克·穆里埃先生档案集的人来说，这里全都是有趣到不行的东西啊——这件在那起案件里出现过，那件则是那回冒险的纪念品，等等。

罕见的珍品中有种叫幽灵投影机的物件，它能让顽固的犯人自白。还有眼球透视镜，死者在生命最后一刻目击到的光景会烙印在视网膜上，用这个透视镜就能再现。以及我眼前这个道具，它的大小和形状都跟小型手枪差不多，前端安装了一个既是螺旋形又貌似万花筒的漩涡状装置，其实是应付对手的幻觉催眠枪等。

然而，这些还只是其中一部分。其他让人大吃一惊的东西更是堆积如山。

我边走边环视四周。

"哇啊啊啊啊！"

刚才捆扎好了，放在地上却忘了收拾的旧杂志和报纸绊到了我，脚下一个不稳，毫无预兆地爆发出惨叫声。

我手里还拿着茶杯和托碟，杯中的茶水直冒热气，没有比这更险峻的情况了。我不想淋到热茶导致烫伤，可也想避免这看起来就很昂贵的陶瓷茶具掉到地上、摔得粉碎的下场。

"哎、哟、哟！"我一边发着这种傻乎乎的声音，一边扭转身体，尽力让茶杯和托碟保持水平，拼命调整越发不稳的身形。

其结果就是我全身拗成了一个奇妙的曲线，捧着茶杯，一屁股跌坐进附近的椅子里。而此刻，茶水泛起了巨大的波澜，但勉勉强强地，总算一滴都没有溅出来。

"捡回小命了……"

我不自觉地小声嘀咕，岂料又突然响起"咔嚓咔嚓"的声音，有东西从椅子的各个部分里飞出来。

咦？这到底是什么？我还在疑惑呢，就只见银色的机关卡住了我的颈根，"噗"地把我的脑袋整个罩住，还夹紧了我的手脚，搞得我浑身上下动弹不得。

这是一种拘禁装置，还是说是个拷问道具？不过幸运的是并非如此。我有证据，因为束住我五体的机关上均装有表盘和指针，各自显示着对所在部位的测定结果。

没错，这玩意是穆里埃先生发明的"人体自动测定椅"③——可以分别对犯罪者还有死于非命之人的遗体进行鉴别，确定他们与某特定人士是否为同一人的装置。

就算是用上了穆里埃流的易容术，或者容貌和体格随着时间流逝而发生变化，可各个部位的骨骼尺寸却是难以改变的，更何况它也无法被改变。

让曾经犯下罪行并被捉拿归案的人接受测量，把数值保存于卡片上，等到再次犯罪时他们即使伪装成别人也是无用的，因为从庞大的卡片数据中选取出冷峻而严格的数据组将彻底粉碎犯罪分子的狡辩与遁词。

一到两处地方数值一致也就罢了，可若十几处都是相同尺寸，那么是同一人的可能性就会增强。

话是这么说没错，只不过要向那些素日里多蒙警察"关照"的家伙们一一采集他们各部位的数据也是极费工夫的，而且要获得准确的数字更是难上加难。既然数据一致即可认定为同一人，那么也就意味着数字有误的情况下，也会把人搞错。

人体自动测定椅就是为此开发的。而且也不是非得坐上去一动不动——它能够同时测量好几个部位并且显示数据，相当温柔的道具。然而，没想到它居然还配备有抓捕我这种蠢丫头的功能。

"顺便一说，测量的部位是……呃，首先是身高吧，还有双臂横向平举时候的最大长度，接着还有坐高、左前臂的长度、左手中指和小指的长度、头部的前后长度及宽度、颊宽、右耳的长度、左脚的长度——嗯，满分！"

我似乎对眼前的麻烦完全没有察觉，把刚学到的项目全都实践了一遍。不过倒也没有多么复杂，只是将被羁押的身体各部分都动了几下，所以回答当然正确。

可是，当前……想要用帅气点的方法记住这十一处的部位。不，通常不会这么想吧？总之，就算不想也没什么可做的啊。

不开玩笑，我的身体完全动不了。有些家伙会在测量的时候抵抗想要糊弄过去数据，而这大概就是针对他们的防范对策——"咔恰"一声之后机关就静止了，即使我只是想悄悄挪动一下手脚，也是纹丝不动。

这下子我可头大了。像这样手持茶杯，既不能饮用，又不能把它放在某处，我都开始担心了，难道要一辈子都保持这个姿势吗……

伴着"咔哒"一声轻响，里屋的门慢慢开启。

我不觉吓了一跳。这个侦探事务所里还有别人在吗？难道穆里埃先生比我早到了？不，我知道这是不可能的。

但是，究竟是谁——我甚至还来不及问，就发现了答案。不过不知道对方是否也和我一样。

门很快就完全打开了，已能看清门后那个还略显昏暗的身影。

我下意识吞了一口气，不吞不行。

站在那里的正是那名少年——就是之前躺在"极光号"卫生室，按奇奇纳博士的叫法是"胶囊"里的少年。

令人费解，不，他本身就是谜。从"极光号"的行动，以及过度的警备能够看出，一切都跟这位身份不明的男孩有关，此刻他正站在我眼前。

只是，他现在的衣着和我们世界里的男孩子差不多，身穿背带裤，衬衫的领口处系着领巾，然后还套着上衣。若要问我怎样，那就是普通到不能再普通。

但话又说回来，他给人的印象还是变了好多。总之，与那时候的他相比，全都……反正就是这样啦！

"早、早啊！"

我有些怯怯地说道。随后，少年非常符合人类常识地回答我说："早。"

可这已经足够吓人了，简直是天方夜谭。他是跟那个胶囊一起，被航行到大气圈外、脱离了引力圈的"极光号"所收留并带回地球的少年，居然会使用我们的语言！

2

我得到了那名神秘少年的帮助，一分钟后脱离了人体测定装置的束缚，终于能站直身子。

"……谢谢。"

不知为何我的声音极小，对他略一点头，而就在这一瞬间，我感到他的嘴角浮现起了若有似无的微笑，可当我急忙抬起头时，他脸上却已不着一丝痕迹，就像戴上了一张假面具。

（他到底是什么人？）

短时间内百思不得其解的问题又在我脑海中掠过。

——突然之间，我不禁产生了动摇，虽然我早就知道这名少年也被穆里埃先生带了回去。

而且大致也能猜到他与我的实习内容相关。我没有忘记之前亲身经历过的既如奇迹也似噩梦的事件。

可是，这名少年为什么会在穆里埃侦探事务所呢？也许有人会有疑问："奇奇纳博士那被当作研究所来使用的老巢，也就是我们的科学部，不是更适合的场所吗？"其实不难回答，那些不了解巴尔萨克·穆里埃的人才会提出这样的问题。

归根到底，他会被"极光号"私下偷偷叫去，正是因为大家想借智于这位著名又博学的推理天才，从而解析这名浑身都是难解之谜的少年。

没有人告诉过我详情，不过"极光号"是在航行旅途中发现那架八角锥和八角柱所组成的胶囊，而且当时这名少年正躺在胶囊中。

为什么会发生这样的事呢？以奇奇纳博士为首的调查团员们众说纷纭，但目前全都缺乏决定性的证据。如此一来，他们反而要从外部寻求解答。因此只要有情报，那么推导出上述的结论也并不难。

而提供解答的人，便是名侦探巴尔萨克·穆里埃先生。像他这般人物，肩负着备受期待的使命——即是将禁闭着这名少年的胶囊打开，迅速救出他来。

话分两头，不管怎么做都没法破坏胶囊，因此大家只能从外部守望着这名不知还有没有意识的少年。他很明显地在憔悴和衰弱，样子甚至十分痛苦。

看样子，胶囊内部维持少年生命的装置已经停止，空气也逐渐不足。作为船长的父亲，以及调查团团长奇奇纳博士他们想方设法要把少年弄出来，可是所有尝试都以失败告终。

少年的真面目本来就不明，而打开胶囊后又会发生什么——没人能保证里面不会喷出有毒的气体、扩散出恐怖的病菌等。

因此寻求名侦探的帮助是不可或缺的。提到侦探，那就要找巴尔萨克·穆里埃了。由此，"极光号"在返回地球的途中便通过可视光通信向他发送了事件概况，并传话"直接呼叫穆里埃先生本人，让他来伦敦第二港口待命"。

接到这份委托，穆里埃先生自然会应下来，但却在回信中提了奇怪的问题——

那个可疑的胶囊内部没有能够打开的按钮之类的吗？请观察。

尽管也有人对这个假设嗤之以鼻，但另一方面也合情合理。透过玻璃进行调查的结果，发现了形似开关的东西。

既然如此，在宇宙漂浮期间不开舱也就算了，着陆以后他为何不按动开关，自己从可怕的茧或蛹里解放出来呢？

因为失去意识、动弹不得吗？还是说，他只是不想从胶囊里出来，甚至做好了死亡的思想准备？

大家一边期待着解开谜团，并尽可能地救出这名少年，且不给"极光号"造成损伤。换言之，也就是要追求最好的结果，秘密叫来了穆里埃先生。

而当时，我虽然在飞船内，却对这些一无所知。但穆里埃先生很可能不仅动用了他擅长的化妆术，还运用了某些融合最新科学技术的隐身术吧。

然而，好不容易都进展到这一步了，打开胶囊的功劳却被我抢走——更何况我其实什么都没做……

不过即使我引发了意想不到的大骚乱，最终解开少年谜题的重任果然只有穆里埃先生能够胜任。

那么，结果自然就是少年交由穆里埃先生带走，在他的侦探事务所（也就是这里）起居生活。原来如此，这是冷静仔细、周详地调查后的最合适方案。这么一想，如此爽快就答应我来实习的理由也就分析出来了。

就是这么回事呢。

经过重新调查，少年所在的胶囊基本无法从外部打开。但相对地，也确认了从内部进行简单操作的可能性。即是说，只要少年拥有思考能力，那么他就可以根据自己的处境，驱使自己的意愿不从胶囊里出去。

如此一来，为什么当我接近胶囊时，情况就变了呢？想要探究真相，最好的方法就是把当事人的我安置在他的附近——大致就是这么回事。

其实这也是我本人最想搞清楚的疑点。当时，他对透过玻璃看向胶囊内部的我给出了回应，那表情不单单只是惊讶、恐惧、困惑，而是在此之外的、几乎不可能出现的反应……

"啊，那个，"在经历时间回溯、发散思考，犹豫不决之后，我还是主动开口了，"我的名字是爱玛·哈特里，刚来这里实习，然后……你叫什么名字？"

少年比我略高一些，身材细瘦，但却意外给人结实紧致的感觉。蓬松顺滑的发丝令女孩子都羡慕，在窗外照射进来的阳光之下更显得头发通透光润。

"我……"

少年停顿了一会，随后静静地开口："我的名字是……尤金。"

嗓音虽说有些纤细，但让人听得非常清晰。

"尤金？"

我想都没想就把这个名字照读了一遍，反过来向他再次确认。

"是的，尤金……"

少年以更加清晰的口吻再次答道。

然而我却越来越弄不明白了。

外貌和语言都没有什么异样，行动也几乎并无二致，现在就连他的名字也极为普通。这样看来，他无疑是同样的地球人啊，甚至是出生在同一片地域、同一个国家的人类。

不过，按父亲和奇奇纳博士，还有穆里埃先生的说法，假设这并非事实，那么关于尤金最难解，也无解的谜团就在于他没有异样。

你是什么人？从哪里来？到底是经历了什么才会被装到那个胶囊里在宇宙漂流，并且又被"极光号"捡回来？

我想当场就一下子问个够。要是能这样就好了。即使不回答我的问题，也强过错失发问时机，搞得自己心里有疙瘩。

但我不能。尽管我现在简直是一张开嘴就能像吹肥皂泡一样吹出无数问号，但仍因事噤声。

因为这位名叫尤金的少年脸上浮现出冰冷而不带任何感情的表情，

但也并不是说没有表情或没有反应。

他微微地笑了，是看到了什么吗？如果其中包含了某种意味，我倾向于是为了拒绝自己周围的一切，拒绝他人靠近所设下的计策。不过，好像有点以恶意揣测他人了啊。

那，他是故意这么做的喽，还是说，他心里有某些思绪促使他做出这种行为？而且是一种仿若心已死的、平静但却深深绝望的心绪吗？

这不是绝无可能，也称不上是无解之谜，然而我的心却被揪紧、被抓牢，无法对这个谜团置之不顾。仔细想想，其实我在最初的那一瞬间就已经被这个谜团所俘获了……

"怎么了？哈特里小姐，还有尤金君。"

背后突然响起一个优美动听的嗓音，我赶忙回过头去。

"啊……穆里埃先生！"

这个侦探事务所的主人——巴尔萨克·穆里埃先生正站在那里，视线迅速地扫过手忙脚乱的我，随后环顾室内。

"哦，变得相当整洁了呢。这都是哈特里小姐做的吧？"

他一边说着一边露出了温和的微笑，我更加手足无措了。

"是，那个……其实不能随便乱动的是吧？我擅自打扫和整理了您的房间。"

有些人不管屋里乱成什么样，一旦房间和书桌周围被整理干净了，就会不分青红皂白地发火——其实我父亲就是那种人。

他会抱怨说不知道那个放在哪了、这个跑哪去了，还会闹脾气，说什么"没得用就惨了""快帮我找出来"等等，一点都不符合猛虎船长应有的样子，所以我也完全撒手，不管多乱都由着他，过不多久他便会出声投降。堂堂"极光号"船长居然这么快就对我举起白旗，身为一介国民，可着实有些为难。

穆里埃先生的房间就不会搞得那么乱，但他毕竟是头脑与神经都非常敏锐的人，要是把东西移动几毫米、把倾斜的东西扶正，说不定也会令他不悦。

不仅如此，无论是脏兮兮的道具，还是怎么看都只能归为垃圾的玩意，实际上都有可能是重要的证据或具有纪念意义的战利品。

换作父亲的东西，我会毫不留情地扔掉，而他本人也意识不到，因为基本上就不记得，所以扔了也不是问题，不过那些东西可不能与这里的相提并论。

对待这里的物品时我当然很在意，然而我终归不是巴尔萨克·穆里埃本人，也许还是会犯下某些错误。

对了，刚才从地上吸走了灰尘，还用抹布擦掉了墙上的污渍，假如它们都是重要的物件可怎么办？想到这里，我感到自己背上直冒冷汗。

"没事，不要紧哦，倒不如说简直太棒了，十分感谢。"

我这副狼狈的样子很滑稽吗？穆里埃先生说着说着都快要笑场了。

"清扫工作都委托给上门服务的钟点工了，所以本来不想让你费力，因为我不是为了让你干这些事才接收你来做实习生的，哈特里小姐。"

如此一来，我的不安被彻底打消，可这下却又生出了一些不满。

"啊，那个，穆里埃先生。"

我怯生生地开口。

"嗯？怎么了？"

名侦探有些讶异地回问道。

"那个，如果可以，请您别称呼我为什么'哈特里小姐'了……"

我感受着尤金的目光，索性直接把话说下去："能否请您叫我'爱玛'？"

面对我的诉求，穆里埃先生"呵？"的一声，似乎有些意外，但很快又恢复了笑容。

"这点事当然可以，我知道了，哈特里……不，爱玛。因为你父亲的缘故，我对你们的姓氏印象深刻呢。这样一说倒也是，我对尤金君也是直呼其名，要是只是对你特别对待，确实有些微妙。"

"非常感谢您！"

我赶紧低头致谢。其实，穆里埃先生方才所言正是我在乎的部分。

虽然我也觉得自己的想法不可取，但基于实习制度，我才是穆里埃先生的正式助手，而尤金绝对不是。可是明明如此，我却觉得他与穆里埃先生更加亲近，这我可不服气。

不知穆里埃先生是不是看穿了我的小心思，他用充满魅力的眼瞳凝视着我。

"对了，爱玛。"

"是，我在！"

突然被他点名，我都差点原地蹦起来。先生继续发言："可以去玄关看一下吗？从刚才起就传来敲门声，你没有注意到吧？看样子是有客人来了……"

刚听他说完，之前提过的那扇写有侦探事务所名号的大门就响起了叩门声，而且音量越来越大，节奏也越来越快，都开始让人觉得刺耳了。

"——收到！"

我说话的声调都抬高了。居然忽略敲门声！身为侦探助手可不该有这种疏忽，必须挽回一城！我往门口冲去，背后传来了名侦探先生的声音，似乎是在自言自语："那种讲究规矩的敲门声，大概是警视厅^④的戴亚斯警部。"

他又接着说："要是警部……爱玛，不用去应门了，请做好出门的准备，反正他会自己进来的。还有尤金，你也一起。"

呃？出门的准备具体是指——我想都没想就站住了，随后回头看向穆里埃先生。

"哐——"伴着惊人的声响，侦探事务所的大门被猛地打开，门口出现了一名圆脸中年男性，身材有些矮胖，穿着立领制服，看样子是急急忙忙冲过来的，正"哈、哈"地上气不接下气，每次呼吸时八字胡就一震一震的。他说道："穆、穆、穆里埃先生！事情是这样——"

"明白了，出事了是吗？"

话还未说完，穆里埃先生就做出回答，根本不用他细述详情。

"是、是的。"

戴亚斯警部从口袋里扯出一条皱皱巴巴的手帕，一边擦汗一边回答。

让人一头雾水的对话，但好像是出了什么大事。名侦探巴尔萨克·穆里埃答应盟友戴亚斯警部的委托，出马搜查。迄今为止，已经发生过多次的对话正在上演，能够亲眼见到这幕简直太好了。

别看戴亚斯警部这副样子，他可是警视厅的名警官，经常与穆里埃侦探组成搭档，在多起事件中相互配合的身影也经常出现在《幻灯报》的画面里，或是被街头印刷机打印在照片纸上得以传开，而《以画传声新报》更是充满煽动性地直呼二人的尊姓大名。

能令这样一位警部气喘至此，事情一定非同小可。而且（虽说有潜在的危险）他们没有命令我留下来看家，而是要带我一起去现场，怎么可能不让人兴奋！

不过我没有意识到，穆里埃先生和戴亚斯警部的这段对话只是一段序章，后续发展将更为险峻。当然，事态也波及了我。

3

这辆警视厅的蒸汽班车一看就造得很结实，涂装黑乎乎的，不过它的正面则像是中世纪欧洲盔甲武士的面部，总让人有些敬爱之感。

它不像奇奇纳博士的陆空两用车那样由机器人操作，而是通过巡

76

警掌舵驾驶。穆里埃先生和戴亚斯警部坐在舵手后边的座位上，凑近了脸在说些什么。

再往后是像半个行李架似的地方，我和尤金就蜷坐在上面，乍看之下十分规矩，但我的心里却因满满的好奇和微微的不安而雀跃不已。

我始终无法相信自己会坐上只能在市内见到的警方车辆。它是一辆运载两用车，两层高的巨大车体一边惊险地倾斜行驶，一边横冲直撞。那些外形和声音简直都如同蜂群的摩托们惊慌地赶紧作鸟兽散，真是大快人心。

若是平时，现在正是大家各自前往校园的时间段，无数蒸汽汽车（尽管也有其他类型的机动车）在我们面前往来行驶。我们只能摆出"怎能被这些机械给小看"的气势，穿过它们之间的间隙，一路上心惊胆战。

今天一早就能享受到兼顾速度和安全的交通工具，舒舒服服地将早高峰甩在身后，令人有种春风得意的畅快。

不过我已经有些飘飘然了，并没有考虑路上交错的人群的眼光。

早高峰期间，我跟一个男生坐在高速飞驰的警车上，别人会认为我们是犯下了什么不得了的恶行。事实上，的确有些人在被超越时看向我们，还别有深意地指指点点，伴有取笑。

我意识到了这一点，但却无计可施。明明刚才还觉得自己也算是警视厅的一员，昂首挺胸，现在却有些提不起精神。

尤金是怎么想的呢？我心里捉摸着，向旁边看了他一眼。什么呀，他正看书看得入神呢。严格来说不是"看"书，而是使用灌录了文章的蜡管⑤在"听"书。

从侦探事务所出发时，他拿了一只包，这全套的设备大概就装在那包里吧。他脚边放置了一台小型的留声机，一根形似医生使用的听诊器的胶管，从机器上延伸出来，呈 Y 字型叉开的前端分别插在尤金的双耳中。

那么，他在看什么呢？不对，在听什么内容呢？我不知不觉就来了兴趣，客客气气地问道："那个……你在听什么？"

但始终没有得到任何回应。

"请回答我一下。喂，尤金君！"

我随意地试着呼喊他的名字，然而还是没有反应。我又反复进行了多次同样的尝试，终于起了火气。

"能给我也听听吗……可以的吧？嗯？"

我小心翼翼地将塞在尤金左耳里的橡胶管拔出来，他看起来有些惊讶，我则毫不在意地将它靠近耳边，把耳机轻轻靠在耳畔，这样一来就足以听清阅读的内容了。具体如下："我们地球所在的宇宙中，充盈着一种叫作'以太'的物质，光和力以及其他各种物质都以它为媒介进行传达，这一点我们自古以来早已了解。然而，要证明其存在却极尽难事。在迈克尔逊和莫雷⑥两位教授通过实验检测出以太之前，尽管它是最为重要的存在，却同时一直都只是纸上谈兵。

"以太，是与我们的生存与生活有所区别的另一个侧面——现在还处在只能将已知部分命名为'迈克尔逊－莫雷空间'的状态。若用'立

78

体'概念形容，说是'横截面'也许更容易理解。在仅展现它的一部分，或者仅展示横截面时，它很可能会被大众误解为极度狭窄、轻薄的样态。但事实绝非如此。它与我们的世界是互相重合的。它既是看不见、摸不着的另一个世界，又将所有的光和能量传播过来……"

（这什么啊？跟初级的科学教科书似的。）

我微微侧头，有些困惑，可很快便理解了——这是穆里埃先生的用意，要让尤金大致了解我们的世界，教他一些能够快速掌握的知识。

证据就是，留声机附带有一个盒子，大概是他正在收听的蜡管的收纳箱，箱上的标签写着"易学易懂的应用以太学——从发现以太到宇航蒸汽飞船"，此外还有"最新版比较当世帝国、王国、共和国""蒸汽与齿轮的世纪"等字样。

尤金也不管我有没有伸手，照旧聆听着从单只耳机中传出的声音，连看都不往我这边看一眼。我有些火大，心想"不用这么无视我吧？"与此同时，从蜡管中播出的声音也仍在继续。

"那么，所谓以太重要至极，其存在过于理所当然，加之眼不可见、手不可触，人们便一下子提高了对它的关注度，更不必说还有以太螺旋桨和基于它才得以实现的宇宙旅行。

"我们经常会以船用螺旋桨通过搅动水流获取推力来类比以太螺旋桨，这种说法当然不能说是错误的，不过还是有些过于简单，为了有效使用以太螺旋桨，我们必须从'以太的存在'这一方面切入。宇航飞船的蒸汽设备在驱动以太螺旋桨的同时，整艘船都会进入迈克尔逊-

莫雷空间，这是爱迪生－特斯拉效应，也有人称之为'渗出'。

"就像是浸入水中或是穿过过滤膜一样，包括船上搭载的人在内，整艘宇航飞船都会移至另一个世界。而此时，飞船的外观上并没有巨大的变化，可是仔细端详便能发现一些现象，诸如它会变得有些模糊，而且附带有特殊的光……"

原来如此，我心想道。原来我在伦敦港第二码头迎接"极光号"时目击到的怪相就是这么一回事啊。

"……宇航蒸汽飞船因为爱迪生－特斯拉效应而在以太中移动时，外界对它的影响会相当有限。从飞船内部可以看见外面的星光，从外界也能够看到飞船的身影和船内的灯光，因此它与地球之间可以通过光来输送信息，不过严格说来，从船内看到的星星们并不是作为物质而存在于以太中的。不仅如此，即使飞船撞上了漂浮在宇宙中的星尘等，也能像碰到幻影一样穿透过去，其实这时的飞船才是幻影，就和游荡于空中的幽灵同理。然而拜其所赐，我们的宇航蒸汽飞船在面对灾难时基本都能无恙，因此几乎也能算作是无敌——"

"啊，原来是这样子的……"

我想都不想就接受了还一知半解的知识，这么说来，这次起航之前我问过父亲："您不担心撞上陨石或流星什么的吗？"

他则豪爽地捧腹大笑，但并没有正面回答我。

"不用这么担心，反正宇宙里又没有陨石和流星在飞来飞去。"

而我之后才意识到，陨石和流星落在地球上才能被称为陨石和流星，父亲的回答并没有错。

可我真正想问的是，一旦撞上陨石和流星们的"前身"时，会不会很危险。不过根据现在听到的内容我也不再担心。

但这么说来，那些流传已久、关于各国宇航蒸汽飞船遇难事件的说法，事实上并未得到确认。它们确实是失踪了，这该如何解释呢？此外——

（此外，这和尤金又有什么关系？）

我的思考转了一个圈，又回到了原点。就在此时——

刺耳的刹车声和汽笛的咆哮声同时响起，汽车骤然减速，我被这个突发事故搞得向前扑倒，几乎要撞上前座的椅背，连耳机和橡胶管都脱手了。

"好，到达目的地，小少爷和大小姐你们快下来，来，下来了。"

戴亚斯警部扭转粗短的脖子，对我们说。虽然我不太乐于接受这个称呼，不过毕竟是友善的表现，总比露骨地嫌弃我们碍事要好，所以我也该知足了。

"好、好的。"

我急着直起身来，这才发现尤金已经下车了，刚才还在听的留声机和蜡管也整理完毕，收在箱子里用手提着，恭恭敬敬地去接穆里埃先生下车。

"啊，等等我……"

那是一座华丽如宫殿般的建筑，乘车的门廊上铺陈着光滑又闪亮的石板以供踏足，一脚踩上去都快滑倒了。直到此时我方才得知我们要去往哪里，以及案发现场又在何处。

牛津·剑桥大饭店率先映入眼帘的是针对大清国游客而用汉字写的店招，最近由于客群激增使得酒店的曝光度大幅提升。

话说回来，这名字当然不是指酒店的营业范围大到横跨牛津与剑桥⑦，否则就要在自己的地盘里铺设长距离铁路了吧。咦？大家都明白的吗？抱歉，我啰唆了。

特别是那些文字，很快就被替代，改用常见的英语字母、西里尔字母⑧、阿拉伯文字、蒙古文字以及不知道是什么国家的语言文字，"咔恰咔恰"地重组着店名。这个与街头那块滚动报栏功能相近的店招还挺有趣，就是让人有些目不暇接。

被称为是"新文艺复兴"⑨风格的尖顶塔楼耸立着，圆柱环绕的巨大建筑一片纯白，上面有无数烟囱凸起，粗壮的管道四处蜿蜒。还有几台与观光车一般大小的滑轮车凸在墙外，与曲柄轴连在一起，因承担着一个巨型天秤的动作而回转。

如此，这栋建筑物便"嘎吱嘎吱"地将我们从地基拉近，就算它变成一架巨人机关车，发出震撼大地的轰声跑动起来大概也没什么不可思议吧。

在首都的众多酒店之中，这里就设施和待客水平而言无疑属于顶级，但它似乎与我无缘。我和父亲都没兴趣为一间仅能用于睡觉的房间而掏空钱包。而且总的来说，我们出生、成长在这个城市，基本没有机会，也没有必要去使用住宿设施。

不过即便如此，我对这家酒店还是有几分在意。好像曾听某人讲起过。

那么，到底是从谁的嘴里听到了怎样的内容呢——我想着想着，不自觉便停下了脚步，于是便稍稍落后于穆里埃先生、戴亚斯警部以及尤金。

啊，糟了！我心想着，同时提高步频，试图赶上他们。可一进玄关，挂在立柱上的画框，尤其是镶在框里的内容让我再次呆立不动。不，不只是一张画那么简单，我突然有种被人从背后揪住领子向后扯的感觉。

（咦，刚才怎么回事？我好像看到了认识的人的名字……）

自己跟穆里埃先生他们三人已经拉开距离了，干脆就停了下来，观看起那些收在画框里的附有照片的文章。第一行就写有如下标题：

酒店所有权人向各位致以问候。

——雷恩·法尼荷

（呃，雷恩·法尼荷不就是生气包莎莉的父亲吗？那也就是说，这里……哎哟！）

我不禁在心中大叫，一瞬间，走在前面的穆里埃先生也好，即将面对的案件也好，都彻底从我脑海中飞散而去。

我心慌地祈祷着，希望千万别因这个虽然罕见，但在我看来非常熟悉的姓氏而引起多余的麻烦。

4

　　这里简直就是宫殿。虽说我也没去过真正的宫殿，但皇帝陛下和王族们每因蒸汽设备或排风口、管道的改建工程而不得不离宫两三天至半个月时，这所规模与豪华兼备的酒店就足以担当皇家的行宫。

　　同时，这里还堪比汇聚了东西南北各国服饰的样品陈列市场。人们身着或是朴实无华或是五颜六色的衣装，有些还闪闪发亮的，头上顶着不可思议的发型，还有头巾、帽子等，肤色也各不相同。而他们来往交汇的那个大厅，根本就是充满异域风情的歌剧舞台。

　　难怪了。人们会精心打扮，购买昂贵的时装，使自己足以配得上这种场所。我从有记忆起，十几年来才第一次意识到这一点。我要是对生气包莎莉这么讲，她又会是怎样的震惊表情呢?

　　要说起来，比起时尚秀，更吸引我的是酒店内被弯曲成弧形的黄铜色轨道，轨上有成列的四轮马车载满了美食，被小小的机关车拉着慢慢前行。光是旁观就让我感觉饥肠辘辘，不过看到这些，它们的配送和保存方法也就不言自明了。

　　这么说来，我突然回忆起一个场景。大概是某天放学后吧，也可能是在休息时间，莎莉突然给我们全班同学摆了一桌菜肴。

　　"我家的料理部门可是业内第一家注意到蒸汽冰箱使用方法的哦。

84

热腾腾的蒸汽要如何才能让物品冷却？很不可思议吧？其实是通过猛地放出高压蒸汽时所产生的……什么来着？啊啊，真是的！对了！就是利用气化吸热来达成冷却现象。多亏了它，随便客人们点什么餐饮，我们都可以满足。"

她让我们听她说了一段长篇大论，随后一脸炫耀的表情。要大家说点什么似乎有点强人所难，可是莎莉又很想得到反馈，便渐渐无措起来，但又下不来台，终于开始焦虑。

我因为不明白那些原理，就没有作声，只是看着她。结果她开始用快要哭出来的眼神不停瞥向我，其他朋友们也用手肘顶我的侧肋，好半天我才反应过来问道："那么，是谁决定引进这个什么冰箱的啊？"

莎莉一下子露出了安心的表情，但很快便挺直了娇小的身子。

"这个嘛，当然是人家我咯！"

不知为何，她说完后周围响起了轻轻的掌声——虽然我还没有明白什么情况。只不过，她那小巧到我低下头才能看到的脸部表情，此时却一反常态地可爱，而这也让她更显得娇小，真是相当奇妙。

没错，越来越小，越来越往下跑了。话说回来，现在我指的不是那天教室里的一幕，而是我和穆里埃先生、戴亚斯警部还有尤金在酒店里一起乘着蒸汽厢式电梯上行的途中，从电梯内向外看时所见到的通风楼梯井里的景象。不过随着电梯上升，视线被高层的楼层所阻挡，所以很快就无法透过电梯厢的网格观赏美景了。

再过了一会，电梯岗位专员操作拉杆，止住电梯厢，梯门"嘎啦嘎啦"

地打开了。

"到了，穆里埃先生，就是这里。"

戴亚斯警部晃着矮小肥硕的身躯，率先下了电梯，开始沿着酒店七楼的走廊前行。这里和一楼完全不同，安静得简直过了头，四处都是昏暗的。脚下铺满了踩上去很舒服的绒毯，仿佛把鞋底声和其他杂音全部吸收了。

某人碎碎念的声音听起来格外清晰，甚至可恶。不过戴亚斯警部本人并未顾及我们的心情，只会不时转头扫一眼我们。

"没问题吗？在教育方面……穆里埃先生你也真大胆……现场可是我们的圣域……"

仔细听来，就是在说这样的内容。我们果然不受欢迎啊，我一瞬间有些心寒。还好现在有穆里埃先生在，但他不在的时候又如何是好？我很快便陷入了胡思乱想中。

"戴亚斯警部。"

名侦探巴尔萨克·穆里埃突然出声叫住对方。

"在！"

戴亚斯警部立刻站定不动，非常规矩地回话。

"警部你上学的那会儿，也有去实习吧？"

"这是当然！"

我忙不迭捂住耳朵，不管怎样，警部的每句话都太大声了。

"那么，你是去哪里实习的呢？果然是当警察吗？还是考虑到强劲的腕力而去了格斗专家那里？"

穆里埃先生一问接一问。

"……这倒不是。"

戴亚斯警部摇了摇头。穆里埃先生继续询问："哦，所以是去了哪儿？"

警部"嗯，这个嘛……"地踌躇了一会儿。

"是专做小提琴的工匠，也去过调香师⑩那里。"

"啊，这可真是……"

穆里埃先生发出了赞叹声，我也对此感到震惊，双眼圆睁，可偏偏尤金还一副事不关己的样子。

"怎么了？你觉得这两个职业都不适合我吗？"

警部有些愤慨地问道，这可能是他不愿被触碰的过去吧。

"不会，并没有这回事"，名侦探回答，"这说明，在年轻的时候拥有各种体验是相当宝贵的，社会有责任和义务要给予少年少女们机会去经历各种挑战。其实警部你也一样，你本人曾经的经验，也对现在的工作起了作用不是吗？在罪案现场，你是不会放过任何痕迹的著名刑警，即使只是些微的声响或气味、气息的变化，你都能感受得到。"

"请放过我吧，别恭维了。我从小就不怎么受夸，不习惯啊。"

戴亚斯警部的言行更加粗莽了，但总觉得他有些害臊。随即，他突然在某扇门前停下了脚步。

"啊哟不行，差点就走过头了。这就是那套出事的房间，呃，钥匙在……"

按穆里埃先生的说法，戴亚斯警部虽然看上去不中用（抱歉），但感觉非常敏锐，即使只是细微变化也从不漏看，不过这个房间单看入口就很容易被分辨出来。

在任何物品都被打磨得光滑锃亮，纤尘不染的酒店内，只有这扇门上有严重的损伤，让人看起来就很不舒服。门上的涂料脱落、开裂，像是被打斗所殃及的，而且还用链条绕了几圈缠住门把手，两端甚至用锁锁死。

戴亚斯警部从口袋中取出钥匙，打开锁，解开链条。门缓缓打开了，他转回头向我们招手，应该是示意我们进去。

"顺便说一句，这扇门在事发当时是上锁的，而且不仅用了钥匙，还从内侧挂上了门闩，因此当人们察觉到事情有异赶来时，光靠酒店的备用钥匙还没法打开它，只得像这样用尽力气去撞——那么，请尽快进行实地调查吧。"

戴亚斯警部如他所言一口气打开了房门。

我瞬间开始想象房内的情景，其惨状远甚于它那破裂的大门，残忍被害的尸体就横陈其中，想得我浑身止不住地颤抖。

但比起不得不看到的案发现场，我更是忍不住对没考虑过这些就敢以"侦探"为目标的自己生气。

（但是，不亲眼看到就无法产生觉悟！我毕竟是名侦探巴尔萨克·穆里埃的弟子！）

我如此默念道，竭尽勇气，握紧双拳给自己鼓劲，准备踏入室内——正在此时，有个人影突然掠过我的侧面。

是尤金。即使在这种状况下，他果然还是没有感情，大步流星地步入房门，往房间深处走去。

"喂，你等等我啊。"

我小跑着跟在他后面，没有任何迷茫和纠结，就踏足了"杀人现场"。

或许是我的错觉，一阵恶寒紧随而来。不，这里确实很冷。

房间宽敞，同时内部装修又让人沉得下心。在这房间确实能够放松、不紧不慢地缓解旅途中的劳顿，也可以沉溺于思考人生。

但是，这般豪华的氛围被浪费了，因为"某物"正横陈在房间正中的床上。

正确说来，也并不是某"物"。虽说已经气绝多时，虽说曾经是个活人，但警察们已经在上面盖了防水布，整体鼓鼓地像个隆起的小山包，怎么看都没有真实感。

不过，这也是好事吧。假如把不认识的人的遗体突然暴露给我看，我不知道会变成什么状况。穆里埃先生或许是看透了我的心思。

"你们就在那里等着。"

说完，他便和戴亚斯警部一起，十分干脆地走近那张床，还以为他有话要跟戴亚斯警部说，结果他却突然掀起了那块防水布。

其实某种程度上，我也对这样的场面有所期待，因此即使移开了眼神，在视野范围的边角里，还是有些半黑半红的东西映入了我的眼帘。

那是一个掉在床上的，整张脸几乎都被砸碎了的男性头部。

"这太过分了。"

即使是穆里埃先生，此时似乎也不禁皱眉。而戴亚斯警部的眉间亦挤出了纵纹。

"真是……好吧，总之我先报告一下已知事项。被害人是吉恩·莫洛伊教授。职业，或者说专业是实验物理学家，年龄六十六岁，因为要出席学术会议，从前天起入住这家酒店，今早却一直没有出现。酒店保洁专员在打扫时曾叫过他，但没得到回话。而且友人们来拜访他，敲门时也是同样的结果，他们认为这很奇怪，便叫来了酒店的工作人员。然而，仍没人回应。由此，大家逐渐担心起教授的安危，便像我刚才说过的那样强行入室了。"

"原来如此。"

穆里埃先生说着说着就仿佛陷入沉思。随后他催促道："啊啊，不用在意我，请继续。"

戴亚斯警部颔首：

"明白了。然后，这位莫洛伊教授，好像原计划要在即将举行的学术会议上发表什么内容。根据酒店工作人员的证词，他绝大部分时间都窝在客房里，埋首于调查研究或执笔写作。你看，写字台上还有这地板上，全都堆满了书和文件是吧？还有贴墙放着的那个行李箱，就以一个人短期逗留的标准来说也太大了哦？里面全都是那种，就是在我们看来充其量是纸屑的便条之类的东西。除此之外就没带什么随身日用品了，是个不在意那些的人。不过就算再怎么不讲究，好像还是会好好关上门窗。他有用酒店发给住客们的钥匙来锁门，也挂上了只能从室内接触到的门闩。我再另外说明一下啊，门钥匙是在被害人的西装外套口袋里发现的，门闩周围找不到一丁点动过手脚的痕迹。顺便提一句，推测死亡时间为昨晚深夜——"

"哦，这么说来……"

穆里埃先生兴味盎然地说道。

"正是如此。"戴亚斯警部硬是顿了顿他那粗短的脖子，"换言之，这里就是一个密闭空间，里面只有被害人一人。虽说也可能是有人耍了某种花招而进到了房里，但等他出去之后，可就既没法把钥匙扔到被害人的口袋里，也没法从房间内部挂上门闩。"

"原来是这样啊。"

穆里埃先生颔首。听他的口气，仿佛对真相已经了然于胸。

"还有……警部你反复使用'被害人'一词，但断定这不是意外也不是自杀的证据，就只有'这个房间是密室'吧？"

"这，没错。"戴亚斯警部挠着头说道，"还有一个东西，让我们只能判断本案是他杀。假设我是那种没药可救的懒蛋警察，凡事主张无功无过，就算碰上了死于他杀的死者，我也会去托人把这个案子处理成没有案情可言的自杀或者意外事故，可这个证据堵死了这条路。"

居然有这种警察存在吗？我被这个比喻震惊到了，然而他想传达的信息已十分清晰。

91

不过什么证据能让一名警部把话说到这份上？我也按照自己的思路展开了思考。

"是指那个吗？"

突然，一个不属于穆里埃先生或戴亚斯警部的声音响起，吓了我一跳。那么，声音肯定来自于尤金了。

不知何时，他已经离开了我身边，与穆里埃先生他们一起勘察着床及四周。与其说他是对尸体泰然自若，倒不如说是不为所动。

我和他今早才有过交流，虽说也没什么好惊讶，但抵达这里之后他也一直保持沉默，所以此刻我才意识到他的嗓音夹杂着一丝丝沙哑，很好听，这又让我大吃一惊。

然而，这与再紧接着袭来的惊讶相比又算不得什么。

听到尤金的话，穆里埃先生"哦？"的一声，回头看向他，而遇事一贯反应强烈的戴亚斯警部则哇哇大叫："喂喂小子。不对，实习君！不能碰！这是很重要的证据！呃，穆里埃先生，没关系吗？好吧……求你了，别把东西摔了啊。因为它还挺重的呐。"

他睁圆了眼，仿佛对待稍有不慎就会被炸开的摔炮一般说道。

至于我，正盯着还不熟络的尤金，以及他手中所抱着的东西看。它和被害人的遗体一样，用防水布盖好了放在地上，却被尤金发现了。他还喊着号子将它搬了起来。

那是个横竖约五六十厘米、高度则略低于长宽数值的黑块，摸起来粗糙不平，表面上有光泽的部分看起来像是金属质地，但又很像岩石。

不管它的真实来历如何，少见倒是够少见的，首先它有很多与现场格格不入之处。

（这到底是什么，是重要的证物，而且还是能够证明他杀的物件，难不成是犯人把它落下了的……哈？难道真是这样？）

我被自己的想象给吓了一跳，不过如此一来，犯人居然对被害人莫洛伊教授做出这么过分的事……

"原来如此，你的想法确实很有意思。也就是说，这个黑块就是杀死教授的凶器吗？"

"是的。光是在现场调查一下，即可发现那个黑块的形状凹凸和被害人的伤口完全吻合，而且黑块上也沾了血迹。最重要的是，遗体被发现的时候，那黑家伙简直就像是嵌在被害人的脸上一样，所以说再也没有比这更确凿的证据了。"

戴亚斯警部答道，感觉他很是愤怒。而名侦探巴尔萨克·穆里埃则与他相反，似乎心情很好，甚至漏出了一丝笑意。

"哎呀哎呀，这个案子不是很有趣吗？假设就如警部所说，那么案件的构图就变了哦，就是说，犯人通过某种手段侵入之后，用这个漆黑的结晶对睡梦中的被害人的面部，也就是是吉恩·莫洛伊教授的面部施以一击，并导致了他的死亡。不过，为了达到这个目的，我能想到的方法只有一种……"

"有人把这块结晶拿到了被害人头部的正上方，而且是相当高的地方，再让它一口气往下掉——对吗？"

尤金仍然积极发言，我被迫尝到了只有自己被置之事外般的寂寞滋味。

"是的，此后犯人没有留下自己的痕迹，还锁门、挂门闩，再逃往外界，还是说，他是去到外面之后再把钥匙偷偷放回被害人的口袋并挂上门闩的呢？好，爱玛你怎么看？"

突然被抛了话题，我一时之间不知如何回答是好。

"呃，那个……"

我正答不上来，就往尤金那里看过去，不过他也没有对我施以援手或者积极主动给穆里埃先生捧场的意思，只是走到一面墙边，站定不动。

这时，我突然注意到，偶尔会出现在尤金少年嘴角的微笑其实并非笑容，也没有其他意义，就是不含任何感情，甚至连想让他人"以为他在笑"的意图都没有。之所以会觉得他带着笑意，其实全都是我的心理作用，充其量不过是我的愿望作祟。

于是，我爱玛·哈特里作为实习侦探，尽管为时尚早，却一次性遇到了两个谜题。其一是吉恩·莫洛伊教授被来历不明的黑块砸碎头部，而犯人忽然从密闭的犯罪现场消失之谜。

其二……不，与其称是谜题，不如说它是一个问题，用以下一句话即足以表述：

——告诉我，尤金。你到底是谁？

☆

这颗星球即将死去。不，即使说它已是死星也并不为过。

到处都被冻成一片白茫茫，可即使如此，白雪却仍不知餍足般地继续堆积，将这颗星球上的生物残骸以及这些生物们的所创、所爱、所恨之物——抑或是所毁之物——统统覆盖。

一切都太迟了，但本就无从下手。即使因再无救急之策而感到悔恨，却也无可奈何。

是的，归根结底，生物们"亲手"缔造的重重失败全都是原因。抑或说，将失败归因于"'手'与驱动着'手'的'头脑'相互背离"或许才算公平。

"头脑"可能对此抱有异议。自己分明殚精竭虑，发挥理论知识与理性思考，却每每都被逼至一角，而将一切都交托给"手"的专横。

然而，"手"也有"手"的一套说法——本来"头脑"的命令和判断就不该出问题，自己只是单纯地服从命令而已。

但是，无论他们如何相互推诿，也无法改变现如今的荒凉世界。

最关键的是，无论是"手"还是"头脑"，还是他们的本体，如今都已死绝，消失无踪。

译者注

① "西服套装"指包括西装外套、裤子、背心的男式西服，俗称"三件套"。

② "蒸汽报"对标的是我们日常所说的"电报"。

③ 原文"人体自动测定椅"中，"人体测定"部分标注有小字：anthropo metrilk，其中 anthropo 亦作希腊语 $\alpha \nu \theta \rho \omega \pi o$，意为"人体的""人类的"，metrilk 则是德语"韵律学"。

④ "警视厅"是管辖日本首都东京治安的警察部门，"警部"为日本警察等级之一，位于警视之下、警部补之上，相当于中国的警督。

⑤ "蜡管"是人类最早使用的录音媒介，由爱迪生发明，在光洁的圆筒形蜡管上刻下声纹，再用特殊指针读取，使用这种方式的播放机则叫"蜡管唱机""圆筒留声机"等。

⑥ "迈克尔逊和莫雷"是两名教授，其著名的"迈克尔逊—莫雷实验（Michelson-Morley Experiment），是两人于 1887 年进行的著名物理实验、近代物理学的开端之一，但现实中该实验结果与本作相反，是否认了以太的存在，从而动摇了经典物理学基础。

⑦ "牛津""剑桥"是英国两个地名，也是英国两所世界著名顶尖学府的名称。

⑧ "西里尔字母"源于希腊字母，普遍认为是由基督教传教士西里尔在 9 世纪为了方便在斯拉夫民族中传播东正教所创立的，被斯拉夫民

族广泛采用，因此有时也称为斯拉夫字母，现在主要使用国家有俄罗斯、乌克兰等。

⑨　"新文艺复兴"在建筑方面是指19世纪的一种建筑风格，特色包括长而宽的楼梯等，灵感来自15世纪意大利的文艺复兴建筑，亦有来自巴洛克建筑及哥特式建筑的影响。

⑩　"调香师"是专门调制香水的工匠。

第三章

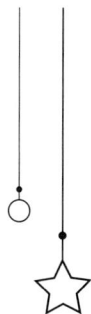

1

——告诉我，尤金。你到底是谁？

名侦探巴尔萨克·穆里埃读懂了我的想法，戴亚斯警部则是无所谓的态度，继续将已知情报传达给我们。

对投宿在凶案现场附近的住客们进行问话时，警部还允许我们参与旁听。尽管他平时老瞪着眼睛，嘀嘀咕咕地抱怨不停，但他也许是个不错的人。

从结论说起，证词没有什么惊人之处，证人们倒是非常特别，让我受教颇多，或者说让我收获了宝贵经验。

我们先是敲响了右边客房的门，一名男子出来应门。他身着我从未见过的民族服装，身高大概有一百九十厘米，突然出现时把我吓了一跳。不，如果他只是突然露面，我心慌一下也就过去了，但问题是那身民族服装，布料少得像没穿衣服，对十六岁的我而言着实是个问题。

还不单单如此，该男子手持一杆类似于长杖的棍棒，长约一米，棒上的斧子头熠熠生辉，异常可怕，我都快忍不住想要逃走。

总之，只能说这位证人魄力惊人。他与我们已知的文明几乎都没有关联，而我们也能够体会到他并不以此为耻的高洁感。

就算是戴亚斯警部，似乎也被这股魄力给镇住了。

"这位是来自非洲的温斯罗波咖斯先生，他既是祖鲁族^①的战士，也是他们的一族之长，前来我国担任武术导师，而现在他手中所持的这把战斧——"

"'女酋长'^②，是我多年来爱用的利器。"

这位名叫温斯罗波咖斯的男子，一边充满自豪地望着战斧，一边说道。"女酋长"大概是这柄骇人的武器的名字吧。他的衣着毫不吝啬地展露着黑亮的肉体，整个人仿佛都由结实紧绷的肌肉所缔造。

戴亚斯警部好像差点咬了舌头，嘴角扭成了一个奇怪的形状。

"女、女囚……"

"女酋长。我不希望你说错。"

温斯罗波咖斯先生突然用严厉的口吻放出话来，警部则擦着汗答道："啊，恕我失礼。"而另一方面，穆里埃先生毫无惧意，带着微笑提问："女酋长……的确，在你们的母语里是'女性族长'的意思呢。为战斧取这个名字，请问是有什么来历吗？"

对于这个问题，温斯罗波咖斯先生像是理解了我们的用意般点了点头，解释道："不错，它的利刃在战斗中会深深砍入敌人体内，就像'女人'这种生物无论面对何种情况都会毫不动摇地坚持插手。再加上它的锐利感，由此会让人联想到非同一般的女性，'女酋长'这个名字

101

就是这么取的。"

令人忐忑的发言。闻言，戴亚斯警部的表情又是佩服又是呆愣。

"原来如此，所以才取名'女酋长'啊……哦，哇！"

穆里埃先生念着念着，突然提高了声音，迅速向后一退——他正凝神观察着战斧。

"这斧柄是用什么制成的？看起来不像象牙。"

"柄部吗？是犀牛角。"

温斯罗波咖斯先生一边作答，一边"诶咻"一声，手起斧落，将戴亚斯警部的胡子尖削掉几分。警部忙不迭咳嗽了一声：

"总、总之，温斯罗波咖斯先生会用这柄战斧展示武艺、指导后生们，为此才会暂住在这家酒店，期间却遭遇了案件。话说回来，莫洛伊教授的死亡推定时间段里，温斯罗波咖斯先生，据说您正在自己的房内睡觉，是吗？"

"正是如此。"肤色黝黑的老战士深深颔首，继续说道，"啊啊，我也不知不觉衰老了吗？无论饮下多少异国的佳酿而醉酒，居然会睡得察觉不到有人死去，真是大意，太大意了。如果在我回房时，凶手已经杀了人，为什么我没有遇上他，把他的头砍下来呢？为什么没有让这柄斧刃吸食他的鲜血呢？"

他开始叹息，在我们看来虽然有些夸张，但感觉得到这叹惋是发自肺腑的。不过，如此躁动的叹息方式还只是个开头。

"唉！'女酋长'呀！我和你一同目睹了那么多人的颅内风光，

可我和你不同，并没有增长任何智慧。唉！'女酋长'呀！你为这样的我所用，真是不幸、不幸啊！你分明就注意到了贼人的入侵啊！"

他的发言越来越让人不安了。"目睹人的颅内风光"③，这不就是非得要……不不，我还是更在意另一条信息。

（咦？他刚刚说了什么？"贼人的入侵"？……）

我惊讶地重新看向戴亚斯警部，他也是头一回听到这个说法，眼睛瞪得滚圆，狼狈地问道："您刚才说什么？注意到了贼人的入侵？"

穆里埃先生也"嚯"一声，露出了感兴趣的神情，而尤金则依然面无表情。

"我睡觉的时候'女酋长'也不离手，半夜时分，我感觉到它在微微颤动——是有人潜入了我的房间，我认为对方厚颜无耻地妄图偷走我的武器，便心想着，尔等小贼，看我不一下把你劈成两半！可实际上我的手并没有做出相应的行动。房间里也没有出现他人的气息。想来，其实是'女酋长'感应到了血腥味，觉察到隔壁的住客已经遇害。是的！一定是这样！"

"原、原来如此。"戴亚斯警部点头赞同道，但看样子内心还是很困惑。

"厉害如您，也是会发生这种状况的啊，不对，谢谢您，请您回房……咦？之后还要出去？在初等学校的孩子们面前表演武艺？不，这我当然理解，不过请把它——把'女酋长'收好。"

"不用收。"听到警部的话，温斯罗波咖斯先生露出了讶异的表情，

"我就这样直接拿着它走……就这样吧，告辞！"

说完，这名祖鲁族的老战士就迈着威风凛凛的步子离开了。目送着这个背影离去之后，戴亚斯警部在口袋中翻找了一下，取出一本警察用的随身笔记本，本子小小的，有些可爱。

"那么，接着……把清国人金馥先生和雷吴夫人带过来。"

他将视线落在本子上念道，随后宛如松了一口气般搋了搋鼻头下边，可能是觉得刚才被"女酋长"那一下削到的胡子在零零散散往下掉吧。

幸好，只是错觉。警部重新振奋起来，被叫来的二人很快就被带到了他的面前。他们是一对俊男美女，肤色白皙，不似东洋人，但又奇妙地适合华美的中式服装。

"你们好，这次是因为……你们二位住在莫洛伊教授的对门，而且就结果而言，也监控到了案件现场的人员出入情况……所以尽管有些麻烦，但就是这么一回事。"

"我们理解。"

金馥先生点了点头。不过，还是容我先介绍下其人吧。金先生的生活富裕且充满知性，又有幸拥有年轻貌美的未婚妻——雷吴家的遗孀夫人，日子过得平淡而乏善可陈。可就在某一天，他用全部财产所买入的加利福尼亚中央银行股票暴跌，这使他瞬间落得不名一文——在认定这既成事实之后，他便无奈地陷入了冒险兼逃亡的长期旅行之中。

"那时我浑浑噩噩的，买了高额保险，然后拜托挚友来杀我，去骗得保险金。但我所托非人，对方非得遵守承诺取我性命，我就只能像

104

这样一边到处逃跑躲避他的袭击，一边想办法说服他取消约定。拜此所赐，雷吴也吃了很多苦头。"

"真的……希望你以后别再那么迷糊了，好吗，我的小哥哥——不，丈夫。"

雷吴夫人不小心用婚前的称呼方式叫了自己的伴侣，露出了纯真的笑容，同时也羞红了脸。总之对于这位经历坎坷的金馥先生而言，此次的案件似乎十分惊人——按他的说法是这样。

"昨晚正好是我祖先的祭日，而我妻子在少女时期曾经嫁入过别家，所以也需要供奉那位亡夫，因此我们就一起待到天亮了。话虽如此，现在正是中体西用④和实施变法、谋求自强的时代，举国上下都在向和平世界进发，最终目标是天下大同，跟过去已经大相径庭，你看，都用上这种东西了呢。"

说着，他便特地拿出了一个既像指南针，又貌似钟表的精密机械，看上去还带有计算器和对话通讯功能，上面布满了难懂的文字和符号。只要有它，复杂的计算或日期的记录也能变得方便，无论身处世界哪处，都可以采用与祖国相同的标准，还能预测每日的天气、身体状况，甚至运势，真的是非常出色的物品。

"这样的机械品也是我丈夫的兴趣呢，当我们还各自居住在北京和上海的时候，曾相互录下自己的声音再邮寄给对方来通话交流哦。"

可能是感受到我好奇的视线，雷吴夫人补充说明道："总之，我们在祭祖的时候还是沿用历来的规矩，略有一些点火焚香的行为，因此半开着朝向走廊的那扇门。虽说没有一直盯着门口看，但门前有人经过的话，我想我们不可能注意不到，也不会无视脚步声。"

"正如我妻子所说。"

金馥先生怜爱地看着雷吴夫人，又补了一句。此情此景，别人即便在边上看着也不禁泛起微笑，但二人的证词却相当麻烦。

因为，假设金氏夫妇没有说谎，也没有看丢或听漏什么，那就成了谁都没有进过莫洛伊教授的房间，而且也进不去。如此一来，可怜的教授无论怎样都不会当头遭遇那块既像岩石又像金属的黑块啊。

"——原来如此，原来如此。"

我还一脸不明就里，名侦探巴尔萨克·穆里埃就自言自语着露出了微笑，仿佛感到极度有趣。

"这下可真是太有意思了……啊，不是，这是我个人的问题，非常感谢你们，金馥先生、雷吴太太。你们二位几乎都没睡觉，现在一定很累了吧？还请去休息——嗯，爱玛和尤金，你们怎么了？为什么一脸心事重重的样子？"

关于尤金那个表情算不算不痛快还有待讨论，但我纯粹是因为堵在面前、跨不过去的难题而困惑。

若说祖鲁族战士温斯罗波咖斯先生的证词中包含了"不可解"，那么这对从大清帝国远道而来的绅士淑女夫妇就是摆出了"不可能"。

穆里埃先生放大音量，仿佛为我们鼓劲一般说道："哈哈哈……这样下去，你们实习的第一天就不合格了哟。从现在起，才是'侦探'

发挥真本事的舞台和乐趣所在。接下来会越来越有趣的！"

2

过了一会，我们再次回到吉恩·莫洛伊教授的被害现场。

被害人的遗体终于被运走，穆里埃先生一边目送，一边缓缓地把话说给我们听："这个房间是一个完全密室，在悲剧发生的当时，此处只有被害人一人，没有任何其他人入侵或逃脱的痕迹——哪怕是像我过去曾经处理过的两件案子中所涉及的非人类生物也没有。并且，此次案件不像是使用了某些精巧的机关。"

（是"活剥生制⑤"和"阿兹特克的绿柱石之鼎"那两起案子吧，案中的陷阱真是奇突又可怕啊……利用巧妙的机关是指"海伦的遗产"一案吗？）

我很快便猜到了穆里埃先生所举的分别是哪些案件，正暗自点头、自我赞同，这位名侦探便继续道："所以这会是自杀吗？还是意外呢？被害人没有自杀的动机——就算有，如果没有某种特殊的理由，用这种东西砸破头部的说法也是无法令人信服的。至于意外，就不在讨论范围内了，可既然会发生这种意外事故，那么其背后势必存在有将其引发的恶意。"

从内部封闭案发现场通常都是刻意为之。假设这是犯人干的，那他这么做的目的是什么？伪装自杀肯定是说不通的。也不是为了延迟尸体被发现的时间，因为很明显这是无用之功，除了那位第一发现者，似乎没有其他人会来拜访被害人，也没有人会突然去敲这扇门。而对于发现者来说，要是发现房门上了锁，房内还没有应答声的话，他的首选会是即刻撬开门，所以对于这种情况，并没有什么操作的空间。既然如此，爱玛君、尤金君，你们有什么想法呢？"

"啊，是的。"

突如其来的提问，不过另一方面我也有感觉到先生差不多要来考考我们了——但我还是不自觉地支支吾吾起来。

"我、我觉得……"

我的声音很是紧张，有话想要回答却什么都说不上来。好不容易都来做实习侦探了，想不到还是跟在教室里一样中途掉链子。而相对地，尤金则开了口："是这样……"

他意外地能言善辩，不过还是那个淡泊的语气："如此一来，最自然的显然就是从房内上锁，而且将现场变成密室的不是别人，正是被害人本人。出于自我保护或者保密，这也是理所当然的措施。就是这么一回事。"

"嗯，答得好。"

穆里埃先生一脸满足地点头，戴亚斯警部亦然，一句"言之有理"简直跃然于脸上，而我心里却有所不满。

什么嘛，这样回答就好了？我还以为在问我们对'身处于这个由内部封闭起来、外人无法入内的空间，犯人如何行凶'的想法呢，结果思路就乱了……

　　穆里埃先生没有特别顾及我此刻的心思，继续说了下去："即便如此，犯罪行为仍被实施并且得逞，以被害人的惨死而告终。更严重的是，我们先假定刚才的金馥雷吴夫妇说了实话，则按他们的证词，犯人明显不可能出入教授的房门，即是说，对方并非通过线和大头针等物品来从外部上锁……"

　　（这是"紫萁⑥之屋"一案……啊，不能再想了。）

　　我又在联想穆里埃先生过去的案件了，耳朵都没有好好听人说话。

　　"还有这相邻的两间房之间的墙壁——其实看一下就明白了，墙上没有通道或者暗门等，目测下来连一只蚂蚁通过的间隙都不存在。这一点，大家没有异议吧？"

　　穆里埃先生说着，同时旋转着白皙的手腕，以优雅的姿势对房间四壁指了一圈。我就像是鼻子下面被挂上了零碎点心的狗一般，跟着他的动作，把他示意过的地方全都看了个遍。

　　"我知道了。"

　　"我想……"

　　我和尤金的声音重合了，正在这时，就连戴亚斯警官都开口说道："没有——异议。"

　　而且他还是举着手回答的，说起来有点失礼，他这样有些滑稽。不过觉得现状不同寻常的好像只有我一个。

　　"很好"，名侦探先生点头同意，"那么，窗户呢？"

"啊啊，我们已经调查过，都从房内把保险扣给搭上了，有什么问题吗……"

戴亚斯警部说道。穆里埃先生摇了摇头，回答说："没事，我明白，只是想让这些孩子们靠自己的眼睛勘察一下而已。那么，爱玛君，尤金君，调查看看吧。"

我和尤金得到指令，便从房间正中那张床的侧边经过，走到窗边，正打算触摸窗户的保险扣。

"可以碰吗？"

这时，尤金回头询问戴亚斯警部，当然还是不含任何感情、毫无抑扬顿挫的声音，但此刻却反而比较合适。

"嗯，不用介意，可以随意调查。"

警部一改之前的态度，而在他回答的同时，我已经"嘿"地一声，用力将安全扣掰开，打开窗户。原来是这样啊，非常结实呢，想从外部打开或者复位都是极难的。

不，无论这个安全扣有多好解，无论给它上多少油，要把这扇窗户作为作案的出入口也是无稽之谈。

——因为在窗外正是我看惯了的首都风景，还有那林立的摩天大楼和烟囱。空中飞着气球、飞艇、空中飞船、空中汽车，地上跑着大大小小、有轨无轨的蒸汽车辆，低头可见的河川和放眼远眺的大海上都载着远航轮船和螺旋桨蒸汽船。

夜色很快降临，街角处，家家户户都打开了煤气灯或者镭射灯，人们可以不再畏惧黑夜。在一片声光交错的喧嚣之中，总有人会在某处有所发明或发现——

真是一如既往的美景。不，不只是这个都市。人们竭尽全力运用人类的智慧，面对大自然的任性、多变和残酷迎难而上，将天灾、饥荒、病魔以及其他人类之敌彻底消灭——这样的时代和世界，我好喜欢。

且慢，现在也不是抒发感慨的场合。

其实现在不得不看的是窗户正下方，而不是城市风景。

正如之前所说，这里是酒店七楼，上面大概还有几层，不过算上那些在内，这里的外墙面也都是由表面削得平直的石头砌成，就像是垂直陡峭的悬崖。分隔各个楼层的束带层⑦区域里倒也有算得上证据的凸起物，可除非是趴在建筑物墙壁上召集客人的"苍蝇男"⑧，否则要到达这里似乎也是很有难度的。

正下方似乎是酒店的内院，被栅栏隔成两层，其中靠近找这边的地面上铺满了草皮，种了一些植物，还设计了一个小池塘。当中有个像是牛奶罐的形象就是昵称为"蒸汽驴子"，而被大众所知的引擎，它是用于酒店业务的吧。

（提前从屋顶把钢丝绳轨和滑轮小吊车放下来，再通过那个蒸汽驴子引擎回转，犯人不就可以一口气攀上来了？）

我在转瞬之间做出了这样的思考，但这样也无法说明为何窗户是从内侧上锁的，因此还是别说出来比较好。我快速瞥了一下尤金，却发现他正把身子从窗口探出去，频频看向上方，大概是在思考同样的

111

事情吧。

而且我还注意到一些事。上到顶楼，下至二楼，所有客房的窗户都并列在同一个平面上。只有一楼的窗口微微凸出来一些，让人有些难以理解，大概是晒台。而从二楼起就都带有类似窗檐的部分。

虽说视野比不上这里，不过要是能离开房内，去晒台的桌椅上放松一下倒也不赖——我又开始思考起了不相关的事，此时……

"如何？这扇窗户能够用于犯人的入侵和逃脱吗？"

"不行。"

"不行，我觉得不可能。"

我和尤金一起立刻作答。

穆里埃先生露出了满意的表情，点了点头。

"你们的观点都还稳妥，如此一来，犯人所使用的诡计，就是凭借某物轻易地穿透包括门窗在内的四壁，以及地面和天花板这共计六面的壁障吧——"说到此处，他暂停下来，别有意味地环顾了四周，随后继续，"不过，在我们的世界里，并不存在这样的能力。这样看来，只有一种可能性。本案是在完全密闭的空间中展开的，全程只有被害人和凶器——这么表述似乎有点怪异，总之就是除了这一人一物之外，没有其他人在场，也不存在什么机关。若是在这般的空间里还能犯下罪行，那我只能认为这是相当可怕的凶杀案，冥冥之中有只手在操控一切。"

先生他用强而有力的口吻下了论断。

这、这是什么情况……我心想。要是真如穆里埃先生所说，凶器——

112

即那个看起来像金属的黑块，是自己轻飘飘地浮起来然后直击被害人头部的。怎么可能有这种荒唐事，不可能的……

我怀着期待和细微的不安，紧盯着穆里埃先生的面庞和口唇。此时我忽然意识到，尤金也和我一样，正看着我们的名侦探，不过表情却是极为冷淡的，只是有一瞬间看起来像是在微笑。

（咦，什么？有什么好笑的？）

我再次望向他，却已经不见笑意了。方才是我的错觉吗？在我就快说服自己接受他果然不会微笑的事实时——

"可以由本人来说明之后的内容吗？"

一个未知的声音突然从门口传来，音色铿铿，听得人耳膜狂震。

3

（呃，这人……？）

我被吓了一跳，回头看去，一名古怪的绅士直挺挺地站在门口。

要说哪里古怪，他已经老得看不出年纪了，而且乍看之下也分不清这是一位老爷爷还是一位老奶奶。身形矮小到光看轮廓甚至只会让人以为他是个小孩子。

他头戴一顶大得夸张的丝质帽子，乱糟糟的白发都钻了出来。跟脑袋相比小得过分的身子上穿着黑夹克和白马甲，裤子则是紧身的——虽说会这么打扮的肯定不是老奶奶，不过总有种魔女般的险恶气场在涌动。

"稍微打扰一下，本人刚刚在楼下与莫洛伊君的遗体作别……呼，这里就是他临终时的房间吗？"

这位魔女般的老爷爷用他那铿铿的音色说道。"喂！你！"戴亚斯警部跳了出来阻止，但对方却从他的身侧钻过，迈着小步溜进了房间内部。

床的主人已经不在人世，徒留血迹和床垫上的凹痕。老爷爷走近床边，取下丝质的大帽子行了一礼——此时，他的头发一下子蓬蓬地炸开；而当他再重新把帽子戴上，那头乱发便连同那巨大的脑袋一起被收进了帽子，真是既不可思议又古怪。

"你、你到底是——"

这位老爷爷的举动已经把警部惊呆了，赶紧重振精神发话。老人闻言，缓缓转回了小小的身躯。

"本人？本人是哲学博士、数学博士、物理学博士——"

在他正要自报姓名的当口，穆里埃先生迅速地插话道："您是雨果·西蒙老师。我曾拜读过您的《J.M教授关于"小行星力学"的驳论，暨"物质的崩坏"漫谈》一书，非常有趣。"

虽然语速很快，但遣词却无比郑重、有礼，连这位老人家都有些意外地愣了愣神。

"哦，哦……这可真是令人感动。"

他的回答似乎略有失措，估计是得知穆里埃先生认识自己，还读过自己的著作后，也不好再抱怨什么了。

"那么，博士，请问，"穆里埃先生对这位名叫雨果·西蒙，好像很了不起的老爷爷发问，"您和逝者关系亲近吗？您来这所酒店是不是要跟莫洛伊教授出席同一个学术会议？"

"正是如此。虽说莫洛伊君比我本人还要年轻上二十来岁，但本人以前就认为他是个充满前途的学生。谁料生死有命，真是让人叹惋呐。"

"我能够体会您的心情。"穆里埃先生谦恭地点了点头，说道，"博士您方才说'可以由本人来说明之后的内容吗'，您对莫洛伊教授的案子有何高见呢？"

"嗯……关于这整件事，本人已经有所风闻。不过毕竟只是些碎片化的情报，如果方便，可以把案件的全貌告知本人吗？"

戴亚斯警部的表情更加呆愣了，可穆里埃先生已经一句"可以"给应承下来，那也只能照做。

于是，我和尤金就担任了解说员的角色，对现场的状况进行说明，然而我俩各自分担的比例是九比一就是了，尤金的话真是少得极端，绝不是我话太多非要说哦。

"哼，原来如此。"雨果·西蒙博士听完我们的话，说道，"果然如本人所料。"

咦？就是说，西蒙博士他已经掌握真相了吗？我不禁探出了身子，戴亚斯警部也半信半疑的，不过总算是有了兴趣："哦……那么，您是做了怎样的想象？"

115

"说想象也太失礼了。本人是根据至今为止的情况，得出了极富理论性的结论。"

老博士不容置喙地说道。随后他略作思考，继续开口：

"然而，这必须要有相当的知识哟，那位年轻的绅士——是叫，穆里埃君吧，他应该没问题，但要是不从最基础的地方说起，你们可能理解不了……哦？无所谓？那么，本人这就不客气了。"

于是，西蒙博士开始讲述他对于这次密室杀人案件的推理：

"正如任何人——包括这两位少年少女都熟知的一样，物质由无数分子所构成，若进一步分解它们，又会成为拥有某种特性的物质最小单位，即元素。而若将元素再次分解，则能得到起源于远古的万物根源——原子。那是人们所追求的小到极致的，无法再行分解的形态。

"我们认为原子之中蕴含着不停运动，令人目不暇接但真相不明的能量，虽说这是个很有趣的话题，不过现在就不多做展开了，只是介绍一下，我们之所以能够稳立于大地之上，苹果之所以会从树枝上掉落，天体与天体之间存在相互作用的引力，都正是由于原子的运动——有人认为，原子中心部位有叫作'原子核'的部分，其震动便是原子运动的源头。

"再说说另一方面，你们知道'绝对零度'状态吗？以气体在零摄氏度时的体积为基准，每增减一摄氏度，它的体积就会相应增减二百七十三分之一。由此，当温度达到零下二百七十三摄氏度，气体体积便会成为零。作为物质来说，即是归化于无。而之后也不可能有更低

116

的温度了，因为那时物质所有的能量都会被剥夺，一切停止，连原子核的震动也不例外。

"届时，作用于物体的引力也将消失。当然，'绝对零度'只存在于理论之中，而事实上只能说几乎不可能实现，因此原子核也不会零震动，不过还是可以无限接近于'绝对零度'。这样一来，会让引力变得极其微弱，那种极度类似于无重力的状态也是可能的。

"那种状态之下会发生什么呢？维持原状，看起来什么都没有发生——只要没人去触碰对象物。不过本来就是不能碰的东西，要是伸手碰了，可不光是冻伤那么简单的。

"另外，地面其实是呈球面的，地球自转的速度高得吓人，自然会产生离心力。平时的话，相较于庞大的引力，完全不值一提。不过若将它从引力的桎梏中解放出来，它就能不断把物体推上空中，比如像是这个巨大的铁块。没错，它看上去就是铁和镍的合金——又名'陨铁'，是来自天空的馈赠。

"说起来这是飞行于空中的陨石，这种状态并不能持续很久。如果不做点什么，就不可能一直保持极低温的状态。接触到室内的常温空气之后，物体的温度会明显上升，原子核会以极弱的幅度恢复震动。与此同时，重力也会急剧恢复，由此，物体就会急速往下掉——如果刚好有人在该物体正下方，而物体本身又非常沉重坚硬，在下落途中正好砸在此人头上，又会怎样呢？

"咻、嘭！会这样悲惨地死去。"

西蒙博士指了指天花板，指尖在床的上方打转，还用不成调子的口哨声来模拟音效。随后，继续说道："不管怎样，冰冷的凶器将会造成的后果，要比瞬间冻结与它接触到的部分，破坏该人的头脸部位更严重。等再过几小时，该物体回到常温，被冻住的部分也复原了，情况就正如各位所见。"

老博士说着说着，得出了这令人热血沸腾，却又异想天开的结论。

有那么一会儿，谁都不曾开口。我还在被宏大的……不对，既然是在描述原子世界，那么规模也是极微小的，但内容却令人意想不到……我还在被这番话深深吸引。

可我突然注意到一点，随即有种如梦初醒般的感觉。

"但、但是……"我说道，"脱离了地心引力，笔直上浮到空中，然后往正下方掉落，不就是回到原来的位置而已吗？那么……哪来的什么'哐'啊？"

戴亚斯警部看向穆里埃先生，表情仿佛在问要怎么说明。穆里埃先生则浮现出了非常愉悦的笑容，但并没有开口的意思。

"天真，太天真了，这位小姐。正如本人刚才所说，在速度猛烈的自转之下，地球仍能公转，正是受到各种力的作用。脱离重力牵制的物体可未必会精确地沿着垂直运动上升。问题在于莫洛伊君在床上就寝时的位置，跟凶器之间的间隔有多大……嗯，对了。"

他开始在上衣口袋里找东西，随后用摸出的钢笔在房间的墙壁上写起了数学式子。警部慌忙想要制止他，但为时已晚，干净的墙纸上满

118

是符号和数字，简直像咒文似的。

而且这些咒文，不对，公式，正肉眼可见地铺展开去，气势如虹，一瞬都不曾卡顿。期间西蒙博士一直念念有词，不时翻着白眼、容貌扭曲，就像是玩"变脸"的杂耍艺人一样，大概是他那脑袋中用于计算推导的零部件们正在高速运转吧。

不久，演算完毕。"如何？"老博士话音未落便回头看向我们。

"就结论而言，充当凶器的物体，极可能是在离床边很近的地方直接击中莫洛伊君的头部的。关于这一点，无论何时我都能够给你们作证，其他方面本人也能用这套计算结果帮你们验证哦。"

他挺着胸，洋洋自得，在就近的椅子上"咚"地坐下。

"好了，接下来就请把这张墙纸剥下来吧。"

戴亚斯警部一时不知该做何反应，最后终于板着脸说道："还有件要事想请教您……"

"什么事？"

"那么，博士您认为这是一起杀人事件，还是说——"

这也是我在意的地方。炫目到晃眼的重力理论固然有理，可我还没有看到真相。

如果这是杀人案，那么是谁用何种手段将其落实的呢？或者不论真实身份，犯人到底是用何种形式、在何种时机将冷却至绝对零度的铁镍合金块放在床边的呢？

需要将它放在一辆大卡车里（还必须要附带很强大的冷藏功能才

行），预先设置机关才能在恰当的时机打开车盖，还得处理好让它轻轻浮起又掉下的问题。

或者说，将陨铁放入冷藏卡车的正是莫洛伊教授自身，因为没有好好关上车厢盖，才酿成了如西蒙博士刚才所说的事故吧。这种见解虽然也值得思索，但我却不太明白莫洛伊教授又为什么非要做这样的事呢？

"什么呀，你想问这个？"

西蒙博士踱步到了我们这群渴求着答案的人面前，干干脆脆地说了起来："其实本人对这案子所涉及的问题没有多大兴趣，所以只叙述了'有关莫洛伊君的死亡和绝对零度下因原子核震动而导致无重力状态'的严谨事实，那就到此为止了。凡是充分掌握物理学定律相关知识之人，通过仔细周密的计算，都有可能算出物体垂落时的位置，只不过目前还无法察知对方是像本人这样在案发后算出的，还是事前就能算到。"

听到他这么说，我整个人都呆愣了，戴亚斯警部也是愁眉苦脸，跟吃到黄连似的。尤金依然面无表情，唯独穆里埃先生微笑着，似乎很是佩服。

"厉害，您这一席话真是十分有趣，但有一事我想借机请教。"

"什么事？"

西蒙博士双手拇指插入马甲的口袋，心满意足地答道。

"博士您要跟莫洛伊教授出席同一个学术会议，才会住在这家酒店的吧，那请问您的房间在哪里呢？"

极为唐突的问题，就算是西蒙博士也没能掩藏住自己的困惑。

"你问了个奇怪问题呢，好吧，本人也住这栋楼，在一楼——从那扇窗户看下去正好就是了。"

"是吗。"

是我的错觉吗，穆里埃先生的语调好像……不，是很明显地变冷淡了。咦？西蒙博士本人和我们脸上都浮现起了奇怪的表情，而下一瞬……

"警部，我以自身所被赋予的权限，指控这位雨果·西蒙博士涉嫌杀害吉恩·莫洛伊教授，请立刻将他拘捕并带去警视厅本部。"

"怎么回事？"

就在这一刹那间，我的心里有什么东西炸开了，其中仿佛还含有类似镁粉①的成分，搞得我整个头都被白光所包围。

女生比男性更容易因猛地站起来而头晕。迄今为止，以巴尔萨克·穆里埃先生为首的名侦探们的推理总会令我感动、惊叹。但直到今天我才头一次了解，原来世界上真的存在仅仅是聆听就能让人站不稳的推理。

4

"穆里埃先生，已将西蒙博士本人送至警视厅本厅了。"

戴亚斯警部对巴尔萨克·穆里埃先生敬了一个礼，后者微笑着轻轻点头。

"辛苦你了，警部。"

"不，这没什么……那老家伙可真是，都一大把年纪了，想不到还这么能闹腾，再加上用那个尖利又刺耳的声音大呼小叫的，我实在应付不来，结果你在他耳边说了一句他一下子就老实了，你到底说了什么必杀金句啊。"

"唉，我也有靠自己掌握到的其他事实嘛。"

听着穆里埃先生故布疑阵的发言，警部发出嚯声，歪了歪粗短肥壮的脖子。

"比起这个，刚才说过的事情还请保密，不然我会很头疼的。不过，莫洛伊教授被杀也是事实，你们在公开说明他的事件时，可以尽量把责任推给我。但我希望你们能够严守'犯人是西蒙博士'的秘密。不管怎么说，以他这样的年事，这么高的成就，我还是想尽量压低舆论影响，保护他的名誉。这样的话，要披露出多少真相就拜托你了。"

戴亚斯警部稍微思考了一下。

"……行，既然你开口了，我会暂时把事情压下来，不急着现在就发布，那么我就按这个方针去联系相关人员。"

警部说完便离开了，穆里埃先生随后再次转向我和尤金。

"呀，你们似乎都不能接受啊。尤其是爱玛君，看起来相当不满，是吗？"

说对了。到底是将哪些事实叠加起来，又基于怎样的理论组合，才得出那位雨果·西蒙博士是犯人的结论？而且他怎么做才能让那块什么陨铁坠下砸中可怜的莫洛伊教授的头部呢？

"好吧好吧，既然实习生们强烈地期待，我就开个特例，把案件的经过简述一下。但还是要请你们允许我略作解释。"

巴尔萨克·穆里埃先生说道，随后又慢慢继续。

"首先……宇宙中充满了一种介质，叫作'以太'。光也好重力也好都因它而得以存在。根据实际情况，甚至连时间都要依赖于它。不像空气是作为'风'的形态被感知到的，它根本就无法通过简单的方法具体呈现。如此一来，在不可解释的另一个世界中，宇航蒸汽飞船借由爱迪生先生与特斯拉博士发明的以太螺旋桨移动时，受到来自外界的物理层面上的影响是非常有限的。虽然看得见星光，因此能够与地球进行可视光通信。但严格说来，这星星与飞船其实并不存在于同一空间，飞船即使撞上了游荡在宇宙中的星星，它们也会像幻影一样穿过。不过实际上飞船才是幻影，犹如空中漂浮的幽灵一般。

"顺便说一句，'以太螺旋桨'的词源当然就是船的螺旋桨。螺旋桨能靠搅动水流来前进，不过实际上是让螺旋桨动起来，以把船推向上下左右各个方向。

"再补充一点，在一般家庭中，就有一个像极了螺旋桨的东西，你们知道是什么吗？"

"是风扇……吗？"

我立刻就注意到答案，但这句回答却撞上了尤金"咦"的一声轻叫。

这个词好像对他造成了很大的惊吓，但我也对他的反应也很意外。本以为是他不知道风扇，可怎么看都不像是这样，应该只是没有料到我们会使用风扇。

对了，我家使用的风扇接线时是把转轴、滑轮接在客厅里的小型蒸汽设备上的，连带着洗衣机和缝纫机一起接入，这是每家每户都会采用的做法。

所以说，刚才是怎么回事……当我重新看向尤金时，他的脸上已不复震惊，又恢复成了原本的沉稳表情。

"那么，"穆里埃先生继续说了下去，"螺旋桨和风扇不一样，它们的用途分别是行船和送风，搅动的对象分别是水和空气，另外它们还有一项根本的区别，你知道是什么吗？"

"这个……螺旋桨会随船移动，但风扇就待在原地不会动，是吗？"

"说得很好，而且这个异同对比也适用于以太螺旋桨。即是说，它也安装在宇航飞船上，随着飞船一起移动，一起进入迈克尔逊－莫雷空间。但除了这种常规的用法，若是固定住以太螺旋桨，让它附近的物品带上爱迪生－特斯拉效果，从而被送入以太世界——这种做法也是有可能实现的。

"那么，就像航行中的宇航蒸汽飞船即使撞上小行星，即使挨下炮击都不会受到影响一样，这个对象物在前进途中，即使遇到障碍物也能轻松穿透过去。只不过，仅限于以太螺旋桨的有效范围内呢。

"将以太螺旋桨的推力设为向上推进，并且把它固定在地板上使其无法移动，这做法可谓一反常态。但即便如此，如果输出强到能够推动宇航飞船，那么螺旋桨也会突破地板直接钻到地下去，因此必须要提前降低它的转速。

"备妥上述条件之后，让以太螺旋桨运作起来，随后在它正上方放置某物体，你们觉得如何？"

"当、当然是物体会因为螺旋桨向上的推力，垂直上升——"

我答道。尤金则接着我的话头继续说下去：

"与此同时，它会'渗出'，进入到迈克尔逊－莫雷空间……是吗？"

"正是如此。这时，该物体在物理意义上便和宇宙中的飞船处于同一状态。由此，任何障碍物都不在话下。或者更应该说，该物体已相当于不存在，与周围环境是宇宙还是房间没有任何关系，该物体只会穿过挡路的天花板和楼上的床，一径往上再往上——然而，这也自然会有个极限高度。等物体上行得太远，直至远离了螺旋桨，便会从以太空间回到我们的普通空间。当然，若是关掉以太螺旋桨，也会很快发生同样的事。

"这样一来，又会如何？以太螺旋桨向上的推力消失了，那么物体就会开始往下掉。不过已经没法再穿床而过了，如果下落途中还有障碍物，便会直接撞上去，而物体也会很快停止下来。比如说，障碍物是——"

"熟睡者的头部……是吗？"

尤金一字一顿地问道，但口齿清晰。

听到他的话，我的心脏就像遭遇了重击般疼痛。是因为穆里埃先生的推理而导出的结论，还是出于别的感情？我此刻完全搞不清。

"话已至此就很简单了，犯人必定是位于这间客房正下方，而且有能力推动以太螺旋桨运作的人物。作用物与被作用物通常都必须维持就近的距离，这是不言自明的定理——不错，就是外面那个蒸汽驴子……再考虑到雨果·西蒙博士与被害人相识这一事实，犯人便非他莫属了。"

"居然……"

我一时间动弹不得，脑海中只是重复着穆里埃先生最后那段话。

"非他莫属……非他莫属……非他莫属……"就像教会钟塔在有要事时鸣钟般反复回响。

这是多么逻辑清晰，多么有理有据的推理呀！与此同时，我心中却又有众多疑问开始打转，卷起旋涡。

为什么西蒙老博士非得要如此残忍地杀害相识多年的莫洛伊教授呢？而且作案手法还是用以太螺旋桨让那个叫陨石还是陨铁的玩意浮空，然后从一楼一直穿透到七楼的床的上方。

不，也可以说他就是为了让自身免受怀疑，所以故意做了这种不可能达成的事。

然而这样下来，那个凶器其实是西蒙博士的东西。那么，有证据

126

吗？此外，那个靠蒸汽驴子发动的以太螺旋桨的下落又在哪呢？

"就是这么回事，警部。"穆里埃先生转向刚刚返回此处的戴亚斯警部，仿佛看穿了我的想法，"还请帮我调查有关西蒙博士和莫洛伊教授过去的恩怨，看看是否有什么导致此次惨剧的因素。然后，关键是要截断那种能当作凶器的金属块的获取途径。对了，刚刚忘记说明，使用那种方法的动机是想要让所有事情看起来都发生在教授房里。还有，当然——"

"要查明博士是怎样把以太螺旋桨运进客房，又怎样在使用完毕后把它搬出去并销毁证据的？这是当然，我明白！"

这才是多年来的老搭档，戴亚斯警部已经预料到了名侦探想说的话。

穆里埃先生点了点头，像在表示谢意。随即，他又快速看了我们一眼。

"爱玛君，如何？还有什么疑问吗？"

被他这样面带笑容地询问，我也说不出其他话来，只能回答："不……没有了。"

"是吗？那就好。"

穆里埃先生冲我笑了笑。

"接下来……我要和警部一起去问讯西蒙博士，还得深入地分析研究更多证据。那么，怎么安排你们呐？"

"咦？是说要把这位小少爷和这位小小姐也带去警视厅本

部吗？"

警部瞪圆了眼睛，不过很快便噘尖着嘴表态道："……行吧，帮助未来可期的实习生们也是社会的义务和大人的责任，嗯，既然都叫我务必支持——"

虽然语气不情不愿，不过从他能说出这番话来看，戴亚斯警部或许比看上去……而且比我们今天初见的印象更好。

而且，实习第一天便能前往警视厅大开眼界了吗？……我的脑海中浮现出了"警视厅"的形象——那是一栋黑黢黢的摩天大楼，我只在《幻灯报》或连锁剧（就是演戏和活动照片相结合的产物）里见过它。此刻我的心情既雀跃，又紧张。

可是，穆里埃先生却无情地轻轻摇头：

"啊啊，今天还不用麻烦帮到这一步哦，已经给你添了很多麻烦，我们也该有点分寸。"

"哦，是吗？我倒无所谓就是了。"

戴亚斯警部嘴上是这么说着，不过完全没有掩饰自己的高兴。名侦探先生的话虽然很叫人失落，但警部的喜悦之情还是让他在我心目中的得分往下掉了很多。

"所以说，爱玛君、尤金君，侦探事务所就交给你们看管了。啊，如果我到五点还不回去，你们就先回家。不对，是一定要回家哦。严格遵守劳动时间不光是我们帝国的规定，也是各国通用的律法。"

没错，这就是仅用几十年便令我们的世界远比原先要来得幸福的

128

众多秘诀之一。尽管现在仍有很多国家连这都不遵守，只会一味要求国民辛苦劳作，真是令人悲哀的现实……

此外，同样重要的还有一点。我们实习生对实习单位的指示，我们侦探助手对侦探的指示，只要它们是正当要求，就要忠实地遵从。

当然，事到如今。也不需去再思考它的意义，世人一直都是顺理成章地照着做的……本来是这样没错。

5

"等、等等我啊，尤金，你打算去哪里？穆里埃先生叫我们回侦探所去的吧，那你为什么要这样？……"

我的声音越来越高，拼命地呼唤他。他的身影就在我眼前，却头也不回一下，甚至还加快了脚步。

我对此很生气，也猛地加快了步频，并且继续说道：

"穆里埃先生他们前脚才刚走，你后脚就急着偷偷行动……把我晾着是什么意思？自己一个人回酒店，打什么主意呢？"

是的，这里是我们早就该离开的案发现场。如果是温斯罗波咖斯先生的话，不知道会如何称呼这里，不过对金馥先生夫妇来说，这里是"牛津·剑桥大酒店"某个高楼层的走廊。

事态真是始料未及。若要进行说明，则必须把时钟的指针稍往回拨。

那时，老博士雨果·西蒙作为杀害吉恩·莫洛伊教授的犯人，被秘密带往警视厅。接着，我们在酒店内部的出入口处目送穆里埃先生和警部也动身前去警视厅。随后，我和尤金在通往穆里埃侦探所的大路上等候蒸汽有轨汽车或者双层巴士。

很快，一辆双层巴士过来了，我们进入车厢，但不知为何尤金叫我上去坐二楼的位子。哈哈，我算是看出来了，因为两层的交通工具很少见，所以是他自己想上二楼吧。既然如此，机会难得，就在这视野良好的景观位上给他介绍一下途中经过的名胜古迹好了。我正这么盘算着，突然——

"啊！"

叫声传来，不知是来自乘客还是司机。我惊讶地回头看去，只见尤金抓着一二楼之间的楼梯，一下子越过好几级台阶，往下跳去。

他就这样从已经发动的车辆上跳了下去。全程不过短短一瞬。

这是什么胡来的行径……不过事后反思起来，其实我的反应才更离谱，但在当时没有时间考虑这么多。

"呜哇啊！！"

"小姐你要干什么？"

比起前一刻尤金跳车那会，更多的人发出了更大的叫喊声，我却将这些声音都抛诸脑后，翻过二楼的扶手，握紧了黄铜色的支杆，顺杆直接滑到了一楼的车门前。

由于惯性，像这样"咻"地降到地面上时身体难免摇晃，幸运的是我碰上了其他蒸汽汽车从旁驶过时带起的风压，总算是站稳了。而且我还没有被那辆车给刮蹭到，这点也可以说是非常幸运。

虽然很想道声谢，但疑似骂声的强烈怒吼已经早我一步从车子驶远的背影处飞过来了，所以没能致谢，有点抱歉呐。不过比起这些，我还得要追上尤金，于是便穿过车行道，跑到之前的酒店门前。

尤金虽然跑得挺快，果然还是比不过对这条街道了然于胸的我。按说我们之间已经拉开距离，但当我赶到酒店的玄关时却追上了他的背影。

尤金直接就冲进了一部电梯厢，因为还有其他客人，我本打算也追着他乘上去，只是我不能保证自己不会暴露行踪，于是便作罢了。不过话说回来，要是我没躲好，出现在他面前，惊慌的人该是他才对，我可一点都不介意。

他到底想去哪儿？我能想到的只有一个地方。

（怎么办，是等下一部电梯还是干脆一口气爬楼梯上去？啊，真是的，想不出办法！）

我一下子就盯上了蒸汽回旋式无限楼梯机，没时间详细说明它是个什么东西了。我便开始沿着它往上跑去，跑完一台又接着下一台，一直到楼梯机的尽头。再接着往上的就是普通楼梯了，我只得依靠双腿不停向上攀登，我自己都很惊讶自己能够如此快速地抵达七楼。

我找到了疑似尤金乘上的那部电梯厢，站在它门口等候。其实不管怎么想我都不会比他快，但当我跑到电梯前一看，却发现表盘上的指针正好快要到"7"。大概是上来的过程中有乘客下电梯，所以耽误了些许时间吧。

（请看好了，尤金！当电梯门打开时我就在你面前，你一定会很惊讶吧！嘻嘻，太让人期待了！）

这么想着，一直持续至今的慌乱和焦虑，也不知怎么就变得愉快起来。与此同时，我也意识到一件令人惊讶的事。

（尤金他，行动居然那么敏捷……平时总给人一种文文静静、波澜不惊的感觉，我还当他会更稳重一点呢。）

实际上，像这样赛跑什么的，从第一次见面起直到十分钟前我都不曾想过。说真的，他到底是什么人？我想要更加了解他——

当我思考着这些问题的时候，电梯厢的指针已经超过"7"，停在了"8"上，随后便开始下降，再次与7楼擦肩而过，并未停顿。

"咦？怎么回事？"我眨巴着眼睛自言自语道。

尤金没有从杀人案案发的楼层下来，而是往上多跑了一层吗？还是说已经在别的楼层下了？莫非知道我在追着他跑，所以才躲着七楼吗？

不管是哪种情况，总之我扑空了。因此反而更不想放弃。

（反正先去八楼看看吧。）

总之就这么决定了，我急忙奔向楼梯口。背水一战，既是弱点却也是优势。

于是，我很快就登上八楼，发现了尤金的身影，然而这不过是新一轮捉迷藏的开端。

八楼和它之下的楼层区别很大，走廊两边就没几间客房，取而代之的是有好几个大厅。

尤金就在其中一角，紧盯着地面，一动不动地站着，不知有没有发现我。我正这么想着，却见他又急切地迈开步子，接着又止步不动，似乎陷入了沉思。

"——尤金君？"

我出声叫他，但没有得到回应。正当我以为他可能没有听到时，他又向我这边走来。

"尤金，你在那边做什么？"

他不出意料地没有回答，只是走得离我更近，然后快速地从我身侧路过离开。

"什么意思啊？"

这下子我算是弄明白了，他分明看到我了，但却故意无视我。之前甚至不惜那么做都要甩开我，那么想必是他去做的事相当危险。

这下就算是我也不能不生气了。

"等等，尤金……你想逃吗？"

我再一次追上去质问，可他依然无视我，渐行渐远……简直就是方才的情景再现。

"等一下啦！你等一下啊！"

"……"

不能让这种情况无限循环下去，不论我多有耐心……当然比某位朋友有耐心啦，也差不多要忍到极限了。

况且我的步幅并不比他小，对跳跃力就更有自信了，于是我鼓足了劲，默数一二三——

"等……等！"

我势大力沉地蹬地，展开双臂向尤金扑去，他却恰好在此时回头。

这一瞬间，尤金的表情既有惊讶，又有恐惧，还出现了一些无法把握的情绪。事到如今你才有所反应，而且还怕成这样？这对淑女也太失礼了吧。我正心想着，他的视线却并非投射在我身上。

"爱玛，趴下！"

嘶哑的声音在我耳畔响起，一股强大的力量把我扯倒在大厅地上，当我反应过来这是尤金干的之前，就已经跟他一起像大青虫一样整个都摔在地上了。

幸好地板上铺满绒毯，别说摔伤，我甚至都没怎么觉得疼，只是由于所受冲击过大，有那么一会儿脑中一片空白，一句话都说不出来。

当时，我近距离瞥见的是表情极为认真的尤金，仿佛在戒备什么。而且最关键的是，他的行动不仅仅是为了躲避我的前扑。

随后又过了多久呢？大约不到二十秒吧，但我却感觉已经经过了很长时间，尤金突然从我身旁迅速离开。

接着，他向还处在迷茫之中的我伸出手，帮着我站起身来。

"那个，到底是怎么回事……莫非你救了我……吗？"

但得到的回答却极为冷淡：

"没有。"

"可是……"

我还想说些什么，背后却突然传来了震耳欲聋的巨大音量。

"你等等！爱玛！爱玛·哈特里！你、你在这里做什么？"

在听到这串喊声的瞬间，我还以为尤金刚才摆出防御的姿态，是打算防备这位大呼小叫的人。不过很快我就发现并非如此。

"你还偏偏跑到人家爸爸经营的酒店里来，到底打算干什么？还有，我刚刚才听说的，你什么时候就成了穆里埃侦探的弟子了？为什么你办得到啊？我真的羡慕死了——才怪，你这个厚脸皮！请给我好好说明是怎么回事啦！"

每当听到这个能量充沛、仿佛怒吼般的声音时，比起可怕或者不快，我不知为何总会觉得可爱，而且今天这种感觉尤甚。

不仅如此，眼前又全都是不明不白又麻烦得很的事情，让人云里雾里的，她——莎莉·法尼荷的登场那么帅气强势，简直是颗定心丸，甚至还是救星。

"啊，其实涉及很多原因的——"

我一边露出松一口气的笑容，一边对她说道，不过"生气包莎莉"比平时还更盛气凌人，威严迫人地站着，宛如一尊仁王佛像⑩。她用与她"生气包"的昵称非常相称的表情和声音说道："哼，是吗，很多原

135

因对吧？那我可以仔仔细细地问，特别是你顶着我的名号进入'极光号'的这件事，可要解释到我点头为止哦……知道吗？"

完了——，别的还好说，那件事居然被她知道了。

"那个，莎莉，所以说，也就是……那个啦，懂？"

我说着说着便往尤金那边看去，莎莉的怒容让他震惊，脸上带着不解的困惑之情，非常生动而富有人情味。这表明他绝非是个欠缺感情的人，即使他的感情既不显眼，又转瞬即逝。

悲惨的牺牲者在即将发现背后的动静时，被沉重的金属钝器直击头顶，不见一丝踌躇，遑论慈悲。

牺牲者甚至来不及惨叫，就缓缓地倒在地上。手持凶器的男人冷漠地俯视着牺牲者，然后对着朝自己赶来的同伴们扬了扬下巴，做了指示。

心领神会的男人们，其中也夹杂了不少女性，发出野兽般的呼号，纷纷开始跑动。

那是将所见一切皆击溃、杀死的气势，是沸腾的憎恶之情，是燃烧的破坏冲动，是悲切的对生的渴望。

而与之相对，那些心怀善意、满腔同情的人们却太过弱势，或许可以说是缺乏想象力，没有料到事态会走到这一步。

不，若要责怪他们也太可怜了。基本上，面对像这样被留在孤立无援之地，忍饥挨冻、瑟瑟发抖的人们时，如果不理也就不理了，但明明就伸出了援手，毫不吝啬地给予食物，还帮着取暖，那通常说来，谁又能料到之后引来的却是掠夺和暴力。

然而事态就是朝向那不合常识又毫无道理的方向发展了，即将被拯救的人们袭向前来拯救他们的人们，妄图夺走对方的一切。

但结果……四处都是熊熊燃烧的火柱，爆炸声不绝于耳，各种物品混杂在一起，人体、或者疑似人体部件的物体在空中飞来飞去。没错，毕竟袭击并非只在这一处爆发，另外还有同样数量的莽撞和失败行为……

译者注

① "祖鲁族" 是非洲的一个民族，约一千一百万人口，主要居住于南非。祖鲁王国曾是 19 世纪南非的历史中的一个重要角色，在种族隔离下，祖鲁人被列为二等公民，并受到严重的歧视；在现在的南非，祖鲁是人口最多的种族，与其他南非人民享有相同的权利。

② "女酋长" 原名 "inkosikaas"，音译为 "因可希·卡丝"，祖鲁语中为 "女酋长" 之意。

③ "目睹人的颅内风光" 指他用战斧劈开敌人的头部，看见里面的红白之物。

④ "中体西用" 即 "中学为体，西学为用"，是清末洋务派的指导思想主张以中国伦常经史之学为原本，以西方科技之术为应用。

⑤ "活剥生制" 是一种处理生物并做防腐的手段，常见于标本制作；"阿兹特克" 指 "阿兹特克文明"（Aztec Civilization），是墨西哥古代阿兹特克人所创造的印第安文明，属于美洲古代三大文明之一；"海伦"（Helen of Troy），又被称为 "特洛伊的海伦"，是古希腊神话中众神之王宙斯跟勒达所生的女儿，也是人间最漂亮的女人，因和特洛伊王子帕里斯私奔，引发了著名的特洛伊战争。

⑥ "紫萁" 是一种蕨类植物，其嫩芽部分便是 "薇菜"。

⑦ "束带层" 即 "层拱"，是建筑物墙面顶部、屋檐下方突出的呈带状环绕的装饰。

⑧　　"苍蝇男"指小说及系列电影《变蝇人》（The Fly）中变成半蝇半人怪物的"苍蝇男"爬在墙壁上的经典场面。

⑨　"镁粉"是金属镁的粉末，燃烧可产生极刺眼的高亮白光，以前的照相机就用它来充当闪光灯。

⑩　"仁王佛像"指安置于寺庙中的金刚力士像，站姿挺拔、神态威严，守护庙宇。

第四章

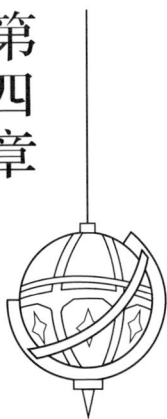

1

　　"喂，尤金，我带你去逛逛各处的名胜古迹吧。你还没边走边看过这个城市吧，只是要购物时才跟着穆里埃先生出去过吗？太可惜了，这里有陛下和殿下们住的宫殿，还有非常华丽气派的寺院，大会堂上的钟塔简直就像要突入云霄一样，那个旧旧的就是伦敦塔了……啊，奇奇纳博士以前就职的科学部的建筑也很有趣哦。喏，现在可以吗？出去看看嘛。"

　　穆里埃先生不在时，他的侦探事务所就会变成一间装满了珍奇物品的房间，我已经饱含热情地给尤金解说了一会了。

　　现在是豪华酒店密室杀人谜案发生后的第三天上午，我作为实习侦探在事务所里工作。

　　刚才，我与尤金一起熟练地完成了布置给我们的"功课"——剪报。而且不只是纸质报，还有像是《以画传声新报》《幻灯报》之类的投影传输报，整理方式各式各样，既有趣又有些麻烦。

　　无论如何，拜这份作业所赐，我可以头脑冷静地将那起恐怖的案件梳理一遍。与此同时，也将上次问来的事实真相，以及没怎么深入挖掘的事项弄明白了。

顺便说句，穆里埃先生指认出的那名杀害吉恩·莫洛伊教授的嫌疑人没有被进行任何公开报道。我本以为会将其职业、年龄进行模糊处理后发布，但是就连这点都没有，至少我所见的范围内没有。

这难道就是穆里埃对戴亚斯警部下的封口令的作用吗？还是因为报道规制条例正在有效运作？可如果是那样的话，我又随之产生了疑问。

"我说，尤金，"我脱口而出提问道，"现在这个情况，也是有什么用意的吧，那时候穆里埃先生好像说过犯人是有成就的人，为了保护他的名誉，希望尽可能把风声压低。可是这只能拖延一点时间，没有什么意义啊？"

"……"

尤金没有回答，甚至连头都不抬一下。这种反应也在我的预料之中，于是便自顾自地说下去。

"莫非哦，穆里埃先生是信不过自己的推理吗？或者说，是不想逮捕那名嫌疑人吗？"

我也知道自己是在乱说话，但还是想要看看尤金听到这话之后是什么反应。结果——

"……"

完全的沉默，无声，而且毫不关心，所谓"出海没有岛停靠"①说的正是此刻啊。

从我在父亲的飞船"极光号"上首次见到尤金算起，其实并没有过多少天。尽管如此，有关这名少年的谜团却是越来越深。

他到底是什么人，从哪里来的？不，就算不管这些疑团，至少也希望能跟他正常地展开对话，不过就连这点也无法实现。

今天也是同样，我尝试着就莫洛伊教授被杀事件提出挑衅性质的意见，但他还是没有任何反应。

气氛让人有点不自在。我好不容易完成了事件记录的整理，之后便是无事可做的状态，只能祈祷穆里埃先生早点来工作了。

房间的一角恰好放着一台箱子形状的机器，正在发出丁零当啷的声音，随后从它上端伸出的喇叭里传出了一些话语，当然是提前用蜡管录好的音。

"您有一份气邮，您有一份气邮……您有一份——"

所谓"气邮"即"气动²邮件"的略称，是"无论送往哪里，只要有排风口便都可以将信件或行李送到"的气送邮政。然而，确认了一下详情之后，却发现是这样的内容：

爱玛君、尤金君，今天我不来侦探事务所了，请你们直接回去吧，明天见。

——巴尔萨克·穆里埃

诶？那么今天就是临时休假了？这下子，从某种意义上来说有点开心呢，想想去哪里玩吧，干脆趁此机会把尤金拉出门去也不错呢！

他对我们这个城市还不太熟吧，我想带他出去，由本姑娘来做观光向导！

于是我就开始劝他去游览各个名胜景点。不过他的回答还是一成不变。

"……免了。"

真是冷淡得让人讨厌，而且就这么一句话。光是这样，我已经感到挫败感了，但我还是坚持己见："这可是突如其来的意外休假，不出去就浪费啦。而且穆里埃先生说过的吧，观察街道、人群、事件，并将它们提前记入脑海中可是侦探的工作哦。好啦，走嘛。"

"……真免了。"

第二次回话，也只是多了一个字而已。

"但是，好不容易——"

我一边说着，一边把手伸向尤金的肩膀，想要让他稍微改变一点心意，然而这天真的想法很快就被吹散了。

"都说不用了！"

他几乎是在吼，同时将我的手挥开。这一下子，我的手指撞到了身旁的家具上。

"好痛！"

我叫出声来。

尤金也吃了一惊，立刻靠到我身边来，想要握住我的手，但在最后一刻缩回了手，别过脸去。

刺痛传来，不仅来自手指，也来自内心深处。我看到尤金把脸扭开的瞬间，他脸上的表情。

那是无法言说的不信、怀疑、愤怒，以及，或许还混杂了一些轻蔑。

——说得亲切，但其实不止这样吧？你别有用心不是吗？像今天，提议要带我观光什么的，实际上是想打探我的事情吧？不就只是想刨出秘密而已吗？

这绝不是被害妄想，我明确感受到了他在如此责难我，而且其中蕴含的并非只有愤怒之情，还混杂着悲伤，这更加让我没法坚持下去。

我、我才没……我试图反驳，但却如鲠在喉，甚至连嘶声都发不出来。

说真的，我没有这种打算，单纯只是想把我们的城市、我们的智慧与光辉，以及满载着蒸汽的文明世界展示给尤金而已。

作为侦探实习生，我不该是这副笨嘴拙舌的反应，但别说其他居心了，我就不该被他用这种表情拒绝啊。

我完全想不到事情会变成现在这样，感觉特别火大，也非常难过。

"——明白了。"

我稍微过了一会才开口的，一副已经放弃的口吻。

"好像造成了你的困扰，不会再邀你了。那么，我回家了哦。"

我话里带刺，匆匆抓过自己的包，没有再往他那里看一眼，就大踏步地踏在侦探事务所的地板上。

不过，我还是稍微撒了一点点谎，我果然很在意尤金，虽然只有一瞬间，但还是瞥向了他。而那一刻的他，不知为何显得有些寂寥，似乎也瞧了我一眼，但却不予在意。

而此刻就算我再跟他搭话，结果也只会被拒绝，绝对不可能顺利对话。即使是总把事情想得过于简单的我也明白这一点。

"再见！"

我大声说着，却又在握住门把手的时候突然想起什么。

"啊，对了。"

会不会有点刻意啊？我心想道，同时向右转身。

"怎么了？"

尤金出声，真难得。我本想回他一句"什么事都没有"，但这可不利于我突然想到的作战。

"反正我要回去了，就打算稍微学点东西……想把那个附带有留声机的书借回去，先生说过的吧，我们可以随意使用放在那边的东西。"

"……"

尤金没有说话，轻轻点点头，是信了我的话吗？总之我先打开了通往下一个房间的门，进入了有些昏暗、带着淡淡霉味的房内。

那里堆积着大大小小厚薄不一的书本，但我的目标却另有其物。

其实在实习到岗的当天，我就把打扫和整理全都包下了，所以很清楚这里有什么，就算再暗一点也没关系。

我快速把目标物搜集好，塞进包里，再选了一本薄薄的书来装样子。

"回见啰！"

于是我不再回头，小跑着从侦探事务所的门口行进到走廊，乘上电梯，一口气下到一楼，打算直接走出玄关。但实际却没有那么做，而是滑进了侧边的一间房中。那是一间空房，而且可能是尚未经过改装，里面空空荡荡的没什么东西，所以门没有上锁——这些我都已经调查过了。

而我接下来要做的事，需要避人耳目，因此想尽快办完它。

仔细看看，这个房间甚至连内侧也没有门锁，如果被人看见……总之我得赶快。

十五分钟后，我在侦探事务所的建筑物的周围等着尤金出来。其实就位置而言，我是完全暴露的，瞬间就会被识破是在给他一个埋伏吧。但也不至于这么不凑巧。

现在，我没有穿裙子，而换成过膝的裤子，脚上是系带靴子，上半身则身着棉质衬衫，还打了领带，套了夹克。头发扎起来收在了南瓜帽里，并且把帽檐向下拉低，遮住眼睛。好！变装完成！

这样一来，女生爱玛·哈特里就消失不见了，现在怎么看都是一个男孩子！总之就是名侦探巴尔萨克·穆里埃的少年助手啦！

那么，尤金大概发现不了吧，就算他无视我，打算将我给撇下。只要他没识破我的变装，也就没法刻意对我采取那些对策了。

要是尤金一直窝在事务所里不出来，我这样监视他就是白费力气，不过我有五成以上的把握确信事情不会这样发展。

要说原因，那就是在我看来他似乎有些心神不定，即使表面上是唯穆里埃先生之命是从，但每逢有事就会倾向于单独行动。

前阵子吉恩·莫洛伊教授睡在密室内的床上，却被陨石还是陨铁击碎头部的案子就是例子，我敢肯定尤金知道什么，还会开展调查，而后有所行动。

换言之，穆里埃先生不在，我又离开了，我不认为尤金会浪费现在的机会。整体来看，他都那样拒绝我所提出的市内观光建议了，那么毫无疑问就是想独自行动。

独自一人干什么呢？虽说也可能是留在事务所内研究穆里埃先生收集的绝密搜查资料或者名侦探先生本人的秘密，但我敢打赌不是这样。

不管是那种情况，他都一定会外出的，因此我就这样守着就行。事务所那栋建筑物的出入口就只有那边的玄关处，尤金肯定会从那里出来。

现在已经一目了然。一方面，他并不知道我已经变装，光是这一点就让我倍感痛快，然而保险起见，还是要再确认下这身装扮的效果。

有没有什么合适的地方呢？镜子，我需要镜子。我心想着，四下环顾，很快就找见了目标。就在我站的街侧，有许多小店沿街一溜排开，其中便有面对行人车辆摆着全身镜的洋装店。

果然是出于邻里之谊吧，那里贴满了剧目——《怪盗"行星"案》的演出海报，是以穆里埃先生与别名"千面之男"的不世出的犯罪者各自施展智慧、比拼手腕的事迹为蓝本而创作的。

我记得自己讲过穆里埃先生是变装易容方面的名人，而在本剧目的原型案件中，他也把这份本领与演技发挥得随心所欲，真正展现了何谓"变化自如"。普天之下皆盛赞，被搬上剧场也是理所当然的。

于是，身为弟子的我自然也能办到。我一直都想这么做一次试试，那么实际效果如何呢？我内心充满自信，站到了那面全身镜前。

"……"

无论从哪看、怎么看，镜中出现的都是穿着男生款式的夹克和衬衫，系着裤子，用帽子尽量遮住脸的爱玛·哈特里。

（怎么办？这样可不像男孩子！）

没办法，我从口袋中取出一只扁扁平平的银色盒子，那是从侦探事务所里带出来的，装着供穆里埃先生随身携带的变装道具，包括画皮、化妆的调色盘和笔，还放了假胡子。

于是，我尽量注意不让路过的行人发现。话虽如此，我也没法制止路人啊，便用双手遮住脸的下半部分，把那个类似恺撒胡③的假胡子贴在口鼻之间。

这要是被瞧见了，可就成大问题了，所以我很快取下了它，所以胡子少年哈特里只存在了不过短短一秒。明明只有一秒。

"噗……噗哈哈哈哈，啊哈哈哈哈！！"

当我近距离看到镜中自己的脸时，却仍忍不住笑喷了，简直笑得停不下来，笑得肚子疼，笑得几乎倒地。不行……即使如此，我还是硬按住了嘴，掐紧了腮，拼尽全力保持严肃，但还是没法强压住已经涌上的滑稽感啊。

150

来往的行人们都一脸诧异地经过我的身边，其实我也觉得自己这副样子很奇怪。如果可以，我不希望其他人这么看着我。可笑个不停却是我的不对……

幸运的是，发生了一件足以令我瞬间止住大笑的事情。但不幸的是我的目标尤金此刻在玄关出现了。

"糟糕。"

我的脸色一下子刷白。

预测完美命中，本该感到欣喜吧。是时候采取下一步的作战行动了。

尽管笑意紧急退潮，但不论怎么想，我都太扎眼了啊。

"他、他没看见我吧……"

没看到也好，怎么也好，在对门的洋装店外头有个拧着身子，忍不住扑哧扑哧笑的少年或者少女，肯定会被人怀疑。

要是抱着这种心态瞧过来。不，就算不用细看，也能毫不费力地识破那个狂笑的家伙就是我。

我始终背对着他，谨防脸被看见。这可真是奇怪，所谓变装，本意明明就是为了不用做这种事啊。

而且不论如何隐藏面容，人类还有"身形"这一属性——即使是背影，只要是亲近之人即可轻而易举地分辨出来。因为担心这样的事，我摆出了古怪的姿势，扭着身子，对身高和肩宽做了伪装。

这样持续了多久呢？大概有十几秒，感官上的时长却是远超于实际。随后，我缓缓地回过头去。

尤金还在那里吗？我极度恐惧，如果他带着刚才那样的表情，再加上轻蔑与冷笑

——看吧，果然。

我不禁觉得他正盯着我，就说出了这么一句话。

我也不可能始终维持这个状态，最要紧的是这个姿势实在难受，我的关节都开始痛了。

（好，那么就来数数字……一、二、三！）

我在心中默念，随后用力猛地回身。

意料之外的是，背后没有任何人。刚才尤金还在玄关前，但现在已不见踪影。而左右来往的行人们则挡住了出入口。

"尤金！"

我叫出他的名字，随后只凭借直觉就跑了起来。

（这里应该有个车站……可是他会坐上驶往哪个方向的车呢……嗯，那就碰运气赌一把，走一步算一步吧。尤金肯定朝着我所认定的方向去了。要说理由的话，因为我可是巴尔萨克·穆里埃的弟子！）

2

嗡嗡……不可思议的声响传来，车辆一边发出嗡鸣声，一边在埋设于地下的管道之中疾驰。它比起连通北京和巴黎的空气压缩超级特快车来，无论是规模还是行程总长都要小得多，不过就原理而言应当是大

同小异的，虽然我也不是太懂行啦。

我所清楚的是，这班地下铁道列车不管什么时候都很拥挤，座位全被挤在一起的乘客给占满了。当然，站着的乘客也满满当当，再加上腾腾的热气，车厢里简直就像是热带雨林似的。

再稍微深入这个"雨林"一点，就能看见人群如同长势茂密的高大树木、灌木，繁盛的叶片与蔓草等般重重叠叠，而尤金就站在另一头。

在满载如斯的人群之中，他看起来还是极度孤独。当然，在场的几乎都是陌路人，但尤金是特别的，我不由觉得他仿佛被世界所隔离、所孤立，而他似乎也同样拒绝着整个世界。这种感觉在今天尤其明显。

他的侧脸还跟往常一样不带表情，即使列车摇晃，即使和其他乘客相撞到一起，也不见任何变化。不过不可思议的是，仅从这副光景来看，我感觉他很习惯这座大都市，已经能无障碍乘坐各种交通工具了。来自其他地方的人自不必说，明明就连在这个街区里长大的人，也有很多的事搞不清楚……

不管那些了，他究竟打算去哪里？

这条线路沿线有很多值得一去的场所，因此才排除万难铺设了地下铁路，所以他要是一开始便接受我的建议不就好了吗？

（难不成，他真的只是想观光城市？）

我突然就想起了这个，尽管有点跳脱，但总觉得也并非不可能。

虽说他刚才是那种态度，不过果然还是想看看自己生活的街道吧。而且还要算计着我不在的时间，一个人悄悄出门。什么嘛，前半个理由还让人有点开心，后半个简直气人。

要是这样，我或许也不用变装去跟踪他了。索性表明身份，就像一开始预想的那样做个观光导游？不对不对，这当然无法实现，毕竟我穿成这副德行。

正当我慢悠悠地想着这些问题时，列车"哐！"地一晃，倒是让我想起了一件事，而且还切换了我脑海中的回路。

（对嘛，肯定不是这么单纯的理由，他这趟外出绝对不是为了什么……市内观光。）

我狠狠咬着嘴唇，在心中一字一顿地念道。

让我的想法产生变化的，是对那起莫洛伊教授凶杀案进行现场搜查之后的仅有一幕的回忆。

那时候，我和尤金暂别穆里埃先生与戴亚斯警部，准备一起回侦探事务所，途中他却把我甩脱，急速赶回案发酒店。当然，因为被落下就哭哭啼啼，可不是我的作风，我就追在他后头，冲到了杀人现场的七楼。

然而，尤金却是奔着八楼大厅去的。那时的他显然在调查什么，很可能就是有关于该酒店内的杀人案件，可结果他却大叫着："爱玛，趴下！"

喊叫的同时还将我扑倒，我两一起滚在地上。

到底是怎么回事？尤金对此三缄其口，不管我怎么道谢，怎么询问，他的嘴巴都跟贝壳一样闭得牢牢的。

他肯定是有什么原因才会突然采取那样的行动，比如说有人想要伤害我或他，而且视具体情况，甚至有可能怀有杀意——

父亲本来就很担心我选的这个实习岗位，我可不想让他知道上述推测，但也绝对不能无视这种可能性。

但是我却猜不出什么，因为当时我的同班同学莎莉·法尼荷正好在场，那家酒店其实是她父亲经营的，而她作证说："可疑的人影？我没见过哇，这里是宴会场，现在正处在改建期间，所以当然没有客人，就连工作人员也不多……要不我帮你问问好了。"

"拜托了！"我双手合十，而莎莉则叉着腰对我说"真拿你没办法呀"，随即便走开了，而过不多久又回到我这边。

"负责扫除的人都在，我就问了问，他们说不知道。倒是有人看到你们进到大厅里来，但除了你们，别说可不可疑了，根本就没人进出过。啊，我刚刚碰到的宴会工作人员也是这么讲的。"

唉，就是这样啦。

"谢谢你，莎莉。"

我又不得不低头向她致谢。

莎莉挺起胸膛，让娇小的身子显得大一些，就差直接问我"所以出什么事了"。她抬了抬下巴，像是在小看我似的——与此同时，她的细框眼镜也往下一滑，急得她慌忙用手指把眼镜轻推上去。

同班同学们要是看见她这幅样子，可能会认为"生气包莎莉"有所改变了。毕竟我不只是跑到她父亲的酒店里，插手杀人案的搜查工作，还跟男生一起行动，一起骨碌碌地滚在地上。啊呀，仔细想想，也没有什么惹她生气的要素啊，但肯定是惹她生了好大的气就是了。

即便如此，莎莉也依然发挥着她那标志性的，有些爱摆架子的脾气，总体还是很冷静的。不过答案也很简单，她刚才已经彻底爆发过了。

"你等等！！！爱玛！爱玛·哈特里！！！"

啊，现在回想起来还觉得耳膜刺啦啦地疼，但我很能理解她的感受。因为她明明是来献花的，结果白跑一趟，没人把她当回事，而且要说起来，作为朋友的我谎报了她的名号，她可不得气坏了。

听说了案件之后，莎莉一放学就跑到酒店来了。她抵达七楼以后，有点害怕。正准备问问杀人现场的详情，瞧见了我。尽管她本人没说出口，不过我觉得大概就是这样。

我本来计划在七楼堵截尤金，但他搭的电梯却升到了八楼，当我手忙脚乱准备追上去的时候，刚好被她发现了。而她也被工作人员发现，遭到了问候之后，她才好不容易甩开了他们，跑到了八楼大厅。

然后……啊，不能多想，耳膜还是很疼。

自打我在"极光号"上遇到尤金之后，就去穆里埃先生的侦探事务所实习了，还没有机会向莎莉道歉，这点让我很是抱歉。而且也许还有我跟尤金那样的男生待在一起的影响，所以也没法强行去熄灭她的怒火。

我看准莎莉的燃料差不多耗尽的时机开口："你听我说……对了，

尤金，请你稍微过去一点。"

比起困惑，我的姿态更接近于畏缩，让静观事态发展的尤金离开一下，随后继续说话。

我告诉她说，她在伦敦港遭遇的飞来横祸，似乎与我差点见不到父亲有关，起因基本可以确定是"极光号"出于某种缘由而被要求下锚滞留。

"——也就是说……"莎莉·法尼荷说着，便快速往尤金那里看了一眼，"那个男生就是这所谓的'某种缘由'是吧？"

"正是这样。"

我回答。

"——我明白了。"

莎莉仿佛下定决心一般深深颔首。

"嗯？"

我觉得情况变得非同小可，略带疑惑地回应道。

莎莉似乎有些兴奋，说道："这是个大问题哦，这座酒店对我们法尼荷财团而言是相当重要的场所，从经营角度考虑当然如此，而且它还具有迎接与招待国内外来客的意义。其中一间客房发生了杀人案，一个处理不当就事关信用，而且你觉得还有人会想住在那个房间里吗？再从酒店的立场来看，也已经不可能抱着原先同样的心情把那间客房提供给客人了。可以说，被杀死的不仅仅是我们的一位客人，还有那间客房、那个楼层、那栋楼。不，甚至说整座酒店都受到重创也不为过。"

"原来如此。"

我十分明白这种感受，加上莎莉绝不是那种蛮不讲理、胡乱发火的女孩子，这点我应该是最清楚不过的了。

"于是这件事，跟我——莎莉·法尼荷就是有关！所以我也要加入搜查。"

"你说得对……什么对！？"

我不小心点头赞同了，却突然大吃一惊，看向她的脸，感觉刚才好像听到了什么骇人的事情。

但莎莉却扬起脸看着我，用一副理所当然的表情说道：

"怎么了？这不是再正常不过吗？只要你刚才有认真听我说话，就会明白这是必然的。"

"这……是这样吗？果然……"我根本就没觉得有什么正常的啊，可回答时还是慑于她的魄力，"就是的哦，当然是了。"

莎莉越发趁势追击，最终强调："这可是桩好事，请让我也加入穆里埃侦探事务所，跟你一起实习。不不，如果有需要，我们家公司雇请穆里埃侦探即可。要不索性把侦探事务所整个买下来吧？"

"这，这也太……"

我乱了阵脚，虽然理解她的感受，可就算在这种场合被她这么说，这也不是我能决定的事情啊。而且——虽然对不住莎莉，假如她也成为"侦探"并加入到搜查中，那后续的发展还真让人有些不安。就是感觉会出很多状况吧。

尤其像那些要花钱雇请穆里埃先生啦、买下他的侦探事务所之类的话可不是开玩笑，而是很有可能的。不能当成是任性的千金大小姐在随口乱说（不过任性这一点倒是没错）。

就如之前说过的，莎莉·法尼荷本人就是能干的经营者、投资家，不需要缠着父亲讨零花钱就能做出很了不起的成绩，像是把一个公司从左手交接到右手根本就是小事一桩。

可莎莉平时并不会发挥这种"力量"，多半是因为她与生俱来的自制力和分寸感吧，我认为这一点很了不起。

"什么啊，你的表情。"

莎莉的脸突然出现在不禁陷入思考的我面前。不对，正确说来是在我的斜下方出现，但仍旧魄力十足。

——从这一点上来看，我多少希望她能稍微挪一些自制力和分寸感去其他方面啦。

"什么啦，想拒绝？呵……是哦，一边用着我的名字，一边还不愿把我算作同伴哦？"

被她这么一说，我可是束手无策了。但是，也不能就这么轻易点头让步，绝对……绝对不能。

"呃，这个……那个——"

就在我支支吾吾的同时，莎莉也步步紧逼过来，不停问我"怎么说、到底怎么说嘛"。究竟该怎么办啊，正当我头疼到最后关头——

（咦？……）

突然感到有人靠近了过来。

"爱玛，走了。"

在我困惑来人身份的刹那，有个声音离我更近了。不用说也知道是谁了，他用那非常温暖的手掌碰到了我的手背，温柔地握住我的手，随后就使上了劲，硬生生把我拖走了。

"等、等等啊爱玛——你等等啊！"

始料未及的进展。跟我同样呆愣住了的莎莉似乎清醒了过来，正在大喊大叫。而我和尤金已经抵达了大厅的出口附近。

"等、等等……你们……"

空荡荡的地面上只留下莎莉·法尼荷，她的声音也渐渐远去。随后，她那还在抵抗一般的叫声微微变质成了哭喊，声势震得大厅墙壁都为之颤动了。

"等等啊……等等啦！这到底是怎么回事啊！爱玛·哈特里……还有爱玛的那个男生！！"

3

（那时候真的做了坏事啊。这就是所谓的'一错再错'吗？）

气送的地下铁道列车还在摇晃着，我则在深刻地自我反省。但当时如果不是尤金那样硬拉我走，可就不知道会发生什么了。

160

　　我也知道没法按莎莉说的去做，（要怎么传达给穆里埃先生才好呢？）却还是败于她的强硬，给了个模棱两可的答复，以后只会越来越麻烦啊。

　　不过那时，我还是很感谢尤金的，这也是继之前的"爱玛，趴下"后，又一次强烈地感受到他的人情味。

　　然而，尽管是转瞬即逝的想法，但一度以为他已经敞开心扉的我真是笨蛋。刚走出大厅，他就甩开了我的手，扔下我不管，直接一口气加快步伐往电梯厢走去了。

　　"等、等等啊……"

　　这次不是莎莉，而是我不得不哀号地喊叫了。尤金渐行渐远的背影，恰似我以为已经抓住他的人情味，却又被他彻底逃脱的那个瞬间。

　　之后我又做了各种零散的尝试，全都以失败告终，而今天我还主动要求担任他的观光向导，但被驳回一事或许就是对我的致命一击。

　　思及此事，我就止不住地想要叹息。

　　（不行，我绝不放弃。就算他外表看来是个人类，可这也是谜团之一，而放弃解谜选择逃避绝非"侦探"所为！）

　　我重下决心，紧盯着隐蔽在人类密林另一头的尤金。

　　另一方面……我的脑海中也隐隐约约涌现出了莎莉·法尼荷的身影。

　　（莎莉……她也是一样啊。）

　　我轻轻抱着胳膊，必须要考虑一下她的事了。当然，我同时也不停地瞟向尤金，确认他的动静。

（莎莉她如果默不作声的话，明明就是个大美人呀。虽说她本人好像觉得戴眼镜算不上漂亮，不过问题在于性格，性格啊！不不，也绝不是在说她性格恶劣，这一点不光是我，大家都知道她的表达方式存在缺点。）

她是怎么变成"生气包莎莉"的啊，还是自然而然就唠唠叨叨的呢？这点就连她本人也不清楚。

（没错，她有一头鲜丽耀眼的亮色卷发，娇小的身材。主要是和我正好相反，简直就像个洋娃娃。她翘挺而傲慢的小鼻子上架着眼镜，并得拢拢的膝盖上摊着书本，每当这样安安静静地专心阅读时，那模样简直美如一幅画。对了，正好就跟我面前坐着的女孩子差不多。）

（为什么她就不能像这样呢？"细长条爱玛"是没法改善了，可莎莉只要稍微努力一下，不不不，我说的"努力"是指她什么都不用做，就能像我面前这个拼命读着看起来就很难的书的美少女一样。毕竟，她们长这么像嘛……咦？）

我突然注意到一件事，而眼前缩着身子坐着的美少女也同时抬起了头，将视线从手中的书本上移开，透过眼镜向我看来。

完蛋了！我在心中高呼道。而且不仅如此，嘴都惊讶地张开合不上了。

难怪长得像啊，坐在座位上沉浸于书中的美少女就是莎莉·法尼荷本人啊！

莎莉那细框眼镜后的双眼有些危险地眯缝起来。

她好像没有认出是我，这也是当然的啦，谁会料到这么巧就遇到同学啊，更何况我还扮成了男孩子，照理说是不会如此轻易就被识破的。

求你了，别发现……最差也就停留在怀疑阶段吧，我由衷祈祷。如果被莎莉看穿身份，引发骚动，就会惹起尤金的注意，那么一切都白费了。可是，我的祈愿落了空，苦心打造的伪装就连十秒都没能撑住。

"啊！"莎莉·法尼荷突然睁大了眼睛，都快要从座位上跳起来了，"你、你是……"

她声音小小的、干巴巴的，但我知道她想说什么。而另一边，周围的乘客们也开始注意到莎莉的异样，把视线投向我们。不行，这样一来尤金也会发现的。

"爱玛——"

就在她大声喊出我的名字时——

"下一站，新水晶宫，下一站，新水晶宫——请前往大英生物园的乘客准备下车，即将到达新水晶宫站。"

车内播音喇叭中传来了报站声，乘客们也跟着有了动静，开始动身准备，莎莉的声音和动作也就被完全消抹掉了。

于是，周围没有人再注意我们，而至今没有任何举动的尤金也加入了打算在本站下车的人潮中，即将离开车厢。

不跟不行！我已经忘乎所以，就跟在他的后头，可偏不凑巧，撞上了上车的客流，只能硬往他们中间挤。

"新水晶宫"——站台上写着大大的站名。我在此下了车，拼命搜索的视线终于无误地锁定了尤金的背影。

我又把南瓜帽压低，用帽檐藏起了双目，追他而去。不，是正打算追着他而去，但却听到从背后近处传来了一个熟悉的声音："爱玛！"

是莎莉。想不到她居然追了上来。

"等等，爱玛！你！在这种地方！还打扮成这样！到底想干什么？"

对她而言是理所当然的、正当至极的问题，而对我却是极为不合时宜。可能是对她的呼声有所反应，走在前头的尤金突然站定，甚至还做出一副想要慢慢回头的样子。

而这里又没有能让人躲避的死角，怎么办，怎么办——我拼命思考，脑海中顿时浮现出了一个乱来的想法。

"等等，爱玛！"

莎莉的话头戛然而止，因为我一下子就抱紧了她，硬是往她的脸蛋上亲了下去。

"咦呀！"

其实呢，本该用我的脸蛋或者嘴巴堵上她的嘴比较好的，但好像有点卑鄙。

我只不过是一直维持着这个姿势仅仅数秒，但似乎十分有效。就算尤金听到了莎莉的声音，看到我们，也会以为是名叫爱玛的小个子女生和一个戴着南瓜帽的男孩，而且两人是情侣关系吧。

"——你在干什么？走了哦。"

我被莎莉的话唤醒，松了一口气。

真是丢人，比起突然被抱紧的莎莉，我这个抱人的反而更加傻愣愣，还心跳不已的。虽然我本打算保持冷静就是了……

再看看现状，我和尤金之间又不知不觉拉开了距离，他现在似乎已经混入人潮中。

"走吧。"

我迅速拉起莎莉的手，小跑着下了月台。

"这下差不多该同意我那时候的提议了吧？就是让我加入侦探事务所的提议！"

"嗯——嗯，怎么办呢？"

我稍微考虑了一会，不，其实正确说来是装作考虑的样子。

"嗯？你总不会说不行的吧？"

莎莉还是像往常一样咬定不放，但其中却掺入了有别于平时的软弱。

"这，当然——是没问题的啦！"

我答道。这也在作为"侦探"的考量范围之内，总之暂且这么想吧。

☆

——那时，少年放开了少女的手。

这意味着什么，会产生什么无法挽回的结果，少年其实都知道。

然而，相互交握着的手在怒涛般汹涌的人潮中实在太过无力。

周围都是一波又一波情急乱窜的人、人、人。起誓过无论如何都不离不弃的二人被轻而易举地冲散，挽在一起的臂膀和相互搂住的肩也被硬生生地分开，只有双方的五指还紧扣在一起。

若能不放开这只手，少年即使为之付出生命亦无怨无悔吧。可是，无论多么拼命，却依然无法与物理层面上的蛮力相抗衡。

全身的力气都灌注在那一只手上，陷入疯狂的境地也定要克服这一劫难，可是将二人拆分的力量过于猛烈，相比之下，肉身的手指实在是太软弱无力了。

相互交握在一起的手指一根接一根地松开，最终手中所握的不过一场空。

下一瞬间，少年和少女之间的距离被一口气拉远，两人之间裂出的深壑或许永远都无法填埋。

——Eugene！④

少女呼唤着他的名字，而他也对她叫着喊着。

——Emma！⑤

但是，他的喊声比少女慢了一瞬，就连有没有传到她的耳中都无法得知。可是，少年尤金却宛若浑然不觉般一遍又一遍重复呼喊着那个名字……

——Emma！ Emma！ Emma！

① "出海没有岛停靠" 是一句俗语，指的是在海上想靠岸歇脚，周围却没有一个岛屿，形容无依无靠或没有切入点。

② "气动" 即 pneumatic，指由压缩空气操作的、风动的等概念。

③ "恺撒胡" 是指德国皇帝威廉二世风格的胡子，即两端向上翘起的八字胡。

④ "Eugene" 即 "尤金"。

⑤ "Emma" 即 "爱玛"。

第五章

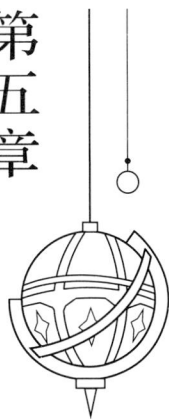

1

——如果能将眼前这个与众不同的地带称为回廊[①]，那么我现在确实正在回廊上行进。

要说怎么个与众不同法，首先是形状。它的横截面是直径四五米的圆形，这么形容或许会让人想到拱顶[②]，但这里从屋顶到墙壁、甚至地面都呈圆弧状。当然，由于这样会很难走，因此地上还是铺了厚厚的板子。

其次，回廊结构不论东西方都必会附带列柱[③]，但这里却没有。而且不光如此，这里也没有像屋顶的穹顶。不过倒不用担心风吹雨淋，而且不如说暖和过头了，甚至让人有点头疼。

再者，回廊本身多为环绕庭院和建筑物之间的走廊，这一点在此处倒不例外。

绿植丰茂的庭院也好、宏伟无比的建筑也好，我都能从自己当前所站的位置上清楚地看到。但再往前走的话，只要不下到庭院里去，就没法回到建筑物之中。

差不多也该揭晓答案了——这整条回廊就是用玻璃所贴成的，称它为"隧道"搞不好反而更相称一些。这里就是新水晶宫引以为豪的设施——大英生物园的大温室环绕通道。

我从刚才起就一直在这条通道上小跑着前行，直直盯着前方，同时一次次忍受着急切得想要冲出去的心情……

身处于这个圆筒形的空间里，无论往哪个方向看都能一览无余，但它却是密闭着的，一旦步入，除了抵达出口或者按原路折返回入口之外别无出路。

当然，虽说是"实习侦探"，不过作为名侦探巴尔萨克·穆里埃的助手，我可不该后退。我只有追踪谜题、寻求线索、一路前行。

（……不过，话说，）

我心中不禁嘀咕。

（那个像蔓藤一样绕在玻璃隔离墙上的铁管，如果边走边看，就仿佛一圈圈地回转着，头都要晕了……）

因此我没有停下脚步，也没有闭上双目，而是尽力睁大眼，继续向自己的目标紧追不懈。这就是我的"侦探"形象，我今天特别想要贯彻这种精神。

从穆里埃先生的侦探事务所出发，化妆成男生追在尤金后面，搭乘气送地铁来到新水晶宫站，然后在车厢中偶遇莎莉·法尼荷，随后一起继续跟踪行动。

我和莎莉被不知哪位同学起了一个"凹凸组合"的外号。作为组合中一员的她的确有些任性，"生气包莎莉"的外号也太过贴切。我希望她能在性格上有所改善，而且她想说就说，想做就做，总会对我抱着支援她和配合她的期待，真是让人头大。啊，还有啊……唉，总之就是有各种各样的问题啦，可是，她依然是我重要的朋友，这一点是不会变的。

我从未想过自己会跟她组成侦探搭档，而且我还戴着南瓜帽，穿着夹克衫和及膝的裤子，完全是脚蹬长靴的男生打扮。

而莎莉则穿着一件连衣裙，上面缀满轻飘飘的荷叶边、蝴蝶结，戴着宽檐帽，手中还有遮阳伞和书本。

再加上她身材比我娇小得多，简直就像一只洋娃娃。就这样两个人牵着手，走在路上的样子，肯定不会被识破原貌。只是不知为何，她非常中意我们现在的伪装。

"哎哟，爱玛！我们不黏得紧一点，看起来就不像情侣了哦。"

她会做出诸如此类的提示，让人有点在意。

不过暂且不说这个，新水晶宫及其周边地区总是很热闹，比邻的店铺散发着美味的香气，游戏机前人气满满，欢乐洋溢，还有动作滑稽的街头艺人周围也聚集了一大圈人。

过不多久，就能越过攒动的人头望见这一带前方那个闪亮耀眼的大穹顶。不用说，那便是新水晶宫，不过这座巨大的建筑物与其说是宫殿，更像是一个镇子甚至一个都市——

众所周知，一八五一年举办首届世界博览会时，帕克斯顿先生的宏伟建筑让聚集于此的世界人民都为之惊叹，而到现在，此处就是那时建筑的进一步发展。④

建筑外观由无数完美镶嵌在钢筋骨架上的玻璃板所构成，在日光的照射下正如水晶般光辉熠熠。

只需踏足一步，便能见到从世界各地搜集而来的各色珍品。踏足此处的人，或因人类文明的伟大之处而深受感动，或对时下最新的发明震惊不已，欢笑，兴奋，心跳。总之，"若是想看稀罕有趣的物件，想有非同寻常的体验，就到这里来"都快成为一句公认的口号了。

最初的水晶宫建于海德公园⑤内，文豪萨克雷曾咏诗一首：

看啊！这里，

有从日本远道而来的扇子，

还有大马士革的佩剑。

而那里，

有你们自遥远的西藏带回的披肩，

还有着格拉斯哥生产的印花木棉布。

——诗是这么写的，不过里面当然不只有名产，还有以蒸汽机为首的大小各种机械和喜忧参半的众多发明，从能够奏出优美旋律的乐器到令人害怕的兵器都应有尽有，还展示着各地生产的矿石、加工材料、绘画与雕塑，甚至包括刺绣、硬板纸艺术等美术工艺品。

这里什么都有，不存在"没有"一说……不过我也不能把话说死。之所以这么讲，是因为当今仍统治着大英帝国的维多利亚女王陛下，在三十多岁时宣称要召开世界博览会，那时有些对现在的我们来说不可或缺的物品在当时并不存在。

比如以太科学及其在相关发明上的应用都还没出现。现在的人很难相信，但那时候一切都以蒸汽机械为中心，而且它们只被用于运送人或行李、举起重物、打水，撑死了也就是开开纺织机之类的而已。

这也是无可奈何，毕竟在以太领域起到了关键作用的爱迪生先生当时只有四岁，至于尼古拉·特斯拉博士更是还没出生。

然而，更不可思议的是，巴贝奇教授明明都已经开发了计算机，但却没有把来之不易的成果和蒸汽动力装置（即引擎）相连接并灵活应用，让"引擎"一词实至名归。

那时的世界远比现在贫穷且纷争不断；虽说已经有了铁路和蒸汽船可以相互往来，但各地还未被输气管道和电线杆信号塔（最新的说法是可视光通信设施）给紧密相连。人们相互轻贱、相互憎恶，大量劳作，连学习与玩乐的机会都被剥夺了。

以太之光可不是靠煤气灯就能填补，若不是它凭借各种用途照亮世间，以太螺旋桨也不会上升到那般的高度。我常听说，在没有以太的时候，家庭生活尽是不便之处。

由于产业的发展，田园遭到荒废，工场区域的环境又很恶劣，据说就连原有的"实习制度"也比我正遵照着的版本要来得残酷、悲惨得多。

但以某个时间点为分界线，发生了巨大变化，全世界的国王大人或皇帝陛下们，从大总统到一族的族长们，都突然换了一颗心似的，将世界彻底改造。为什么会这么做呢？我也不知道。

我的好朋友们也好，学校的老师和我的父亲猛虎·哈特里也好，大家都不知道。但唯一明确的是，如果那时候世界没有改变，那么现在会是更悲惨的局面吧……

我们女孩子也恰好受惠于此，才掌握了学问和技能。若在当时，这可是难于登天的事情，更何况还能打扮成男孩子（虽然我们二人之中只有我易装了），开心地在外面闲逛。

与此相对，新水晶宫属于我们的时代，属于我们的世界。因此，那里有许许多多的惊喜与满盈的快乐，而且最重要的是洋溢着光明与希望。

要是举个例子——对了，我现在正好路过科学相关的展示区域，有能展现太阳系构造的行星运行仪，还有描绘异星之人及其文明的想象画作和立体模型。

像我们这样的少男少女通过书本插图和学校授课，对这些内容都已了如指掌，但到新水晶宫来观摩还是会有不一样的感觉。

比如，太阳附近的水星分为恒昼且灼热的半球，以及恒夜且黑暗的半球，两个半球交界处的明暗模糊地带按说是有生物存在的。又比如，围绕在水星后边那一圈的轨道上的金星，它的大小及其他要素都和地球相似，就是比地球寒冷、落后，所以现在应该正处在恐龙等太古巨型生物在热带雨林中大步行走的阶段吧？不，是名叫维纳斯⑥且人如其名的美丽仙女们在云间起舞才对，光想象就令人内心雀跃。

火星上自然有那个建造了大运河⑦的种族啦，但想到现实情况，他们很有可能跑到我们这里来，我心里就有点发慌。再下一个就是木星⑧和它的卫星们，再远一点我就摸不清情况了，不过也可能有能适应它们各自环境的生物存在吧。

然而尤金对它们瞥都不瞥一眼，径直向那巨大的空间进发。

前方有最新式的轮状视镜飞机，目标行进距离远超现有技术的新型宇航飞船，以及水陆两用的可飞行机车。与铁笼子形似的自动探险铁车，可以从前端弹射出圆形锯子或者斧刃，踏破秘境。深海潜水球上搭载着能将任何酷寒之地都变为沃土的镭射灯——也就是说，等着他的，都是些男孩子们势必会着迷的东西。

不，不光是男孩子，就连大人们都会被吸引吧。眼前就有一位对着展品两眼放光，正一蹦一跳地边走边看。他穿着军官似的立领制服，唇上的胡须很是漂亮醒目，是一位看起来非常温和而且还透着几分梦幻气息的人士。

（这么说来，这位先生也在刚才的《太阳系之旅》展品前出现过呢，随后的"活动肖像画""携带式全景图套组"那里也都有他的身影。）

与尤金正相反，哪怕是再稀奇、新颖的东西，尤金也是一副毫不关心的模样，让人既寂寞，又火大，总之更搞不懂他了。就在我边叹气边思考时，莎莉突然开口道："等等！爱玛！"同时用力抓住了我的手臂，这下倒是让我清醒过来。

"怎、怎么了？"

"稍微振作点啊，不管怎么说你可是在扮演我的男朋友哦。"

莎莉目光闪闪，透过镜片瞪了我一眼。

"抱、抱歉，不小心就……"

我慌忙道歉。然而莎莉到底是莎莉，陈列着从镶嵌的宝石中散发出人造七色光线的花哨礼裙，全自动卷发梳理机等，全是女孩子心头所好之物的展区，还有未来可期的新兴产业角（虽说这个板块并没有什么女孩子气的感觉）都把她的心思给拉走了，这一点可瞒不过我的眼睛。

"嗯，算了，比起这个。"

莎莉压低了声音，一边指着前方，一边对我耳语道："那个……好像是打算往生物园去。"

"——生物园？"

我重复着她的话，但被一种奇妙的感觉所驱使，问到一半便把后文咽了下去。尤金为什么要往那边去，猜不到他的用意，完全搞不清现在的状况。

"快点快点，哎呀你在干什么？"

莎莉用尖锐的措辞催促着我，若由第三人看来，我们是女方绝对占主导地位的情侣吧。不过，搞不好恋人们之间这么相处是很自然的哦。

2

新水晶宫的大英生物园里有一个最大限度活用玻璃墙体结构的大温室，室内集合了全世界的珍稀植物。

色彩鲜艳的花朵绚烂盛放，百花缭乱。鸟飞蝶舞，犹如热带岛屿般的天堂。高温潮湿的热带雨林里充斥着让人燥热的空气，还有产自寒冷地带的针叶树林，是利用了蒸汽压缩冷却原理。这种种不似温室的自然环境全都是通过蒸汽的作用而得以再现。

也许这里不久之后就会像之前经过的展区那样，能够将栖息在月亮和其他行星上的生物进行实物展示吧。

不不，这里是世界知名的大英生物园，以丰富的藏品为豪，搞不好已经有一两头外星生物了，也不奇怪。这个想法只是在我心中一闪而过。

（不会的，这种事怎么可能。）

我轻轻摇了摇头，为什么要在跟踪过程中胡思乱想啊。要是一不留神漏出话来，又要被莎莉唠叨了。

说回尤金，他还是老样子，急着往前走，目不斜视，心无旁骛。我有好几次都怀疑他其实没有感情吧？

不过这样一来，他也不会一直这么走着。那里想必有什么吸引他的东西，不去确认一下可不行。

穿过好几间温室之后，就要经过一个水族馆，水槽在昏暗中隐隐绰绰地显现出来，有一种淡淡的诡异氛围，让莎莉突然闭上了嘴。

可是，至此为止还算好的，而接下来一段行程里，有大堆的爬虫类和两栖类生物挤在同一张画上。途中莎莉抓紧了我的手，劲道比刚才握着我的手腕时还大上许多。

她和此前截然不同，声如蚊蚋，说道："等一等……人家，在这里待不下去了……"

咦？我不禁重新打量起周围来，完全不吓人啊——虽说这些"吓人"的展品确实存在，可它们都被玻璃或者铁丝网给隔离开了，只不过"生气包莎莉"似乎还是无法忍受的样子。

最后她僵硬地紧闭双眼，我只好一路牵着她的手，直到走出这一带。

"已经安全了哦，没问题了。"

我宽慰她说道，她却反复确认了好几次"真的？真的没问题了哦？"之后才慢慢睁开了眼睛。就在我以为她是因为环境刺眼才眯起双眸时，她又开始爆发了：

"爱玛，你等等！你什么时候把目标给跟丢了？还是个侦探呢，这下可怎么办？"

被她这么一说，确实，直到刚才，我们和尤金的背影还只距离十几米，现在则是哪都看不见他了。

"还不是因为你吗……"我正打算这么反驳回去，但眼下并非争辩的场合。于是我索性拉过莎莉的手，以赛跑的姿势和速度开跑了。

"哎，你……"

"生气包莎莉"惊慌失措，挣扎抵抗。我都想把她抱起来或者提起来了，这样可能还好些，可惜自己没有这么大的力气。

不过，经过一阵强力冲刺，我们目击到尤金进了某栋楼的入口，要是再晚一点可就错过这一幕了。

"那边吗……那边看起来是个回廊啊，好，上了哦，爱玛！"

莎莉正在兴头上，干劲十足，我却突然有了某种想法，便开口道："稍等一下，莎莉。你先抄到这个回廊的出口处去。"

"为什么？"

莎莉大概是对我提议的分开行动感到不满和不安吧。

"要是这样被他脱身，到时再找不到他，我们可就前功尽弃了，"我答道，"而且……我总有种不祥的预感。"

"不祥的预感？明明是侦探实习生，怎么还说没有逻辑的话哦？"

莎莉原本已是既不满又不安，现在表情也显得越来越疑惑，但说的话却不是这样：

"明白了，要把那家伙变成袋子里的老鼠①嘛，人家超喜欢这种计划！"

她用有些古怪的方式接受了我的提议，直接就跑着行动了起来。

"……"

我独自一人留在当场，轻轻吸一口气，随后踏上这条回廊——就如之前所描述的一般，沿着透明隧道向前进发。而在迈步之前，我往侧边的告示牌上看了一眼，上头大大地写着"前方是无脊椎动物展示楼"。

通过文字内容，我能想象得到前面会有比刚才吓坏了莎莉的生物更为奇形怪状的东西在等待参观者。

顺便一提，无脊椎动物是从昆虫⑩，以及拥有更多只脚的其他节肢动物算起，包括蚯蚓、蛇等环形动物，再到章鱼、乌贼等软体动物，以及海胆、海星等棘皮动物，虽然其中有很多都属于前面路过的水族馆，但我认为莎莉不会喜欢它们。

我支使她绕到出口去也是因为注意到了告示牌，我简直是算无遗策。如果我们都没有发现告示牌就进入回廊，那么"生气包莎莉"的惨呼和尖叫，绝对会将至今的追踪完全搞砸，让其如同水泡般破灭。

——之后，我独自在这条玻璃回廊中快步前行。

没有比这里更为广阔的视野了，但它的密闭性甚至容不得一只蚂蚁通过，也会产生一种压迫感。而更加难以接受的是，隧道内壁上的一圈一圈呈螺旋状的金属管让人看着就犯晕。

螺旋状的排管大多是为了取暖输送热水或蒸汽的吧，然后这里可能也有用于展览功能的管道。假如莎莉同行到此，真的惨叫出来，那该搞出多大的骚动啊。

但说到底，拜托她去回廊的出口那头，并非只为了自己方便，如果穆里埃先生在场的话，大概也会做出这样的安排。

再者……就是所谓的"不祥的预感"，这可不是说谎。所以，我才拜托莎莉去的那边。

在我前方几乎就要追不到的距离和角度上，出现了尤金的背影。

走廊前方右侧是生物园的庭院，用花坛和草坪装饰得很美。庭院里星星点点散布着游人，其中也能看到想要去堵截尤金的莎莉正在拼命奔跑。可是身在回廊内部的只有我和尤金——我是这么认为的，但很快就发现事实并非如此。

回廊前方右侧有一个巨大的转角，弯度是圆弧形的，而转弯的角度则是九十度。当我就快要赶到这个转角处时，发现比尤金再远一点的地方，有一名绅士正坐在供游人休息的长椅上。

（那边的那位是……）

在我凝神望去的时候，尤金突然跑了起来，跑过拐角，奔着那位绅士而去。

长椅上的绅士似乎也注意到了这一幕，便站起身来，脸上不知为何写满了惊讶与困惑。

尤金好像在说些什么，声音大得跟叫喊一样，"小心""我"——再往后就听不真切了。

这时，我也忘了自己的跟踪使命，直接跑了出去，随后在回廊的转角处右拐。而此刻，我清楚地看到在我的前方，尤金正与那名绅士面对面，相互之间仅距离一二米。

而同一瞬间，我又听见近处传来"咻"的声音，好像有什么东西紧挨着我掠过，还伴着破风之声。

这是由什么形成的呢？当时的我还一无所知。但若只论这破风之声会带来怎样的结果，我却十分清楚。

与尤金对峙的绅士突然大惊，随后一副苦闷的样子，盯着自己的胸口一带。

胸前那白色的衬衫上插着一柄银色的刀刃，鲜血正以之为中心往外流淌。很快，绅士的上半身大幅摇晃，接着就直接倒在了回廊的地面上。

"⋯⋯住手！"

我冲口而出。

大概是被我的喊声吓了一跳，尤金慌忙回过头来，嘴角边溢出了两个字——其中所包含的感情与平日截然不同。

"爱玛⋯⋯"

然而，我的回答却只顾着诉说自己的恐惧。我惊叫了起来——

"不要啊！"

3

我，是首次经历这样的体验。

既然成为见习"侦探"，那么不论何时遭遇这种事情都不奇怪。可怎么会是现在呢？我想都没想过。

过了玻璃回廊的转角处再往前进一点点，就是我爱玛·哈特里、尤金，以及一具尸体。

我觉得自己好像拼命在那里站了很长一段时间，可实际上只有短短的一两分钟而已吧。

最先赶来的是绕到回廊另一头出口处的莎莉，她按我说的，偷偷守在那里，紧盯着出入的人群。不过当她听到我的惨叫声后，便担心地跑了过来，跑得上气不接下气，就连衣帽上的荷叶边和蝴蝶结都"迎风"飞扬起来——明明附近就没有风。

"怎么了，爱玛？"

确认我没事之后，她将视线移至尤金身上，"忽"的一下把在这条透明隧道内短跑时蹭歪的眼镜扶正，透过镜片，用满腹狐疑的眼神打量着尤金，随后终于注意到倒在他脚边的物体。

"噫……"

莎莉脸色发白，她本来看起来就像洋娃娃，现在还被吓得全身僵硬、动弹不得，真是更像了。

这个"物体"是名年约四十岁的男性，穿着长及膝盖的礼服，蓄着精心保养的唇须，尖尖的下巴须也相当茂盛。他本身就是一个没有任何怪异之处的绅士，虽然大白天的就横躺在地上明显背离了绅士们的修养……

绅士的胸前是一把很大的刀子，整个刀身就只有根部一点还留在外面，其余全都深深刺入了他的体内，如同深陷其中一般。正是它瞬间夺去了绅士的生命，这一点应该不会错。

尽管我在书上读到过，可就现状来说，凶器有起到防止大出血的栓塞作用吗？但从伤口周围白衬衫上那红色染就的圆形面积，就知道它的适用范围并没有这么广。

"还有啊……爱玛。"

莎莉调整了一下呼吸后开了口，随后再次看向尤金，眼神比方才更为严苛。

"是这个人杀的吗？"

后来，我们联络了生物园的工作人员，请警视厅的戴亚斯警部过来，同时还拜托他给穆里埃先生带话。我心想如果是警部的话，肯定知道我们的名侦探先生人在哪里。

接着，算是预料之中吧，穆里埃先生乘着蒸汽出租车，"噗咻噗咻"地赶到了生物园内，很快便出现在我们面前。

"穆里埃先生！"

我跑到穆里埃先生跟前紧紧抱住了他，尤金则稍稍保持距离，凝视着我们。穆里埃先生来回看向我和尤金，笑了出来。

"哎呀哎呀，我们侦探事务所的'少年'助手什么时候增加到两人了啊？我想先问清楚这件事可以吗？"

"是，其实……"

我犹豫了一下，回头看看尤金。我们一样都处于实习期，还是同样身为侦探助手的同伴，要我如实说出我因为怀疑同伴，而跟踪他什么的很为难啊，最重要的是可能会伤害到他。

"那个，因为是难得的假日，就想练习变装技术试试，又觉得男生的装扮挺不错的……所以尝试了这一身哦，看！"

我边说边把之前那副假胡子拿出来，贴在鼻子下面。结果即便是我们的名侦探也开怀大笑起来，连尤金都瞪圆了眼睛，但我的心里却止不住地发苦。

"我装扮完之后，尤金他正好出来，我想着要吓他一跳，就跟着他，意外没有暴露呢，可又始终没有表明身份的机会，就这样演变成了现在的局面……"

说着说着，我又开始思考。如果尤金受到穆里埃先生的提问，大概就会讲述他来这里的经过吧。虽然我也没指望他如实回答。

不过，很快我就没有为这事烦恼的必要了。在我差不多要说完的时候，有一队身着制服的警官声势浩大地赶了过来。

领头的那位警官特别有威严，他摘下帽子，不断擦拭着汗水，看向我们，小声地发起了牢骚。

"哎呀——案子怎么偏偏就出在新水晶宫呢……名侦探先生又不在，只有这些小徒弟们，真是让人头疼。而且先不管我们这些粗线条的大人吧，你们可正当多愁善感的年纪，又不巧碰到像杀人案……"

"这么尽责辛苦你了，戴亚斯警部。"

听到穆里埃先生的声音，警部似乎才反应过来：

"嗯？穆里埃先生，您在这里啊。这下子得救了……"

说着说着，他便松了口气，但就这一点来看，穆里埃先生似乎并不是被他叫来的。

（那么，到底是谁叫的……还有更重要的是，他到底是怎么了解到案件情况的？）

然而，穆里埃先生没有给我们插嘴的余地。

"好了……接下来，请爱玛君继续报告吧，关于马尔巴拉教授被害案件。"

"马尔巴拉教授？"

"是啊，以太物理学领域的怪才，曾凭借能源矿石的研究而扬名——不用这么惊讶，但凡对当今科学稍有关注的人，应该都对这位的V字胡⑩很熟悉啊……那么，能尽快开始吗？"

情势紧急，我也相当急躁，但还是把自己的见闻，事无巨细地尽数告诉了穆里埃先生和戴亚斯警部。因为尤金始终保持沉默，结果就变成只有我一个人往下说了。

"原来如此……原来如此呐。"

当我的证词告一段落后，穆里埃先生看起来兴致相当浓厚，频频点头。

"换言之，在惨剧发生时，尤金君离被害人马尔巴拉教授很近，而爱玛君则是在与他们稍有距离的拐角处。即是说，在'用刀子刺入被害人胸口'的行为上，占据最有利条件的是尤金君……"

他轻易地做出了严重的指摘，我彻底慌了神。

"才没有这种事！穆里埃先生，您是真心这样认为的吗？他们两个人虽然距离很近，但我没有看到尤金刺杀那个人。"

"嚯，那么你是嫌疑犯的可能性，可就一下子被放大了，这下该怎么澄清呢？"

"这……我办不到的啊，因为从我的位置上看过去，那个人正好被尤金君的背影挡住了，瞧不太清楚。我既没有证人也没有证据，或许没法取信于您了。"

"是吗？是这么回事啊。"穆里埃先生伸手碰了碰下巴说道，"不，我相信你哦，我不认为你在撒谎，而且就案发当时你们的位置关系，应该也很快就能取证了。总之这里就像字面表述一样四处都覆盖着玻璃，里面可是比想象的更容易从外头看到呢。对了……因为尤金君的遮挡，你说自己没能清楚地看到被害人，这就是说，假设尤金君对被害人做了什么，爱玛君你也看不见。"

（糟了！）

等我也想到这一层的时候，已经太迟了。

就在这一瞬间，我明白到，所谓手腕高超的侦探，就是无论对谁都绝不容情——就算对方充其量不过是一个实习的新人助手。

然而，这时我的心中有什么开始蠢蠢欲动了。穆里埃先生伟大的头脑中装载着的何止本国，还有跨海的大陆，是犯罪搜查第一人，而我就是想要挑战这位对手。

"没有考虑过这种事情吗？"

我拼命动脑进行各种思考，反正先把话放出来。幸运的是脑中有灵光闪现。

"比如，这位人称马尔巴拉教授的被害人，受到的袭击来自于我和尤金所在的反方向之类的……呃，当然，如果这么做的话，凶器就会是从背后刺入的，所以是被害人从长椅上站起来时听到背后有人招呼他，便回过头去…不对，与其说是某人故意发声，也可能是教授自己有所察觉才回头。这时候，只有上半身扭向后方，而犯人瞄准的就是这一瞬，只要在不远处掷出凶器，要正面命中也绝对算不上难事。对了，如果是飞刀达人就行，再不成就是用了某种发射装置什么的……"

讲着讲着，我对自己的言论也渐渐有了勇气，便趁着这股劲头继续下去：

"凶器刺入了马尔巴拉教授的胸膛，大惊之下，转向背后的上身也转了回来，就借着这股力，被害人就再次面向了我们这边。您看，如果案发当时的情况是这样的呢？"

听着我的话，穆里埃先生的嘴角浮起微笑，随后我不作声地眼见着他笑意渐浓。而变化更明显的是戴亚斯警部，态度从最开始的无话可说变成了探身向前，最后甚至还用力拍了一下双手，说道"原来如此……"

我的得意也就到此为止了。

"这是行不通的哦，爱玛。"

有人带着同情的语气堵住了我的话头，是莎莉·法尼荷。她的表情和态度比在场的任何人都更稳重，抱着胳膊，注视着混乱的现场，但实在无法再沉默下去，便开了口：

"人家按你说的，守在回廊的另一端，可没有任何人从那里出入。如果你说的是正确的，那么犯人也只能从我那边出去吧？"

"啊！"

我哑口无言。

确实如莎莉所说，倘若尤金没有杀死马尔巴拉教授，那么只能认为犯人在回廊的更深处，比我们视线所及都更远。

况且，为了说明凶器刺入胸口的经过，我拼命想出来的理由是"被害人转身随后再转回原位"，可这样一来犯人的逃脱路线便仅限于一条了。

但出口处有莎莉·法尼荷负责盯梢，提出要把她安排在那里的还是我本人。而她又已经彻底否定了我所提出的可能性，这还真有点讽刺啊。

"喏，爱玛，你跟在这个男生后边，是有……原因在的吧？"

莎莉一脸担心地问我。她欲言又止的原因大概是觉得对方可疑。随后她继续说下去："既然如此，你为什么还要袒护他？"

"这个嘛……"

我自己也还没有理清思绪，刚要开口，就被一个从未听过的声音打断了。

"失礼了，还请别介意。"

有位人士缓缓登场。见到他的面孔，我的内心便"哎呀"一下——

刚才在新水晶宫追着尤金的时候，我在好几处都见到了这名身着立领制服，留着唇须，看起来好奇心非常旺盛的青年。

凑近了看，他的相貌和待人接物时的感觉更加温和、沉稳。他对我们微微笑了，我也同样回以微笑。

但不知为何莎莉却拧紧了眉头，戴亚斯警部的眼镜瞪得浑圆，而且右手还几乎举到了太阳穴附近。

"啊，没事没事，不用这样。"

警部则仿佛被提醒了一下，忙不迭地缩回手。

与我反应相近的大概只有穆里埃先生，他与这名青年相识吧，一边打着招呼，一边向他示意就坐。

"那么，愿闻其详——"

青年不紧不慢地点了点头，"嗯"地答应了，悠悠地取出烟盒，点燃从中抽出的香烟，深深吸了一口。

"事实上，刚才的骚乱发生时，我正好在庭院里散步，但不知为何却目击了特别奇怪的光景，真是大惑不解。打听之后才知道是我国引以为豪的名侦探巴尔萨克·穆里埃君来了。我想着要向你说明我亲眼见到的古怪现象，也许能够为解决杀人案提供一些助力，于是就前来打扰了。"

他的口气总有些超然出尘，说完，便向穆里埃先生和警部劝烟，穆里埃先生也抽起了一根，继续问道："啊，您所说的古怪现象是指——"

"嗯。"青年颔首说道，"希望你听我道来，不要笑话我……其实那位名叫马尔巴拉的学者先生突遭横祸时，我碰巧就在那条玻璃回廊的转角处附近，而且我还看见了凶器。似乎是类似银色、闪光的刀子的物体。那个物体飞了过去，是沿着那个转角的弧度飞过去的。怎么办呀，穆里埃君，能否请你对我目击到的这个古怪场面做出合理的解释，让我安心呢？"

这一瞬间，我的脑中有个片段复苏了，那时候听到附近传来的破风声，以及有什么东西掠过的感觉。

4

自那时已经过了两个小时，我身心俱疲，独自在归家的路上前行，整个人都快要拖在地上。

今天发生了太多事情，而且每一件都没法收尾，我真是力有不逮。

那时候，对于立领制服青年的提问，穆里埃先生如此答道——

"原来如此，沿着回廊拐角拐弯的刀子就是凶器。您的确是目击到了非常有趣的场面呢。托您的福，我一下子看清了案件的整体面貌哦。"

"哎哎！"

戴亚斯警部发出很大的声响，又急忙掩住了嘴。青年温和的面庞上毫不掩饰地浮现出兴趣。

"哗，太惊人了。请务必让我听听您的高见。"

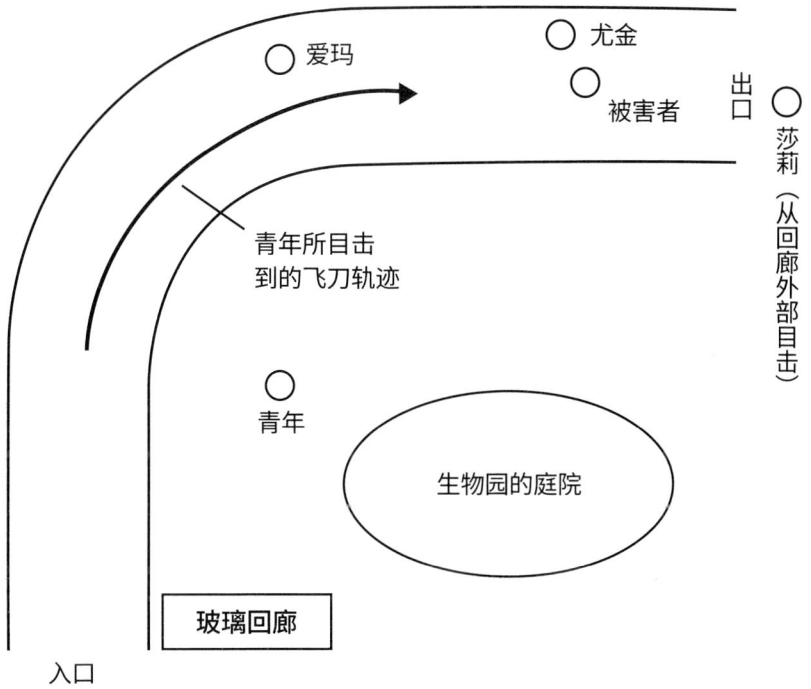

爱玛

尤金

被害者

出口

莎莉 （从回廊外部目击）

青年所目击到的飞刀轨迹

青年

生物园的庭院

玻璃回廊

入口

他的语调还是一种脱离俗世的感觉，穆里埃先生点点头表示同意。

"为防万一，在说明之前我要请教一个问题。您当时目击到的走廊，与现在相比有什么不同之处吗？"

"嗯，刚好就是在这一带……不过我倒不记得有什么特别的异状哦。"

"是吗……"

穆里埃先生稍作考虑，又开了口。

"那么，很抱歉。我要复述一下小学课本的内容，正如波浪是以水为传播介质，声音是以空气为传播介质那样，光则需要通过以太传播和扩散。若在黑暗中点着一粒灯火，若是没有以太，那光芒便照不到任何地方。不过这种情况是不可能的，因为即便是真空的环境下都充斥着以太。也就是说没有以太的空间就只有虚无的世界，而这正是以太的伟大之处。

"光从光源处释放出来，并通过以太扩散，就如同把小石子投入池塘时水面上所产生的波纹那般。然而，要是在这种状态下将以太扭曲呢？压缩，或者拉伸、拧转，则会发生什么呢，爱玛君？"

"啊，是，穆里埃先生。"

突然被点到名，我慌慌张张地应声。穆里埃先生继续道：

"你的父亲因常年担任'极光号'的船长而闻名，前几天还在团长奇奇纳博士的宇宙探险项目中担任指挥官。'极光号'原本只适用于大气层内的航行，但加装了以太螺旋桨等设备后，可以去到的地方就远得多了。这是因为物体借由以太螺旋桨被送至其他次元，要是将它用于作恶，就像前些日子那起案子……"

他刻意把雨果·西蒙博士杀害吉恩·莫洛伊教授的案件含糊带过，可能是有什么顾虑，也可能是为了避免中途停顿要做解释。接着他继续提问：

"但光靠这些也没法完成长达几十亿公里的旅行，对吗？"

"是的……"

我简短地答道。可穆里埃先生似乎还在期待我说下去，我便继续讲述：

"飞船在渡过以太之海的同时，也要让'大海'产生形变，要将'海'扭曲或者弯折后再从其中直线突进，大幅度缩短距离。有个常见的比喻，就是在纸张的两端写上 A 点和 B 点，两点之间的最短距离就是直线 AB。然而，如果把纸折起来，将这两点重合，那么它们之间的距离便是零了——"

"这么说来，"青年似乎突然想起什么说道，"据闻在大清帝国，根据此现象推出了航行律法，他们还给'engine'起了一个译名'缩地引擎'，据说来源于自古流传的仙术，译得相当妙啊。"

"没错。"

穆里埃先生颔首赞同。

"顺便说句，以太的扭曲是怎样的情况呢？又会导致什么结果呢？举例说，这里有一条笔直向前、没有分叉的道路，从眼前的位置到深处都能一览无余。这是因为，此时的'光'在以太中是径直向前，没有任何遮挡阻碍的。但是，倘若此处的以太被大幅度地向左或向右歪斜呢？"

"诶！"

戴亚斯警部突然高声叫道，又赶忙捂住了嘴巴。我和尤金也同样惊讶，都不自觉探出了身子等待下文。

"若发生这种情况，光就会沿着以太的方向进行转弯，原本可见的范围会变得不可见吧？那样的话，在同一直线上的物体也会陷入死角，正好隐藏在转弯处拐角的背后，这点不会有错。究其原因则是人类的肉眼没法识别到光的曲折转弯。到此为止的这部分，有什么问题吗？"

"嗯，可以理解。"

青年点头。穆里埃先生便又再说下去：

"好，那么，在本来就会转弯的地方，比如有个往右转九十度的空间，把这个空间里的以太全都往反方向弯折过去又会如何呢？"

"穆里埃先生，这是……"

我不觉扬声说道。穆里埃先生没有直接回答自己的问题：

"与刚才的例子正好相反，本来被前方的壁障挡住而看不见的物体，不是会一下子在直线上了吗？而且，因为转角就在眼前，对于正好位于转角前的人来说，转角相当于不存在。爱玛君、尤金君还有被害人其实是在同一条直线上。就像刚才所说，人眼无法识别光的扭曲或折弯。

"所谓'以太的扭曲'，就跟刚才说的宇航飞船一样，只能将空间本身进行扭转，并且与光的传播相同的是，物体也会沿着扭曲的轨迹运动。假设如爱玛之前所说，当时有个飞刀高手在现场，或者有人用一些发射装置来投掷凶器，那么对方一定是将原本无法穿透的场所巧妙地弯转方向，使得凶器瞄准了被害人的致命处飞去。

"不过可惜的是，爱玛君，尤金君，假如你们当时回一下头，大概就会看到不同的景象哦。你们刚才错过了'见证转角消失'的珍贵体验。

"没错。警部，所以说犯人就是在这条回廊上设置了能扭曲空间的装置之人。而且在实施犯罪后，犯人就神不知鬼不觉地从我两名助手进来时的入口，即这位法尼荷小姐看守的相反那端逃走了……"

不愧是巴尔萨克·穆里埃先生的名推理，我置身于案件中仍无法发现的真相，却被他轻而易举地解决，而且要想推翻这套结论恐怕绝非易事。

（但是——）

即使如此，我还是忍不住在心中嘀咕不停。

（这算什么呀，有种说不清的烦闷感，他明明做了完整说明，也解答了疑点——）

其实我的问题也很直白，可唯独这项内容不能找巴尔萨克·穆里埃先生商量。

各种各样不着调的想法和点子在我的脑海中翻来滚去，我叹了口气。可能就是就因为这样，我才没注意到有个人影正神不知鬼不觉地悄悄靠近。

这家伙逼近我，似乎打算伺机袭击。而下一个瞬间，人影便朝我飞来，差点把我抓住。

"……"

我这时才懊悔不已，但已经迟了。本来到处都是谜，现在再多加上一个也……不，只有这件事我很清楚。

从我后边扑过来的人，我知道他的真实身份。

"你是本·克劳奇先生？记得是《以画传声新报》的记者……来我这里做什么？"

——少年已经没有任何可以失去的东西了。

她是自己人生中的第一个恋人，大概也会是最后一个，但她已经不在。于是，少年的心变得麻木，如同已死之人。

因此，当他被以"背叛者"的罪名宣判死刑时，也感受不到任何恐惧，只是翻来覆去说着自暴自弃的话语。

然而，他的思绪仍在翻涌，看来他的心还没有完全死去。

临近行刑，他被带到了刑场上，强烈的恐怖感向他袭来，他猛力地扭动身子挣扎，连声音都叫得嘶哑。不可能不喊叫的。

"不要啊，住手！"

自己居然还能发出这么大的声音，自己居然还拥有这分感情……自己居然还说得出话来，这些都让少年震惊。他还以为自己早就舍弃了这些对行尸走肉毫无用处的东西。

然后，他开始想象正等待着自己的酷刑，想象不断袭来的痛苦，他的心被极致的嫌恶与不快占据。

并非尚有留恋，亦非胆怯畏惧。要是此时的他还得被叫作胆小鬼的话，那么世界上恐怕再也没有勇者。

对一切都绝望，每一瞬间都痛苦，已经不想再活下去，这是不变的事实。也正因此，没有理由还非得要再次遭遇这般残酷的对待，痛苦与绝望呈立体几何般相互叠加。

失去她的痛苦和悔恨在每个瞬间都苛责着他，根本无法靠这个慢吞吞进行的死刑消解。毕竟这种经历不会像遂人心愿、予人方便那般被其他事件覆盖、抹灭。

只是……少年却产生了接受命运的想法。正因为无法心平气和，如安睡般迎来的临终时刻，他才会认为这才是适合自己的死亡方式。

少年心乱如麻，万千的思绪飘零四散，最后还是归咎为自己的错——自己是遗失了那位无可替代的少女的世界第一混账。

然而，即使再怎么兜来转去地胡思乱想，处刑的时刻还是越来越近。然后就到了眼下，少年即将被固定在行刑台上，逃无可逃。

但实际上因自己的愚蠢行为而遭到报应的另有其人，并不是他。恰恰相反，或许该说只有他与其他人不同……

译者注

① "回廊"是指曲折环绕的走廊、有顶棚的散步廊等。

② "拱顶"是基于拱架结构主体上的屋顶,墙壁向上逐渐相对称地内收,形成圆拱形的天花板。

③ "列柱"是一整排间隔规律的柱子,回廊常会用这样一连串带有柱顶的柱子连接地面与屋顶。

④ 水晶宫与世博会于1851年同时诞生,是英国伦敦一个以钢铁为骨架、玻璃为主要建材的建筑,由约瑟夫·帕克斯顿(Joseph Paxton)设计,为19世纪的英国建筑奇观之一,也是现代建筑史上的一个转折点。

⑤ "海德公园"(Hyde Park)是伦敦最知名的公园,也是英国最大的皇家公园,位于伦敦市中心。18世纪前这里是英王的狩鹿场,现在则是人们举行各种政治集会和其他群众活动的场所,有著名的"演讲者之角"(Speakers' Corner)。

⑥ "维纳斯"(Venus)和"金星"(Venus)是同一个单词,在罗马神话故事中是代表爱与美的女神,也是占星体系中金星的守护女神。

⑦ "大运河"指火星大运河,1877年火星大冲期间,意大利天文学家斯基帕雷利绘制出一份火星图,上面有许多狭窄的暗线连接着一些较大的暗区。他觉得这很像海峡连通着大海,便用意大利语把那些暗线称为canali,意为"水道"。不料,这个意大利的词却被误译成了英语词canals,即人工修建的"运河"。此外,日本著名推理大师江户川乱步也有短篇作品名为《火星运河》。

⑧　木星是太阳系中一个不寻常的"大家族"，除了具有许多奇异的特征之外，还拥有许多卫星，目前光是已知轨道的就有七十九颗，而在整个太阳系的卫星世界里，木星的卫星也十分有名，其中最出名的木卫一、木卫二、木卫三、木卫四是意大利天文学家伽利略在 1610 年用自制的望远镜发现的，这四个卫星后被称为"伽利略卫星"，木卫三是太阳系里最大的卫星。

⑨　"袋子里的老鼠"是一句俗语，指让追击的目标无路可逃，相当于"瓮中之鳖"。

⑩　昆虫也属于节肢动物，但认定要素之一是脚的数量为六支。

⑪　"V 字胡"是从 17 世纪开始流行，以画家凡·戴克（Van Dyck）命名，以朝下延伸约五厘米且修剪出 V 字尖角的山羊胡和在嘴角处下垂的八字胡组合而成。

第六章

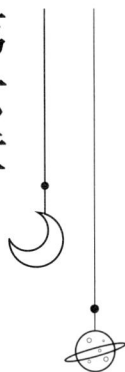

1

"呜哇啊啊啊啊啊……救命啊啊啊啊啊!"

突然出现在我的背后,还打算袭击我的男子——《以画传声新报》的记者本·克劳奇在下一刹那就"蓦"的一下,大叫着越过我的肩头飞向空中。

当时我正从穆里埃侦探事务所归家的途中,尽管已经恢复了女孩子的打扮,但运用起父亲抽空教给我的柔术时却还是没有任何不便的。

克劳奇记者惨叫时的尾音拖得很长,在华灯初上的街道上久久不散。是因为靠声音传达新闻的工作习惯吗?那个"呀——"的叫声相当动听,而且似乎是丹田发声,洪亮得很。

"漂亮……"

我心中称快,随之又意识到了某个事实,大为吃惊,不禁脱口而出:"莫非我成功使出来了?"

这记抓投在猛虎船长传授的武艺中也是特别夸张的一招,亦是我至今为止施展得最完美的一次。与此同时,又是我在穆里埃侦探事务所实习以来,不对,还要算上入事务所之前的几个月……最为失败的一次。

克劳奇记者在我头上划出一道美丽的抛物线。后来，他结结实实地猛摔到了地上，就像被翻过来的虫子似的乱挥着手脚，让我不得不对他呼痛的话感同身受。

"痛痛痛痛痛痛……太过分啦，这么突然的，真的太过分啦！明明我什么都没干……啊好痛啊啊啊啊！"

听他这么说，我才头一次意识到——

（什么都没干——说起来，倒还真是！）

我是觉得他会从背后对我做出"双肩下握颈"之类的，被父亲称为"粗鲁"的举动。可是细细想来，他只是把手搭在我的肩膀上，并用了一点点力气而已。

其实他像刚才那样偷偷摸摸地跟着我的行为，已经足够称为"粗鲁"，不过我似乎还是做得过火了一点。

克劳奇记者皱着脸，总算能爬起来。他一边起身一边说道："人不可貌相啊，你居然这么强，我算是败给你了，该说不愧是穆里埃侦探事务所的实习生……说起来，你的父亲'极光号'船长也是出了名的英雄豪杰。不过说到'极光号'啊，在下本·克劳奇上次在第二码头也遭到了很过分的对待……好，那是谁害的来着？"

痛点被抓，我一下子噎住了，答不上话。要是他夸我与看上去的一样强悍，我的少女心反而会不愿承认。

"那个，所以说——"我非常警惕，谨防他再说些什么奇怪的话，"你找我到底有什么事？"

闻言，克劳奇记者停下了掸着尘土的手，好像想起了什么答道："对了对了，我是有事要找你。那什么……哦，根据最新的报道，这件事我也进行过详尽的材料收集。听说杀害马尔巴拉教授的手法，与吉恩·莫洛伊教授遇害时一样都使用到了以太螺旋桨，只不过这次并非将凶器向爱迪生－特斯拉空间'渗出'，而是把空间给扭曲了，是这么个说法吧。可是，在上次的案件里，住在同一个酒店里的雨果·西蒙博士已经被当作嫌疑人拘捕了——"

　　"等一等。"

　　我慌忙止住了他的话头。的确，穆里埃先生明察秋毫，指出西蒙博士就是莫洛伊教授被害一案的犯人，但此事至今都没有公开，既然如此，他怎么会知道？

　　"克劳奇先生，是这么称呼吧？"

　　我差点就不自觉地将胸中涌起的疑问直接抛给了对方，又赶紧打住念头。怎么能这么简单就被你套出话来？我振作精神，摆出一副事不关己的表情。

　　"你是说那个什么博士是嫌疑人吧？我可不记得从穆里埃先生或者戴亚斯警部那里听到过这种说法哦。"

　　"又来了，对大人装傻可行不通。"

　　本·克劳奇对我优秀的演技施以一记轻笑。

　　"重要嫌疑人已经拘捕归案，只不过尚未发表而已。我们干新闻这行的既然知道了这个消息，肯定会到案发现场的酒店仔细打听一番。

以那天为节点，排查被害人身边有没有人失联，西蒙博士自然而然地就浮出水面了。"

"原来如此……所以呢？"

我还在拼命努力虚张声势。

"问题是西蒙博士不仅没有杀害莫洛伊教授的动机，能不能找到他在酒店的庭院里使用蒸汽驴子来发动以太螺旋桨的证据都不好说。至少我是怎么都没找到蒸汽驴子在案发那晚被人使用过的痕迹，没有发现两者之间的关系。那么，以他名侦探穆里埃的身份，这样的做法不是很奇怪吗？不过我的运气不错，之前你还欠我一顿，现在你既然加入了穆里埃侦探事务所，那我就来问问你呗。"

他的指摘让我大吃一惊，我的心底也正沉淀有同样的疑问，感觉像是被他一口气捞了起来。即使如此，我还是不能受他诱导。

"不知道，就算知道也不可能回答吧？"

我带着一丝挑衅的口气直说道。虽然也出了一身冷汗，担心自己是不是讲错话了，但幸好克劳奇记者并未动怒，反而是我自己更为滑稽。

"说得也是呢。"

他有些没憋住笑了出来。笑过一阵之后，他又像命中目标似的加了几句：

"但从你的反应已经能看出来，你也有相同的疑问，我们算是同志。不是吗？算了，再者就是这次马尔巴拉教授遇害，他也没有指出以太螺旋桨是怎么设置的，被放在哪个地方，又是由谁操作的。没有证据便无法控告嫌疑人，这么失策可不像是穆里埃先生。"

"才不是什么失策啊！"

我不自觉就对他的话进行了反驳。

"穆里埃先生之后说过：'为了杀害马尔巴拉教授，只需发挥以太螺旋桨扭曲空间的功能即可，而且没必要将宇航飞船所用的那种大型引擎带进现场。犯人只要能将自己与目标之间的弯曲空间搞得笔直，制造出投掷凶器时毫无障碍的环境即可，因此不需像莫洛伊教授被害案一样大费力气地，把凶器陨铁从一楼弄到七楼。因此，只要有办法发挥一定程度的效力，极小型的装置便已足够。'"

"但怎么让这装置动起来呢？接上小型蒸汽设备吗？或者简简单单的，就靠人力手动或者上发条什么的，他是这么说的吧？"

克劳奇记者紧追不舍，不给我丝毫喘息的空间，我也不知不觉开始意气用事。

"还不清楚，不过在调查回廊的时候，发现调节温度用的管道有被人动过手脚的痕迹，穆里埃先生说有可能就是由此获得了驱动力的——啊，不好！"

我意识到自己不小心就说了多余的话，慌慌张张地掩住嘴，当然已经来不及了。

"原来如此啊。"

我看向克劳奇记者，他正嬉皮笑脸，一副坏坯子表情，往随行笔记本上写了什么。

"嗯嗯，是这么回事啊，能算独家了呢——哎呀，别这么生气啊，小姐，跟我们记者斗智斗勇也是侦探的重要工作哟。"

他把脸从笔记本上抬起来，带着微微一丝歉意说道。看样子他倒也不是坏到骨子里了，但果然不能原谅的事情就是不能原谅。

"……我已经没话好跟你讲了，再见！"

我一个转身，背对向他，大踏步地走开去。我满心以为他会厚着脸皮继续跟上来，但他却立在原地。

"这样啊……"

他暂停了一会，又继续说道：

"穆里埃侦探身上还有更大的谜团。他向来是以堪称百发百中的势头把经手的案子全部解决，但现在一件接一件的都是悬而未决。哎呀，顺便说句，那些成功破获的案子可都是在你们加入侦探事务所之前的事。当然，既然你也算是他的弟子，我想这些你还是知道的……"

他话里有话，用意也很明显，太过明显，可是……

他是看透了我的想法吗，还是根本没有多想呢？总之，他又继续说下去：

"跟上次的案件一样，那两起都是在人力无法触及的地方发生的不可能杀人案件。要么是在牢固的密室深处，要么是在众人的环视之下，而且两处都没有留下犯人的踪迹——"

这时，我没有再理会他的话，毫不犹豫地往前进发，直到听不见他的声音为止。但即使如此，他的话里还是有一个词组尖利地刺激着我的耳膜，让我停下了脚步。

"不可能杀人……也就是说，那也是个密室吗？"

2

"首先，必须一开始就先交代清楚的是——"

本·克劳奇记者向我介绍了现在非常流行的"另一个世界"，是一家咖啡店兼餐厅。

我本已做好心理准备，想着他会带我去更古怪的场所，以至于现在有些扫兴。至于我做了什么心理准备，其实就是这次会更不留情地对他施展柔术的决心。

"经营着矿山企业的富豪兼探险家、业余地质学家乔治·马克西拉先生在自家的浴室里去世，死因无法理解。"

在近乎满座的店里，他突然就说起了这么危险的话题，但不必担心会被其他客人听见，因为我们边上就是蒸汽播放机，音量之大对得起它的体积，正播着最新的流行歌曲。

拜其所赐，我得探出身子去听克劳奇记者说了什么。

（是"伟大交响乐团演奏的歌剧《轨道上的音符》序曲"——据说是"紧急从巴黎取来钻孔圆盘的热门新曲，广受好评"，不过放这么大声就没人管管吗？）

蒸汽播放机带有一块活字公示板，我横瞟了一眼板上显示的歌名，不由得发起牢骚，克劳奇记者也连连发声："啊，真是吵啊！"

吵得他都闭了一会儿嘴。

毕竟，这出歌剧在巴黎演出时全权交由人型自动乐器，人称"蒸汽演奏会"，又名"机械节拍演奏会"，取得了相当好的评价。

这种类型的音乐会，除了现在正在播的《伟大·交响乐（后略）》，还有"为二百枚长号而作的乐曲《爆发》""我和非我——C大调哲学交响乐"等曲子，据说是把向来淡定的巴黎时尚男女们都吓坏了。然而我光是看到上述前一首的曲名就会觉得鼓膜刺痛，等读第二首曲子的名字时基本就是脑子抽痛。

顺便说句，这家店的店名似乎取自著名大画师格兰威尔[①]的画集《*Un Autre Monde*》，其中载满了异想天开的画作，每一页都是才华横溢的奇思妙想，而其中占据中心的位置的是——基于夏尔·傅立叶[②]的预言而描绘的未来蓝图。

傅里叶先生是当今世界最有影响力的法国思想家。我们多少都接触过能使人生愉快而自由的"情感引力"，他是该"引力"的倡导者。

这家"另一个世界"店内的墙壁上有许多从这本书上摹写下来的绘画，两者间很明显是有一定关系的，而且通过这些图还可以预见地球的未来将会非常美好。

随着世界的进步，自然与人类将愈发和谐，动物们会自发排成队列来为人类效力，比如行进的鲸鱼可以充当观光船，让我们乘在它的背上。这一点，傅立叶与大画师格兰威尔已经说明过了，叫作"反鲸"。

不仅如此，还有天空中的云雀、画眉鸟、鹌鹑等野鸟会变成烤串，如雨点般落下。树上结出的果实是浸润了朗姆酒[③]糖浆的蜂蜜蛋糕，或俄罗斯风味的夏洛特蛋糕。泉水是滚滚涌出的香槟，北极的冰山是柠檬果子露——但遗憾的是现在还是得花钱才能吃吃喝喝。

"嗯，我们继续。"不得不代替未来的地球请客的克劳奇记者等到奏乐声稍微降低一点才继续说道，"刚才说的马克西拉先生呀，也是怪人。为了获取工作之外的灵感，他每晚都会在特制的浴室里泡上很久，这已经形成惯例了……"

马克西拉府上的浴室和主宅之间由一条短走廊连接，打开浴室门直接就是更衣室，再接着往前就是浴场，那里集聚了相当奢华的兴趣取向。罗马风格的石柱和雕像就寻常地装设其间，瓷砖铺设的面积很大，大到贴满整个浴池，里面备着满池的热水。

马克西拉先生把开发矿山、调查地质时发现的稀有岩石作为地基使用，又将它们埋入人工洞窟的内壁和顶部，接着再在其中凿出饲养水槽，放入珍稀鱼类，由此创造出了本不可能存在于世的空间，已经可以说是为所欲为。

然而，该浴室的重点正在那浴池之中——置于室外的特别定制的锅炉和水泵永不间断地提供热水、注入浴池，这热水由各地的温泉成分浓缩而成，马克西拉先生会根据当天的心情选用，有时也会加入一些名牌的洗浴产品。

事实上，这也是马克西拉公司计划面向一般家庭发售的新商品，不需出远门也能享受温泉，还有促进健康的功效，而且他身兼宣传工作，每逢机会便宣扬"这正是健康的秘诀"。

当然，他的洗澡时间长于人均，一旦进入浴室，再快也得一个小时候才出来。虽说洗浴期间他并无太大动作，也就是放下出入口处的门闩，只留自己一人在内冥想、游泳，或者读书写作等。至少他本人是这么说的，别人也只能信了，不过事实八成不是这样。

原则上，他入浴以后就禁止外面叨扰他，但以防紧急事件，墙上还是开了一个直径仅三公分的小孔，孔中穿绳，从外面拉扯它的话会有一个小铃铛响起。另一方面，浴室内部也安上了同样的装置，似乎是为了防止在泡澡或做其他事时出现不适而准备的。

乔治•马克西拉先生本身没有心脏病或其他疾患，大家也知道他只不过是喜欢泡澡而已，虽然偶因急事而从外部呼唤过他，但他从室内响铃求助的情况却一次都不曾有过。

那个攸关性命的夜晚也是，仿佛会没有任何异状地迎来明天。

事发当天晚上九点过后，马克西拉先生跟往常一样，也没有携带必须过目的文件和材料之类的，也就是说没有任何异常。

于是，在家中无人发现的情况下，过了三个小时，不知不觉这一天即将结束，家人也准备就寝，这时才发现一家之主不见了。

当时，疑声四起，大家到处寻找、互相询问，发现谁都没见过马克西拉先生出浴。也就是说，他似乎没有离开浴室。

什么呀，原来在洗澡啊。大家这才安下心来，不过还是有人表示担心，认为这不寻常。总之，先从外部拉绳，让铃铛响起，却没有任何回应。

室内传出了"丁零、丁零"的声音，照理说马克西拉先生不会听不见。

铃铛还在响，浴室内依然没有回音，也没有其他任何反应。

不管怎么竖起耳朵仔细聆听，隔着门能听到的也只有"哗、哗、哗、哗……"的注水声，没有那种正在清洗身体或泡在热水里的声音。

"这，这岂不是……"

人们突然开始心慌，一迭声地敲响门扉，呼喊着可能还在浴室中的马克西拉先生。最初众人还比较顾及礼仪，接着便大喊着粗暴地胡乱拍门，都快把门板给拍断了。

可是里面依然没人回话。大家又试了试能否从缝隙中把门闩取下来，却无功而返。

又过了一会，从庭院绕到浴室后墙的家人从高处的窗口往里望去，然后跑来报告结果。

据他们说，马克西拉先生背对着窗户，肩部以上露在水面之上，双臂搭在浴池边缘，呈现向后靠的体势，整个人定住不动。他们试着拧动窗上的小把手，却上着锁，没法打开窗户，只能隔着玻璃勉勉强强地看到如上所述的情状。

如果面部直接扑在水里，那当然是出大事了，但从目击情报来看倒也不是很迫切的局面。或者该说，大家不愿往坏处去想。

马克西拉先生要是在泡澡时睡着了，倒也难免担心他泡昏了头，现在已经陷入昏迷。

情况已经事不宜迟。虽说要是把他亲自设计并定制的浴室大门破坏掉，可能会惹他发火，不过现在可是关系到一家之主安危的关键时刻，大家还是痛下决心撞开大门，一口气冲进浴室。

下一瞬间，他们眼前出现的是沉睡在热气氤氲的浴池中的马克西拉先生。

他非常安详地沉眠着。任凭家人如何呼唤、如何叫喊、如何拍打和摇晃其身，他都没有再睁开眼睛。这下大家越发焦虑，拼命想把他弄醒，但这时他却"扑通"一声掉入热水中去了，而且即便如此也没有睁开过眼睛——

"没错，也就是说——"

本·克劳奇记者略微停顿一会，做出思考的状态，紧盯我的眼睛。我则迅速接下话题：

"也就是说，马克西拉先生他已经死了，是吧？"

刚要总结性发言，却被我这一问给抢走了，他满脸都表露出失落。我没有顾及那些又继续追问：

"那么死因是什么？有外伤吗？门闩不能从外面挂上吗？窗户锁也不行吗？"

"嗯，这个嘛……"

克劳奇记者噎住了，有些怨怼地看着我，不过还是很快调整了状态。

215

"是啊，首先，遗体上没有任何伤痕或疑似伤痕的痕迹，窗户上的锁和门闩也一样是从室内上锁，不愧是马克西拉先生讲究到细节的建筑物呀，每一处的门窗都非常坚固，缝隙都找不到呢。所以你提的问题答案都是否定的。"

"那么……"我有些迷惑地说，"不是自然死亡吗？就是那种，热水泡得太久了，突发心脏病什么的……"

"嗯，起初也有人这么认为，可是马克西拉先生只有四十多岁，而且还因为工作和兴趣常走山路，体魄强健，尤其是每天浸泡温泉，身体打理得非常妥帖。虽然也不能就认定他绝对不可能猝死，只不过……"

"只不过？"

我探出身子。

"他的死亡姑且被当作病逝处理之后过了几天，警视厅接到一封信，署名竟是乔治·马克西拉先生本人。"

"咦，难道是……死者寄来的信件？"

本来还是彻底的罪案实录，途中却仿佛变成了怪谈。面对这种令人始料不及的展开，我一边侧头表示疑惑，一边禁不住地感到一阵恶寒。

"哈哈哈哈，你放心吧，没有什么怪力乱神要素呢，要说吓人，指不定还是我这边的情报要可怕多了……"

说着，便又陷入了他招牌式的佯装思考的状态，但我怎么会由着他呢？故意用慌慌张张的语气截住了他的话头。

"不是死者的来信，那就是活着的某人代马克西拉先生投递

216

的啰？"

"嗯，可以这么说吧。"

克劳奇记者答道，脸上带着败兴的表情，像是在说"你又来这套"。

我接着转换话题，继续说道：

"马克西拉先生还活着的时候将信件托付给某人，也许是非常信赖的朋友，也许只是花钱雇来的陌生人，他拜托对方说如果自己发生意外，就请对方将这封信寄给警视厅。随后，那人得知马克西拉先生在浴室中身亡，也没查明死因是否可疑便忠实地履行约定。大概就是这么回事，我说的对吗？克劳奇先生。"

"啊，是，就是这么回事。"

他的表情半带佩服，又在余下一半里混杂了四分之一呆愣哑然。

话虽如此，也不是什么值得佩服的事情。能够如此之快得出结论，都要归功于我以前读过的小说、看过的连续剧里常有如此的剧情，像是说着"如、如果我被杀了，就把这封写下全过程的信件交给当局"，就是这样。

不过，光是想象一下当事人写了遗信，还不得不托付给他人的心情，我便感到一阵心痛。当死亡真正来临时，当事人又会是什么感受呢……

"那，那么，信上写了什么？"

我发出了提问。这个情报大概是克劳奇记者自己查出来的，一副自鸣得意的样子。

"嗯，警方不想公开这封信，我也只是偷偷跟人打听了内容……

好像是这么写的：'总之呢，这阵子我感觉身边好像有可疑的人影，类似的事在我的工作之中也不算罕见，幸好都没酿成大祸就解决了。这次大概也会是同样的结果，不过为了保险起见，要是我死了那么请务必解剖我的遗体，确认死因。'啊，顺便多说一句，出于谨慎，写信的笔迹和使用的信封、信纸、墨水等全都经过鉴定，就是马克西拉先生本人的。"

如果自己死了那就送去解剖——这绝对不是寻常小事啊。我心中莫名打鼓，继续问道：

"这，这么一来，解剖的结果又怎样呢？找到他杀的证据了吗？"

"嗯，说到这个啊……"

克劳奇记者皱眉，稍稍止住了发言。不过与其说是他的话术，我更认为是他个人感情的表现。

"从结论来说，死者完全没有受伤。通常在浴室去世的情况，不外乎脚下打滑结果摔到了头部之类的重要部位，或是被浴室里的岩石什么的割伤等，可是这次完全没有这样的痕迹。最后能想到的死因也只有入浴过程突发心脏病身亡了。总而言之，它被归为'寿命完全就是天定'，某些看不到的存在用冰冷的手猛地捏住了死者的心脏。"

不得不说，这是绝妙的形容，但也透出了他的恶癖。不过以他的发言为契机，我脑中倒是出现了一种想法。那个被捏住的"死因"，莫非不是心脏——

"肺部或者其他呼吸器官呢？没有什么异状吗？"

我如是问道。但克劳奇记者歪着脑袋，有些困惑：

218

"你说肺和其他呼吸器官？还有什么？"

"是啊……"，我点点头，"刚才也跟克劳奇先生你问过……你说案发现场的浴室门窗都是从里边上锁的，除开为了拉响铃铛而打通的穿绳孔便再也没有能和外界互通的地方吧？"

"嗯，的确如此。虽说不是第一时间，但我本人也去过现场，关于这一点确实无误。"

"可是……只有一个地方例外不是吗？要是没它，浴室就太过封闭，对里面的人也不方便得很啊。"

"例外？哪里？"

克劳奇记者看起来有些意外，摸起下巴，不过很快就像想到了什么似的问道：

"浴室里没有的话就不方便……啊哈，是排气口吗？难道说，犯人的侵入和逃脱都是通过那里实现的吗？嚯……确实顶部有排气口，不过它非常小，而且管道九拐十八弯的。别说人了，就算是训练过的猴子也没法通过的哟。而且最主要的是，就算用上猴子又如何呢？"

"不，我说的不是那里。"

我缓缓地但是坚定地摇了摇头，继续道：

"克劳奇先生，你之前就说过，马克西拉先生在自己引以为傲的浴室里安上了通过外部的锅炉和水泵来供给热水的设备。这就是说，有了这个供应热水的管道，也就有了接通浴室内外的通道，没错吧？"

"啊，啊啊，确实。"克劳奇记者一边点头，一边有些讶异地答道，

"像你说的，金属管道从建筑物的外壁，穿过浴室内用于装饰的岩石，接通进来，灌入热水。然而，它说到底也只有这个用途，所以比排气口的管道还细，撑死了也就几厘米的直径。然后怎么说呢，在长长的棒子前端绑上凶器，通过这些热水管道'嘿'地一下刺杀死者吗？很不巧，这些管道是接在锅炉和水泵上的，不可能插进任何东西。况且被害人，姑且这么称呼他，就连被蚊子扎那样细小的伤口都没有呢。"

"但是，比如说——"克劳奇记者言下之意就是我在说傻话了，我也不管两人的年龄差，一副好为人师的样子解释道，"通过管道，还是有可能将毒气灌入的吧？而且别说气体状态了，就算投入会溶解在热水中随后在水面上产生气体的药品也不会被注意到的。如果真的发生了这些情况呢？"

"这、这个嘛……就那样呗。"

克劳奇记者被我这种小姑娘的"解说"弄得有些招架不住。

"要是有人这么做，那么死者可支持不了多久吧？这正是在无处可逃的密室中才能成立的手法。"

他并非出于恭维，而是真心佩服似的说道，还轻轻吹了声口哨。这反应真不赖。

（莫非，莫非是说……我的推理命中了？）

我不知不觉就厚着脸皮开始思考这些。不，暂且不论我的推理是否正确，至少我让眼前的职业记者都能接受了，虽然还不够严谨，但还挺令人高兴的。

220

然而，克劳奇记者却又带着一脸遗憾的笑容开口：

"……亏你好不容易想出这样的点子，可就我所知，马克西拉先生的肺中并未吸入致死的气体，也不见因此而产生的出血或组织损伤。况且，要是有人用了毒气，那么后来涌入现场的人们按说也吸入了同样的气体才是，就算不至于丧命，也不会毫发无损吧？"

"是吗……"

如此轻易就堪破真相果然不可能，但我也不能认输放弃。

"那么，不是气体，而是用液体又如何呢？嗯嗯，对了……把那种经由皮肤吸收从而危害身体的毒药溶解到热水中去呢？或者说，把那些非得口服才会有效的毒药换成往水里加上几滴就足以致死的剧毒之类的，这下子就能通过热水供应管道流进来，而且若是在马克西拉先生入浴之前就偷偷混入毒素也一样有效——对吗？"

"不行呢。"克劳奇记者就像是回敬之前的行为，毫不留情地予以了否定，"如果这样做的话，死者的皮肤和内脏没有发生病变岂不是很奇怪？还有，他甚至留下信件也希望进行解剖，警方便将其当做特殊案例那般解剖得特别仔细，结果没有找到这类毒药或者因毒药而产生的病变，随后又进一步调查了浴池里残留的热水，除了温泉成分之外并未发现任何可疑的物质。"

"所、所以说结果呢——"

我颇为失望地问道。

"不错，结果就是，马克西拉先生的死亡被断定为不存在任何犯罪要素。警方自不必说，家人和其他相关人员也都不得不认了，只有一个人还对此抱有疑问。"

克劳奇记者的话让我心里突然一紧。

"呃，莫非是……"

后续的话我该明白的，但就好像嗓子里有什么在牵制着似的不让我说出口来。

"是的，这个人正是巴尔萨克·穆里埃。受警视厅的戴亚斯警部所托，名侦探穆里埃接下了乔治·马克西拉一案。"

"可、可是。"

我稍顿一会，对克劳奇记者那明显意有所指的话语进行了反驳：

"这件事本身并没有什么奇怪的吧？有重大案件就找穆里埃先生——找我们侦探事务所的穆里埃老师，这不是理所当然的吗？"

闻言，他有些嘲讽地苦笑道："是呀，嗯，不过问题在于之后……不，关键是他接手后却没能解决的案子，后面还有第二件，我这不是正要说嘛。没错，那个啊……"

本·克劳奇把接下来要说的话做了铺垫，随后开始讲述第二起案件——

3

——光是听别人讲述，我还是无法相信。这种如同奇迹般的展开，不，该说是噩梦般的惨剧。

那天，由众多学院和研究机关所组成的伦敦大学校园，还沉浸在午后悠闲的氛围之中。可能正值用毕午餐的时间，任谁都有些瞌睡感。

在我的印象中，大学生活要比自己上的技术学校更为稀奇、有趣得多，实际上《格列佛游记》①相关的某个学院就在这里进行着"'赤脚逃脱'计划"的主题研究。

比如说，他们在研究将热能、光能、声能、水力、风力等各种能源全都保存起来的储蓄机，还有能够变出任意形状的变形机。计划在非洲的乞力马扎罗一带建造超大型大炮，从那里发射十八万吨的炮弹，利用后坐力来拨正倾斜的地轴，从而消灭反复无常的四季变化，总之进行的都是这样危险的逃脱计划的研究。若是计划成功，冰封之下的北极可以成为肥沃的原野，可是这样一来，从北极顶端流淌下来的柠檬果子露可怎么办，让人担心。

有希望尽快完成研究的项目，怎么想都是——动物语言。每天都会与各种鸟兽对话，记录下来制作辞典，过不多久就会在小学课程里开展"动物语言"课。这样人们就可以跟狗、猫，或者猴子之类的自由对话，特别是能担任人类助手工作的狗，着实令人期待。

案件就发生在充满着奇思妙想与敏锐才智，散发出独特氛围的环境中——那些并列成排、横贯校园的校舍与研究楼的其中一栋的某间屋子。

案发现场是位于四层的一间小研究室，室主任是一位名叫马蒂亚斯·托利马的工学学士。

马蒂亚斯·托利马作为研究者，在应用蒸汽工业学领域备受期待，同时也是一名能干的工程师。虽然有着略为古怪，或说是不切实际的一面，但他还很年轻，而且颇为英俊，周围的人也对他很有好感。

那一天，托利马工学学士独自一人待在研究室里，迎接一名访客。

没人知道访客的来意以及二人进行了怎样的对话，不过双方都不曾拔高嗓门，同走廊上的其他研究室的人也没看到或听到诸如争执之类的动静。

然而，就在那位访客离开之际，有人目击到托利马学士站在门口目送对方。他这时看起来还没什么不对劲，随后回屋、关门，门后还传来了上锁的"咔嚓"声——仅此而已。

大概约三十分钟内没有出现任何情况。期间，四层各个研究室内的人也都没有踏上过走廊。当然，这种说法是基于采信他们证词真实性的情况。

关于之后是否又有人造访过托利马学士，没能得到确凿的证词。仅就获知的部分信息而言，并不能够对接下来发生的事件进行解释。

一切从一声震耳欲聋的巨响开始。

"嘎啦啦啦！"安静的研究楼突然响起玻璃碎裂的猛烈声响。紧随其后的是——

"怎、怎么了？"

"到底出什么事了？刚才的声音！"

所有人都停下了手里的活，一齐奔到了走廊上。人数还真不少，也难免吵吵嚷嚷的。

"难道是爆炸？"

第一时间产生这种联想的人绝非少数。说起来托利马学士的研究室里有用到各种危险物质操作机器，或是进行试验，一旦发生失误，可能就会引起爆炸。

要是出现这种情况，那么说不定还会有第二、第三波爆炸，必须要赶紧避难，但似乎并非是这么回事。

总之，出于对托利马学士的担心，大家尝试着打开他的研究室门，可房间却从里面上了锁，怎么都毫无反应。这下，大家不得不合力撞了上去，硬是取下歪斜的大门，冲入室内。

"啊！"

下一瞬间，所有人都震惊得呆立当场。当时，门口正对着的是面向校园大道的窗户，往窗外看去，只见……

然而，他们所受的惊吓，与研究楼外的人们相比还不算什么。因为——

"另一方面，几乎同一时刻，研究楼外的人们所见到的则是——"

本·克劳奇记者故作平静地说道。在依然嘈杂的环境中，我还是听清了他所说的每一句话。

"有个人以背向窗外的姿势猛烈地冲破了玻璃窗，直接从这个大破洞中飞出，急速下坠，整个人在空中描绘出了一条抛物线。

"根据证人的说法，这人的动作看上去极为缓慢。不过这可能是心理上的错觉成像，证据是下一瞬间那人就猛地摔在地上，浑身诡异地扭曲着，如同被压扁的青蛙一般。

"随后，遗体之下有血液溢出，往四周流淌开去。当我赶到的时候，距离事发已经有一会儿了，但坠地时的惨状还是残留得真切。

"当然是当场死亡。可是尚无明确的结论显示他死于剧烈的撞击地面。因为有一些可疑之处显示，在他全身都受到强硬的冲击之前，心脏就已经停止了跳动，可在当时还未能得到判明。

"坠楼现场的情景无疑令人惊惧，而研究室里也因进进出出变得一片狼藉。首先，入口正对着的那扇玻璃窗上，就开了一个等身大的洞，镶玻璃的金属框都扭曲得乱七八糟，看得出是遭到了相当强力的冲击。

"室内一个人都没有，该说室内果然没有人，还是该说室内居然没有人呢？我预先确认了一下，研究室的门从室内上了锁，而且托利马学士飞出窗外的那一刻，房间里根本没有藏身的空间，更别说逃脱了。

"总之研究室非常狼藉。门口和窗户之间隔着写字台和实验桌，但原本应放在上面的文件、书本都四下散乱着，实验道具和貌似正在组装中的设备横倒竖卧，七零八落的碎片散满一地。

"对……这副惨状，就像是遭到了暴风的席卷……"

"暴风？席卷室内？"

我不禁以问代答。克劳奇记者点了点头。

"不错，突如其来、强力横扫而过的台风——马蒂亚斯·托利马撞破自己研究室的玻璃窗并坠地身亡的确相当可疑，但是跳楼坠地的情况绝非罕见。虽然根据现场情况有不同的解释，比如那时候有其他人在场，对方可能用枪指着托利马学士，威胁他短距离冲刺并一头栽下去。或者说，并非是被什么人逼迫，而是托利马学士出于自身的某种原因，在恐惧的驱使之下不分前后，就这样直接去冲撞窗户也不是没有可能。

可是……无论哪种情况，也不会有人倒着跑用后背撞破玻璃坠下，而且这起案子有目击者，是没法被彻底颠倒的。那就是说，只能认为是有某种猛烈的力量把他撞飞了，甚至还进一步将他冲击得飞出窗外——从室内那凌乱的状况来看，这股力量也不是来自窗边，而是在紧靠门口的位置啊。"

"确实——确实是这样。"

我不得不予以承认。话虽如此，克劳奇记者的指摘只是加深了案件的难解程度，并非促进它的解决，反而还令其笼罩上一层更深的迷雾。

本·克劳奇记者却没有理会我的想法，继续说道：

"我调查了一下，这位马蒂亚斯·托利马，生前可是一个不逊于其死状的独特人物——我说，你别挂着这么吓人的脸啊，嘴毒是记者的常态，我的说法都算客气的了。总之，托利马学士作为优秀的学者，他的去世令人惋惜。他在研究开发能急剧提升蒸汽发动机效率的冷凝器改进装置，以及能让石油取代煤变成燃料的方法……"

"石油？"

面对这个平时不曾见惯的词语，我不停地眨巴着眼睛。

要说石油，我只知道它就是在点灯时代替鲸鱼油使用的东西，拜它所赐都不用捕鲸了。不过它唱主角的时代并不长久，因为很快它便被煤气灯或者更加合理、廉价的以太灯所替代。

"让石油取代煤成为燃料"，应该就是要开发那种直接燃烧石油而不是烧煤、靠特殊的沸油而不靠沸水驱动的蒸汽发动机。不过就算投入使用，其规模跟蒸汽设施相比也只是杯水车薪，石油设施不可能取代蒸汽。即便到时在全国各地都开设石油开采公司，也有可能很快就破产，不至于破产也得被传统蒸汽业逼迫停止作业。

"没错，就是石油。"

克劳奇记者点着头，报道犯罪事件时的语气也转换成了朗读解说类文章时的口吻。

"现在从蒸馏技术中得到的沥青除了铺路之外几乎没什么用途，尤其是叫作'汽油'的那个最轻的部分，虽然是可以在洗衣店和干洗店派上用场。但光看这一点，被剩下也是理所当然，而且它还易燃易爆，所以得在山里挖个洞埋了，总之无法利用这个废弃资源很糟糕啊。唉，这还是从穆里埃先生那里现学现卖来的呢。"

"穆里埃先生！"

我惊讶地询问，克劳奇记者摆出一副"你怎么现在才反应过来"的表情。

"所以我才找你出来的啊，出了这种事情，那位名侦探怎么可能不出马？不过……"

"不过？"

我对克劳奇记者的故作深沉已经感到窝火，便带着情绪提问，然而却发现他并不是故意的，只是对这起案件感到困惑不解，反复思考也没能找到答案，最后僵持在原地不动了。

"这个坠楼身亡的谜团对巴尔萨克·穆里埃而言应该是充满吸引力的，不过他却不予解决，就像之前处理浴室之谜时一样。而相对地，后来发生的两起案件又都被他认定为是将最新的以太科学研究用于邪道，布置下了原本不可能遂行的诡计。像这样接连甩出生硬的推理。你不认为这根本解释不通吗？"

"这，这是……"

我心中随之也萌生疑问。在同一类型案件的刺激之下，我哑口无言，可是要怀疑自己崇拜的穆里埃先生，即使只有一丝一毫，我也绝对不要。

"你现在所说的这两件案子，无非是连名侦探都没法立刻解决而已，穆里埃先生也是人啊，不可能立刻解开所有的谜团哦？"

我一边反驳着，一边因为否定了自己的英雄、偶像而深感悲哀。

"说到底也不过如此啊。"克劳奇记者看透了我对穆里埃先生的崇拜之情，仿佛刻意捉弄我一般，带着嘲讽的语气说道，"我不得不认为，在这四起案件里，穆里埃侦探对前两件和后两件的处理方式存在明显差距。"

这时，我心中突然一跳，某个大胆的想法浮现出来。

（把这四起案件分为前后各两件……假如说，前后之间存在某些差异，那么它究竟是什么呢？有什么导致了穆里埃先生的转变吗？就是那种，能够对他的推理方式产生影响的、中途新加入的事物——如果有的话，究竟是什么呢？）

在我向自己提问的一瞬间，句末的问号仿佛一口气拉长了身子，直接化身成针，冲我飞来。

（是——是我们。是我和尤金。）

我内心发生动摇，又一次对克劳奇记者开口：

"但、但是……也没有任何证据证明这四起案件是可以串联起来的啊，只是碰巧按这个顺序发生了而已，不分什么前两件后两件的。比如说，也可能是按照马克西拉先生的浴室案到莫洛伊教授的陨铁案再到托利马学士的坠亡案，然后到马尔巴拉教授的遇刺案这样的顺序来的啊？"

"果然只是在两组案子之间换换顺序嘛。"

克劳奇记者把我的问题推了回来。我则继续辩道：

"那么，你无论如何都要说这四起案件有关联啰？"

"是的。"

他当即回答。随后想起什么似的把手伸入衣兜。

230

"你都说到这份上了，不拿出这个可不行了啊。看看吧。"

他边说边取出一张照片。我一看便瞪大了眼，连自己都知道自己正双目圆瞪，心脏也受到了巨大的冲击。

"这、这是……"

我不禁暗自低语。

——照片拍到的像是某个沙龙，里面有几张并排的沙发，上头坐着有老有少的六个人。

"莫洛伊教授、传言杀害莫洛伊教授的西蒙博士、马尔巴拉教授，以及这位……啊，莫非剩下那两位就是？"

"没错，如你所想，正是刚刚才说到的乔治·马克西拉先生和马蒂亚斯·托利马工学学士哦，然后呢，还有就是你刚才就认出来的……"

这张看似纪念照的照片上有一位白发白须的绅士，怎么看都是最年长的。本·克劳奇指着他说道："科学部前任长官，同时也是你父亲作为船长而参加的宇宙探险调查团的团长——奇奇纳博士。如何，这下你还是要说这一连串案件没有任何关联吗？

"此外还有……刚才提过的托利马学士诡异坠亡之前，研究室里有访客对吧。你觉得是谁呢？正是在新水晶宫附近被杀的马尔巴拉教授哦。他在托利马案件之后的莫洛伊教授案件发生前便失踪了，过了一阵子再度现身，然而就出了这种事！"

然后，我沉默了一会，大约有一整首"整齐演奏会"的曲目时长。

"克劳奇先生。"我极力硬撑着说道，"你想让我听的就是这些话吗？叫我从穆里埃先生那里偷一些情报出来什么的，不过这根本就是白费口舌，我既没有非这么做不可的义务，也没什么弱点被你掌握。"

听我说完，克劳奇记者微笑着摇了摇头：

"还用说吗，我可没这么想过啊，我还没堕落到胁迫像你这样的女学生来获取情报。只不过是觉得对于被隐藏的重大案件毫无了解，就展开实习侦探的工作实在有点准备不足。而且我没办法直接找穆里埃先生交谈，所以只是想请你帮忙而已。当然，如果有什么情报愿意提供给我，我也是很欢迎的。届时随时可以到这里来告诉我一声。"

说到最后他已经有些开玩笑的口气了，还递了名片给我。我非常迷惑，可最后还是没能拒收。

"谢谢。"

本·克劳奇笑着将名片盒放回内侧兜，随后突然一脸认真地问我：

"话说——那个叫尤金的少年，到底是什么人？"

很遗憾，关于这个问题我也一无所知。只是克劳奇记者提出的问题，一次又一次在我心中徘徊……

4

——次日早晨，我是第一个到穆里埃侦探事务所上工的。

不，虽说我平日里多少也存着想早点到岗的心思，所以不会迟到，但今天却不同。今天，我是在天色才蒙蒙亮、街道上刚刚开始有人气和蒸汽洋溢的时分便出了门。

拜时间段所赐，电梯都还没开，我只得一步一步地拾级而上——升降设备的能源炉当然不可能整晚都为谁开着，我一开始就有思想准备了。

"而且……"

我一边往上爬楼梯一边在心中默念。

（八成没人想得到我会在电梯开动之前就过来。）

要说谁会想象这种事呢？反正也不用问了。毕竟只要想想既是事务所里的成员，又在事务所里住宿的某人，答案便非常简单。我要在不被尤金盘问的情况下完成某件事。

我悄悄打开门，滑入了沐浴着淡淡朝霞的办公室，钥匙开锁及关上大门时都没有发出任何声音。

如果尤金没有睡觉，现在已经起床，那这一切工作就都白费了。所幸我没有察觉到人的气息。

（好嘞……）

我刻意用只能让自己听到的音量说道，随后注意着不要发出脚步声，慢慢地一步步迈进。我从侧边走过事务所分配给我和尤金的桌子，穿过书架和附带水斗的实验桌，站在一间小屋前。

这是图书资料室，室如其名，里面收纳着书籍、报纸、杂志，似乎还有前阵子我和尤金做的剪报。虽然都是重要的参考文献，但像机密文件那么重要的东西就没有被摆在里头了，所以此处并未采取非常慎重的管理措施。

我从存放后勤用品的桌子里取出一把钥匙，打开了资料室的门，进入其中。我还真这么做了。

要是被神出鬼没的穆里埃先生发现并且问起，我该如何辩解呢？不，索性就直接问吧。

"为什么您在莎莉父亲的酒店和大英生物园的案件中，对之前发生的两起案子只字不提？奇奇纳博士和这些案子又有什么关系？对不可能犯罪的谜团予以完美解说的穆里埃先生和对真相三缄其口的穆里埃先生，哪个才是真实的，哪个又是虚假的？还有……让我们担任助手前后到底发生了什么变化？"

这样问出来或许还好些。虽然我应该是做不到的。

总而言之，现在知道了那两起案件的情况，就有必要了解它们的详情。

我从案件的发生时间、场所，以及有关人员的名字切入，打算先从已归档的文件中找起。结果很快就发现了一些奇怪之处。放在书架一角，包括马克西拉案件和托利马案件在内的文件夹有些干净过头。

作为测试，我从其他地方任意抽出了一些文件夹，它们全都覆盖着薄薄一层灰尘。虽然顶部尚算清洁，封皮却并非如此，乍看之下，有种用得旧旧的感觉，总觉得它们一直被摆在架子上，但最近有没有人读过还真不好说。

有问题的只有以"马克西拉"和"托利马"两本文件夹为中心的左右十几本，它们像是被仔细地用布或纸擦拭过，封皮特别有光泽，用了细滑的高级纸张的部分也是亮白得堪称不自然。

我刚加入穆里埃侦探社的时候，它们应该还没这么干净才对。主要是在那堆积如山的待打扫的对象之中，它们的优先度在我眼里算是低的，这一点我相信自己没有记错。

事情有变。假设有人从中抽出一些文件夹，阅读之后发现上面沾着的灰尘——因为并不是特别旧的文件，所以也只有一点点灰在往下掉，然后这位"某人"怎么都想要将自己留下的痕迹消去。

这时，大概因为他已经认不出哪些文件是自己碰过的，所以就把邻近的全都清理一遍，擦去它们的灰尘。可我认为，这措施乍看之下是很妥当，实际上却本末倒置了。

正是由于这些小动作，反向让书架的一角变得与众不同，非常显眼。有必要这么仔细地擦拭灰尘吗？只要稍微多注意一点就不会暴露吧。

注意到了这些灰尘之后，不知怎么，我的思路就跑偏了。虽然我也不想像一个唠叨的恶婆婆一样，可既然已经发现了问题，也难免会挑剔。在学校里也是，轮到男生扫除值日时，他们大都很不负责任，只要稍微检查一下，就会发现他们的清扫"成果"比这个书架还差。

（——男生，男生？）

对了，如果只是想看看事件记录，我没必要起这么早啊。

我是不想让尤金看到我在调查克劳奇记者所说的那两起案子。尤金也是，我怀疑他对那些案件有所知晓，想要深入调查。

然而，好不容易早起，还辛辛苦苦爬着楼梯来上班，收获的结果倒是知道了有人把包括马克西拉、托利马两案在内的文件夹都擦拭过一遍，只是还没能找到尤金进来过的证据。

时间在思考中流逝，窗外那一片大都市的景象也随之苏醒。这样下去，不光尤金要起床了，就连穆里埃先生也许很快就会来事务所的。

没办法了。我离开了尚有惦记的资料室，把门钥匙放回抽屉，打算暂时离开侦探事务所。

可是，现在已经无法做到像之前那样不发出任何脚步声或其他声音，小心翼翼地进门，眼下的我由于焦躁，注意力有些涣散，踢飞了放在尤金工位脚下的垃圾箱——号称是垃圾箱，其实就是个特别大的圆筒形金属罐。

咔啷咔啷……它倒地滚走的声音大得夸张，我手忙脚乱地紧追其后，在它撞上墙壁之前摁住了它，里面的纸屑却在我好不容易打扫干净的地面上散得到处都是。

我难为情地开始收拾，发现这是昨天追着尤金去新水晶宫，进而遭遇到那里发生的案子之前，两人一起做剪报时留下的报纸残骸。

我"哎呀哎呀"地叹着。当我将这些碎纸拾起，一把把拧成团扔到垃圾箱里时，一张奇特的纸片闯入眼帘。那是被撕成几厘米大小的报纸一角，印着三行广告词。我漫不经心地看向纸片背面，上边有一行没头没尾，看起来没什么意义的文字。

然而当我再次将纸翻回正面，打算把它捏成纸团扔掉的前一刻，突然注意到那三行并列排列着的广告内容虽十分简短但却像是谜语一般，全文如下：

明天白天告知 O 教授 NCP

来 IVB 回廊的休息所

你的活路正在那里

"这、这是……"

我不禁发出了声，又匆匆忙忙咽下了剩下的话语。

（NCP——New Crystal Palace 就是新水晶宫的略称吧？那么下一行的 IVB，IVB 又是什么？啊，莫非是……）

我取出厚重的辞典，急匆匆翻开书页，纸面上如是说"无脊椎动物——Inverte-brata"，我的直觉得到了证实，所谓"IVB"就是从这个单词中抽取出的三个字母。

是的，我应该没有看错，这条信息正是在邀请不幸的马尔巴拉教授去往他的死地。

在每日派发的报纸一角用三行广告语进行秘密通信，这在侦探业界是常用的模式。从这些例子来推，事情的来龙去脉大概是这么回事吧。

——马尔巴拉教授在拜访了托利马工学学士的研究室之后，很快就知道学士凄惨地死去了，并且死因不详，便如克劳奇记者所说的那样潜伏在了某处。

但他后来又看到报纸广告，完全被"你的活路正在那里"这句邀请欺骗，等到了约好的场所，却在歪曲空间的诡计之下被投掷过来的匕首所杀。

可是，尤金也发现了同样的内容，说不定正是在剪报期间看到的。幸好他之后获准下班，便去了新水晶宫，在马尔巴拉教授的被害现场等着教授本人……

不过这样一来，疑问又增加了。为何尤金看到把马尔巴拉教授约出去的三行广告词会想要赶到现场去呢？之前莫洛伊教授被害案件也是这样，他一个人折回凶案现场到底是打算调查什么？

还有，如果在资料室的文件夹中挑出马克西拉先生和托利马学士的死亡相关记录进行翻阅的人是他，那又是出于什么目的？这四起案件之间到底如何关联？尤金又怎么和它们扯上关系的？

我继续琢磨着，不，不如说是继续困惑着才比较恰当吧。

总之就因为这个状态，我耗了很多时间，最后连自己的处境都给忘了，没注意到有个人影已不知何时来到我身边站定不动。

"……"

我大惊失色，双眼圆睁，身体僵硬。那个人影已经一动不动地站了多久？完全没有表现出存在感，直至被我注意到的那一刻。

那副端正的相貌看起来只是跟平日一样面无表情，但却又有些不同，好像带着一丝悲伤又寂寥的笑意，若有似无。

望着他这副通常不会给人看到的表情，我总会有些沮丧。

"好吧……"

我在心中默念，随后深吸一口气，下定决心。

这句话已经在我的嘴边转了好多次，却一直没能问出口。直到今早，我才确信不说出来是不行的。

我坚定地凝视着他，问道——

"告诉我，尤金，你是谁？"

它，若问其名，乃是《一千零一夜》⑤里的"魔神伊夫利特"⑥。

　　明知它拥有恐怖的力量和扭曲的本性，一旦在现世获得解放，便无法再次被塞回封印它的容器之中，可愚蠢的智者们却还是破开了封印。

　　之后，正如"魔神"所想，有权有势之人投以大量金钱，满口甜言蜜语，给予了它崇高的地位和优渥的待遇。而无力者们却只能一味恐惧和战栗，很快就被逼得只能放弃希望，接受现实。

　　再过不久，更加恶性的事件发生了——尽管它身为魔怪，有一些长处或优点也不足为奇，可这些却被大肆吹捧，信众的胡言乱语持续不断，号称接受它，与它同在将是何等美妙之事。

　　如此一来，即使不愿受到可怕的对待，但离开它就会万事皆毁的"常识"已然形成。那些对"魔神"指尖涌现的黄金目眩神迷，沦为其下仆的人们悄然且巧妙地将"服从"之外的选项消除了。

　　然而，"魔神"终归是"魔神"，它一次次地兴起灾厄，残忍地加害人类，但无论如何却都不曾有将之消灭的呼声响起——即使有，也只不过是极度微弱的呐喊。

奇妙的是，面对如此麻烦之物，"魔神"的同伴却不仅仅只有从它手里获得过好处的人。

理智之人嘲笑恐惧"魔神"之人，蔑视他们，甚至用各种手段欺骗和轻贱他们。明明这样做毫不利己，只是为了确信自己比别人更加贤明伟大，便口吐愚昧的言语，而且不断做着与之相符的蠢事。

而"魔神"——则很是喜欢那些不断增加的蠢材们。

有了他们的忠诚协力，"魔神"前所未有地威猛壮大，恣意散播着致死的疾病，从血盆大口中吐出的毒气，十分公平地将愚昧之人、欲壑难平之人，以及无罪之人一齐扫除。

之后，"魔神"又休养了一阵。不管怎么说，它是假人之手来发挥本领的，一旦消灭了好不容易得来的奴隶们，那么它也会变得束手无策。

然而……过了不久，"魔神"便再次登场。

因为有人希望它重新出现，甚至不惜妨碍它香甜的睡眠。而且，这一次也准备了全新的舞台——并非它一度践踏过的乱世，而是一个本应永远无虞的纯洁无垢的世界。

① "格兰威尔",即 J.J. 格兰威尔（J.J. Grandville），19 世纪法国最著名的讽刺漫画家和插画家，《*Un Autre Monde*》是法语的"另一个世界"。

② "夏尔·傅立叶"（Charles Fourier）是 19 世纪法国哲学家、思想家、经济学家、空想社会主义者，著有《宇宙统一论》《新世界》《虚伪的工业》《论商业》等。

③ "朗姆酒"（rum）是以甘蔗糖蜜为原料生产的一种蒸馏酒，也称为糖酒、兰姆酒、蓝姆酒，常用于西点制作；"夏洛特蛋糕"（Charlotte cake）是一款经典法国甜品，由湿润的蛋糕底和蛋奶冻的蛋糕体构成，周围通常围着一圈手指饼干以固定，再加水果等装饰；"果子露"（sherbet）即果汁冰糕，也有译作"雪宝""雪酪""冰霜"等。

④ "《格列佛游记》"（*Gulliver's Travels*）是英国作家乔纳森·斯威夫特（Jonathan Swift）创作的一部长篇游记体讽刺小说。

⑤ 《一千零一夜》（*Tales from The Thousand And One Nights*）为阿拉伯民间故事集，又名《天方夜谭》（*Arabian Nights*），既是阿拉伯帝国创建后阿拉伯民族精神形成和确立时期的产物，又是脍炙人口的世界文学瑰宝。

⑥ 《一千零一夜》中有一个故事讲述一名渔夫捡到一个壶，打开它后便发现魔神从中跑了出来，原来它被封印在壶里，还打算恩将仇报杀死渔夫。所幸渔夫运用自己的智慧，重新将魔神装回瓶内。

第七章

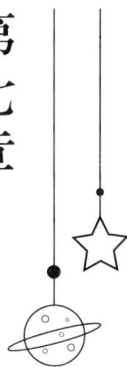

1

　　"尤金，你。"

　　我轻轻地整理呼吸，下了决心，开口说道：

　　"你待在一个不可思议的胶囊里，被我父亲担任船长的'极光号'运到这座城市，为什么会发生这样的事呢？你之前在哪里做了什么？你打算说是在什么都没有的宇宙里突然冒出来的吗？还有你冒着窒息而死的危险也不肯从胶囊里出来，怎么又突然改变主意了？拜托了，告诉我吧，否则你就别想往前走了，一步都不行！"

　　我伸开双臂，摆出一副此路不通的站姿，堵在尤金面前。

　　口中说出的是至今在心中翻涌，反刍过多次的疑问。然而，尤金的表情却看不出什么情绪，也不做任何回答。

　　当然，这也是在我预料范围之内的，所以也不能气馁。我继续向他追问：

　　"你为什么会来这个侦探事务所，我问穆里埃先生就能知道。但你之后的行动，在我看来却很奇怪。比如说，我们都离开莫洛伊教授遭遇悲剧的那家酒店了，为什么你要赶回去？你甩开我，到底是准备去调

244

查什么？而且没去案发现场的楼层，去的是再往上一层的大厅，这又是什么原因？究竟是去干什么？你知道些什么吗？

还有之后在新水晶宫发生的事？你所以会去那里，是因为在做穆里埃先生布置的剪报工作时看到了这个是吧？"

我把那张印着"明天白天告知 O 教授 NCP/ 来 IVB 回廊的休息所 / 你的活路正在那里"三行广告词的碎报纸推到他面前。

这似乎戳到了尤金的痛处，但他依然坚守沉默，我也没有手软。

"你虽然不知道发布这个广告是为了引出马尔巴拉教授，但你猜到大英生物园会发生事件，所以才去了那里？假如穆里埃先生那时没有看穿杀死教授的诡计，你或许就会被逮捕。还是说你已经想到了这样的结局？明知会有危险，却还是不得不去那里。你到底为什么要做到这个程度？"

尤金依然不做回答，却将视线从我的身上移开。大概是被我说中了，所以感到不舒服。

我按照自己的想法把他逼到这份上，但对此也不是完全没有负罪感。

果然，我也许不适合当"侦探"，读读故事就可以了。可是即使事已至此，我也不能半途而废。

"还有，马克西拉先生的浴室谜案和托利马工学学士坠楼谜案——也就是发生在我们到侦探事务所实习之前的两起悲剧，你也知道些什么吧？这又是怎么回事？这四起案件据说存在共同点，要是有，请你把它告诉我！"

当我说出刚获取到的两个谜团的情报时，尤金吃了一惊。估计他没想到我会知道这些。如此反应正说明他的确偷看过那些文件。

"你想蒙混过关吗？关于这一点，我还有问题呢。你偷看穆里埃先生的案件记录，看完放回去不就好了？为什么还要刻意擦掉灰尘？这样一来，岂不是更容易暴露自己的行为吗？"

当我指出这一点后，他先是一脸困惑不解，随后便露出了"糟糕"的表情。看来他在行动时完全没有料到，他居然会犯这样的错误。

我没有表露出内心的真实想法，只是紧盯着尤金的双眼：

"回答我，尤金。"

稍过片刻，我再次向他发问：

"回答我刚才说的所有问题。然后告诉你自己的事，至今为止缄口不提的所有事情！"

之后，即使他几分钟、几小时、一整天都沉默不语，我也铁了心决不后退。要是他打算逃跑，那我也想好了，无论到哪儿我都会追过去。

但是，我都摆好了防御架势，他的回答却像让我吃了一记过肩摔似的。

"——明白了。"他简洁直白地说道，用沉静但仿佛看透一切的视线回望着我，"我也觉得不可能一直不提。所以，我会说的，关于我的一切。"

"呀！"

这下轮到我说不话了。

"就现在，在这里说？"

"就现在，在这里说。"

我不小心问了个傻问题，尤金却清清楚楚地点了头。之后，他脸上挂着不可思议的微笑，说道：

"但首先你得告诉我，爱玛，你是谁？为什么在这里？"

他反过来向我抛出问题。

"呃，这到底是什么意思？"

我对他的意外发言感到奇怪，但尤金的微笑却不知为何透着一种快要哭出来的悲哀，我能看得出来。

"我也一直有自己的疑惑哦，到底是怎么回事呢？为什么爱玛你会在这里？自从透过胶囊看到你以来我就一直在想这个问题。那时候如果你没有出现，我也绝对不会从胶囊里出来。"

（什么情况？他到底在说什么？……）

我顿时陷入困惑与混乱，一时之间根本说不出话。

"尤金——"

我用至今为止从未有过的心情呼唤他的名字，就像是被他吸引一般向他走去，而他也是同样地向我走来。

随后，我和他的手相碰了，相互重叠了。正在这时——

"哐"地伴着一声巨响，侦探事务所的门被打开了。

我惊讶地回过头去，只见一位似曾相识的英俊绅士，正气喘吁吁地站在那里，头发和服装都乱七八糟的。

按说已经到了电梯运行的时间了，绅士喘不过气肯定不是因为爬楼梯的原因，我胸口有些打鼓，心脏就像早晨的钟楼被撞个不停。

"那个……您是哪位？"

我怯怯地问道。绅士抚着胸口，经过数次的努力把紊乱的呼吸和过速的心跳调整回去。他终于恢复常态开口道：

"——出了这样的事，巴尔萨克·穆里埃先生在哪里？我有十万火急的事情要跟他说。你们又是谁？快把穆里埃侦探叫来！"

我和尤金忍不住对视了一眼，刚才那种紧张的气氛仿佛已因这名来客而烟消云散了。

"是这样……"

"穆里埃先生，还没——"

我话才说了一半，绅士的声音就突然乱了方寸。

"什么？还没来吗？可恶，偏偏是这时候！"

他说得宛如嘶吼一般，双手掩住了脸。看样子不是出于愤怒，而是正处在不安、焦躁之中。

"请问……"我再次开口询问，"您来是要办什么事呢？刚才您好像说了什么，但我没听清，是出了怎样的事呢？"

"什么？那么大的事情，你说你没听清？"

绅士一脸愠怒地反问道，把我吓了一跳。这一瞬间，尤金介入我和绅士之间，是为了把我护在身后吗？还是说仅仅是偶然？我判断不出来。

但是即便是为了保护我，似乎也没有必要了。因为刚刚还情绪激昂的绅士，转瞬间就宛如对自己的态度感到可耻一般。

"不，抱歉。"

他低下头，短短地说了一句，随后长叹一声。

（啊呀，这位男士莫非是……）

刹那间，我的脑中灵光一现，难怪他刚进来时我就觉得好像在哪里见过他——我知道了！

"不好意思哦，莫非您是莎莉·法尼荷的父亲吗？"

"是的……你是？"

绅士露出满脸诧异的表情，看样子已经恢复冷静了。此外，这张写满了自制的面孔，我确实是见过的。当初在莫洛伊教授被害的酒店里，大堂的墙上装饰有所有者的照片，画框里的对象与眼前的这名绅士太相似了，照片下还写着"酒店所有权人向各位致以问候"。

雷恩·法尼荷，广泛经营着众多事业的优秀实业家，同时也是将我父亲与奇奇纳博士以及整艘"极光号"送往宇宙的赞助人——法尼荷地理学基金的最高代表人。最关键的，他还是那个"生气包莎莉"的父亲！

"我是爱玛，爱玛·哈特里，'极光号'船长猛虎·哈特里的女儿。还有，我在技术学校里总是和莎莉在一起。"

"咦，你就是那个'细长条爱玛'。啊，失礼了。是吗？你就是莎莉一直说的那个爱玛君，现在正在校外实习做侦探吗？原来如此，她是这么说过……"

雷恩·法尼荷先生的表情稍稍明朗了一些，但很快便又回到苍白而沉痛的模样。之后，他似乎下了某种决心。

"好吧，那么告诉你也无妨。不要太吃惊，好吗？其实从昨天开始，莎莉就去向不明，我很担心她，而今天我家收到了这样一封不得了的信，上面写着'您的爱女莎莉大小姐在我们这里，要是想让我们把她毫发无损地送还回去，就接受我们的要求'，这看上去可不像什么奇怪的恶作剧啊！"

他一口气将事实倾吐出来，我也受到了强烈的刺激，脑海中各种事情在盘旋，可是却怎么都没法收拾起来。

"咦，那么，莎莉她……"

我好不容易才拼力问出口。

"她被诱拐了！被身份不明的家伙们给绑走了！给我出这么一个大难题，让我去换回女儿。"

雷恩·法尼荷先生悲痛而又激动，几欲吐血。

（诱、诱拐？）

听到这个词，我全身都冻住了，同时又有种自己正逐渐融化，流到地板上去的感觉。

可是即便在这份混乱的思绪中，我不知为何，仍能以非常平静的心态去观察，并且发现尤金也受到了很大的冲击，脸色变得煞白。

怎么回事？比起我这个挚友，他和莎莉的交情可只能说是浅薄。

为什么他会动摇得不靠着桌子就站不住？我为此诧异了一下之后，突然间便读懂了那副表情的深意。

（难不成，那是悔恨……或者负罪感？）

这又意味着什么呢？难道他要把莎莉遭遇的事也算在自己头上吗？认为自己也得负上一定责任吗？我的想象越来越往不吉利的地方展开，正在这时——

"怎么了？尤金君，还有爱玛君，哎呀，这位是法尼荷地理学基金的……特地光临，是有事要找我吗？"

背后传来了令人倍感信赖的、精神满满的声音，声音的主人也不言自明。不过虽然不用多说，但果然还是要呼唤一次这个名字呀。

"穆里埃先生！"

我和尤金，甚至连法尼荷先生都回头看向门口，一齐叫出声来。

2

"嗯……就是说，令媛是从家里去父亲公司上班的途中遭人袭击，随后被绑架，原来如此，原来如此。"

穆里埃先生听完法尼荷先生的陈述，极为沉着地说道。随后他突然转向我，开口提问："爱玛君，莎莉小姐是你的同班同学吧？"

"是的，没错。"

我轻轻点了点头，答道。

251

"她没有去学校吗，跟你一样在某处实习？"

听到穆里埃先生的问题，我颔首应和道：

"啊，她的就职体验之前就结束了，不过我们可以自由选择课程，因为她已经获得很多学分，时间上相当宽裕，我听说她会利用空余时间去协助父亲的工作……"

"是，就是这样。莎莉似乎远比我更有经商天赋……实际上她为我的好几项事业都提供过建议，我也让她放手试着去实践经营。"

法尼荷先生擦拭着汗水，从他的话中我能听出他对女儿莎莉的高度认可。

"可谁知道会出这种事……我因为要在家里会见客人，就叫人用自家的蒸汽汽车先送莎莉出去。后来我到了公司，却听说女儿还没到。我正在奇怪的时候，很快便收到通知，说发现莎莉乘坐的车就被扔在公司门口，还找到了被一圈圈捆住的司机。我大惊之下冲过去，就在车子里找见了这个……"

他说着便取出一张纸，上面的字乱七八糟的，仔细看看都是从报纸或杂志中逐一挑出需要的字再剪下、拼贴而成，内容也不是太长。

我们把令嫒莎莉绑走了，请你明白现在她的生杀大权就在我们手里，如果你希望女儿能被安全释放，那么强烈建议你接受下列要求。

即刻把我们指定的行李运到已确定由贵公司负责会场搭建，以及接待的"标准岛会议"中。

这不是希望，也不是期待，而是命令。政府官僚都给予深厚信赖的贵公司，想必不会私下设槛阻拦。我们很看好法尼荷先生对女儿的爱。

另外，关于搬运的顺序，我们会在行李送到时再联络你，请仔细遵守。

——就是这样一封混杂了大小不一的文字，而且连字体都杂七杂八的信件，读起来很是费劲。

总之有群坏家伙诱拐了莎莉，他们的目的是让法尼荷集团的总裁雷恩·法尼荷先生产生动摇，而真正的目标却不是常见的赎金或者令对方陷入痛苦，而是与"夺走东西"相反，要"送入东西"，也真是很古怪了。

尤其是这封怪信的写法，前所未见、闻所未闻。种种行为都令我心生疑惑。

"如果说是为了隐藏笔迹，那这个做法显然是很费功夫的。看来这位'执笔人'并没有打字机或书法机，即使有也不知道怎么使用吧……"

穆里埃先生就这封威胁信的写成方式做了说明。

（原来如此，所以才会像这样用拼贴呀……）

我在佩服穆里埃先生的同时，也因这个"执笔人"，不，"制作者"传达出的恶意而惊惧。

穆里埃先生口中的书法机可是好东西，只要使用机器附带的钢笔，无论本人的字迹有多丑，也能化身书法高手，写出各种漂亮的字体。确实，只要用上了它，就没必要浪费力气用剪刀和浆糊来搞这么麻烦的东西，而且犯人为了掩盖笔迹而使用这类机器的案子，现在已经有好几起了。

说完之后，穆里埃先生从各种用于搜查的机械中，选了一台带有好几个镜头和转盘的设备。

"尤金君，爱玛君，能帮我把它搬过来吗？再点亮里面的灯……对对，就是这样，然后，不好意思，尤金君，请你转动那里的曲柄。爱玛君，我接下来说的话就拜托你做笔记了。"

"明白。"

我迅速拿来纸笔，在旁注视着穆里埃先生将那封威胁信塞入机器的空隙处。

"好了，尤金君，开始吧。"

听到穆里埃先生的指示，尤金转起了机器的曲柄，几枚圆盘上都镂出了不同的形状，它们一边以复杂的姿态重合在一起，一边回转，美丽的光芒往周围扩散开去。

机器上伸出来一段圆筒，穆里埃先生将眼睛凑到圆筒前端，拧动貌似是调节杆的小机关。

"嗯……第一个字是模式二三〇〇〇六，第二个字是模式五三三七，第三个字是……"

就这样，他将每一个字都单独提取出来，报出编号，我奋笔疾书的同时也抱着担忧。

（在人家父亲面前做这种事合适吗？）

毕竟像这样把全文检查一遍，得让法尼荷先生等到什么时候呀，我不觉有点担心。

"尤金君，可以了。爱玛君，把刚才的笔记给我看一下。"

我们只得依言行动。而另一方面，法尼荷先生因为担心女儿，已经压不住心头的焦虑之情了。

"穆里埃先生，你现在正忙着的难道是……"

他突然反应过来似的问道，穆里埃先生则点头予以肯定。

"是的，这就是已经在好几起案件中查明犯人所在地的活字鉴别机。接下来把这些模式编号和'编号一览表'对照，就能知道对方用了哪里销售的什么报纸或杂志，而且根据这些活字上细微的伤痕或磨损，应该还找到更多关于获取渠道方面的线索——总之这些犯人似乎没怎么读过我的案件手记呐！"

"这……这些事先放一边吧。也就是说，这封威胁信是调查我女儿行踪的重要线索？"

"不，还称不上重要。"

对于情绪紧张的法尼荷先生，穆里埃先生干脆地答道。我被侦探的话惊到了，但法尼荷先生闻言既不吃惊，也不生气，只是陷入了一片呆然之中。穆里埃先生继续说道：

"所以说，比起犯人身在何处，其身份和目的更加重要。当然，我会将这些数据交给警视厅的戴亚斯警部……您不介意吧？"

"啊，不会。"

法尼荷先生不是很情愿地摇了摇头，然后用有些干涩的口吻说道：

"可是，毕竟我委托了你，这一点还劳你尽力帮忙，请务必牢记莎莉的人身安全最为重要。"

"这是当然。那么……好。"

穆里埃先生仍是泰然自若，摆出了那个被称为"名侦探确已深思熟虑"的姿势。

"爱玛君，不好意思，你能去衣帽间帮我把出差旅行用的 B-4 号服装和特 A 号礼服各拿一套出来吗？然后去备用品架上把中号鉴定包和武器……啊，这还是我自己去选吧。还有我要带在路上读的书……"

"了解。"

我竭尽全速，准确而完美地完成了穆里埃先生交代的事。这些琐碎的指示，正是他为了旅行所做的准备工作。名侦探巴尔萨克·穆里埃终于要离开侦探事务所开始大展身手了，这令我感到非常兴奋。

此外，那封威胁信中提到的名为"标准岛"的所在地也让我很是在意。我记得自己曾在《幻灯报》上读到过那个地方，也向父亲打听过，还在学校里聊起过，说是在大海的正中间有那么一座美丽的浮岛，而且它还是科学与技术的结晶。

作为侦探助手，我自然也该一同前往。想到此处，我便有种期待与不安混杂的感觉，心中泛起波澜。

我该做些什么准备呢，去炎热的地方果然还是要带上探险帽和防暑服，而应付寒冷的地方，我也有毛皮套装和特制的鞋子。

虽说该事先请示下父亲的，不过我估计他肯定会反对，只是当个实习侦探就已经闹了那么一出，更何况还要跑到海对面去……

（但是不去不行，我去意已决，莎莉可是我的挚友啊！她被绑架了！既然这事已经叫我撞上，怎么还会坐视不理？决不能袖手旁观，我要亲手救她出来——即使办不到，我也想做些什么、帮到什么……不管会遇到什么危险！）

我边想着这些事情，边集齐了穆里埃先生指名要求的东西，回到了之前的房间。刚一进去，手里的行李就差点掉在地上。

"呀！"

我把衣服都捏得起皱了才好不容易稳住它们，没掉下去。然而看到眼前的景象，就算把行李全都扔出去了也不能怪我。

——尤金不知道何时已经果断地换好衣服，跟我跟踪他去新水晶宫时的那身打扮差不多，而且身旁还有一只方嘟嘟的大旅行箱。

"这……是怎么回事？"

我心里头直打鼓，便向穆里埃先生发问。

"嗯？哦，你说尤金君呀，我让他在莎莉·法尼荷小姐的案件中担任我的助手。总之我们必须得驻扎在法尼荷集团的总公司，及时应对各种事态，所以才准备得这么匆忙。而视具体情况，我们或许还会直接飞往犯人指定的标准岛。"

名侦探先生不厌其烦地解答，我胸中则涌现一股令人不快的焦躁感。

"那个，所以说……我呢？"

"嗯，你的意思是？"

穆里埃先生稍稍回避了一下问题，听他这若无其事的口吻，我已经有些气馁，但还是鼓足力气问了下去：

"我……就是说，不需要我跟您一起去吗？"

其实我想说的是"能带我一起去吗"，只是换了一种问法而已。

"你有必要同行吗？不，并不需要。"

穆里埃先生非常干脆地答道，颇有几分要抛下我的意味。尤金听到他这样的语气，也停下了打包行李的手，惊讶地看向我们。

我压下内心的动摇，再次向穆里埃先生请愿。

"也许有什么我帮得上忙的地方呢？或者说，请您让我做些什么。只要您吩咐，我什么都会照做的，所以……"

"是哦。"

穆里埃先生微笑着说道，我也由此抱了一线希望，可是听到的却是无情的话语。

"既然你说，只要我吩咐的就都会照做，那么就回家吧。暂停实习，学校那边我会去说明的。"

咦……我差点就将那声疑问脱口而出，可却说不出话，这是多么不讲理、不公平啊。总之，我心想如果现在退让那就真没戏了。

"为什么呢？被掳走的莎莉是我重要的朋友，也许她会没事，但肯定会很害怕，让我什么都不管，我做不到啊。就不能让我干些什么吗？把我一个人丢下也太过分了！"

说到最后，我的音量大得连自己都吓了一跳。接着，我又用几不可闻的声音倾诉：

"明明就带尤金去了，却放着我一个不管……太过分了，我才是正式的助手！"

但是，名侦探巴尔萨克·穆里埃却像直面凄惨的案件，或是遭遇危机时一样，极为冷静地点了点头：

"真为难呀，你都这么说了……那么我就回答你好了。第一，今天临时接到的案件不是刚成为助手不久的你能胜任的，我不想把你卷进来。被害人莎莉小姐虽然是你的朋友，不过这反而更糟，你在这起案件中已经失去冷静，我只能说你不适合这次的行动，有说错吗？"

我无可辩驳，穆里埃先生还在继续加码：

"虽然这样很像是在说我区别对待了你和尤金君，但我带他同行是因为他对本案的搜查而言是必要的，有作用的，仅此而已。"

"啊！"

我被名侦探先生毫不容情的话语给噎住了，心头有种冷风吹过般难以言述的感觉，但还是必须忍耐。

其实侦探的抉择对尤金更加残酷，可惜那时的我却还无暇注意到这一点。与他的待遇差别这么大，只让我觉得受到了侮辱。

"——我知道了。"

不知不觉，我的眼眶里已经噙着泪水，我对此有所察觉，忙赶在它洒落之前转过身去，背对着穆里埃先生，抓起自己的随身物品就从侦探事务所里飞奔了出去。

悔恨不已，追悔莫及，被自己尊敬的名侦探彻底放弃了，也没能为莎莉做任何事。

我不管不顾地胡乱奔跑着，什么都不想看，什么都不想听，因此当我注意到背后渐渐逼近的脚步声和人的气息时，已经过了一段时间。

3

"号外！号外！列国代表大会！即将召开！这是全世界的皇帝、国王、大总统、族长以及其他代表齐聚一堂的世纪庆典，地点就在标准岛上的大会堂！号外！号外！"

喇叭播放着刻在蜡管上的叫卖声，人们聚集成群，往蒸汽机器人的手推车（其实是一台售报设备）里投硬币，报纸就会被当场印刷，印完从滚筒中飞出。

所谓列国代表大会（Congress of The Nations），如字面所示，将集结各国代表举行会议。第一届列国代表大会的召开时间则是在我出生很久之前了。

那时的世界列国之间相互仇视、争执不休，放在今天肯定想象不到，而举办国际会议之类更是异想天开了。

终于，在法兰西帝国①的拿破仑三世皇帝的主张之下，跨越人种、宗教、社会体制隔阂的会晤在巴黎举行，这便是第一届的列国代表大会。

值得纪念的首届会议场地则是为了世界博览会而建造在战神广场②内的椭圆形大建筑物，拥有七重回廊。

此外，据说当时兼任着巴黎天文台台长的天体力学第一人奥本·勒维耶③教授还发表了特别演讲。不凑巧的是，演讲内容并没有流传下来。

之后，列国代表大会每隔数年便会召开一次，影响力极大。相较于至今为止的诸世纪，我们的世界之所以能够在这么短的时间内产生如此戏剧性的变化，通向自由，就是因为这个大会。同时，瓦特先生、巴贝奇教授、爱迪生先生、特斯拉博士这些伟人们的丰功伟绩能够不断增加，都可以说是拜该会议所赐。

列国代表大会已经很久没开了，称其为大新闻也确不为过。然而，不论大街上是不是盛况空前，位于伦敦港的第二码头上，人们则完全被其他东西所吸引。

他们所见之物很快也进入了我的视线，是我所熟悉的"极光号"。它正犹如巨鲸般坐镇在此，平时的装配就已经充满美感且令人心安，而现在也许是因为换上了晴天装备，比平日还要光辉耀眼。

"跟那次可真像啊……就是载着尤金回来的那次。"

我悄声自语道。

然而，也不是说事事都如出一辙。虽然有数不胜数的人头攒动，人声鼎沸，都在向"极光号"投以热切的视线和欢欣的呼声，这些都跟上一次差不太多，但不同之处在于，当时"极光号"是返航归来，而现

261

在却是要出航。抱着花束送上祝福的也不是莎莉或别人，而恰恰是我。

对我来说最为重要的是，今天会由我的父亲猛虎·哈特里出场，他就站在我的眼前。

"父亲，祝您旅途愉快，一路顺风！"

我边说边将花束递过去，没想到周围涌起了大家善意的笑容和掌声。

"啊呀……这，谢谢，爱玛。"

父亲皱了皱他那快被大胡子盖住的面容，十分可爱（要是被他本人知道就糟糕了），甚至还羞红着脸接过花束。

他拥抱了我一下，满是笑意，心情愉快地说道：

"又要有一阵见不到了，不过我们这次都在地球上，所以没什么大不了的。秘境或者极地还不好说，但我去的是那座标准岛呐。"

"是的，是那座标准岛呢。"

我鹦鹉学舌般重述了一遍他的话，不过他却脸色微微一变。

"……嗯，好了，就这样吧。你也要努力加油，保持健康！"

"当然！"

我精神抖擞地答道，父亲终于露出了满足的表情。

"嗯，要好好去学校哦，穆里埃先生那边的实习已经结束了嘛。"

"还没呢。"我有一点要说明白，不能听之任之，"但穆里埃先生不在事务所也没办法，不管怎么说我还是实习生，他也不能够带我一起出差啊，真是的，太让人失望了。"

"唉，这个嘛……怎么说呢，也是没办法吧。"

父亲这么说着，似乎是在安慰我，但心里其实松了一口气。我继续对他说道：

"要是知道他们的目的地，我就算硬来也会跟过去的。"

"别说胡话，你本来也不过是学学侦探和警官的样子，偏偏还真跑杀人现场去了，这种事我本来就反对，要是被你听到……"

说到此处，父亲的眼神有些不自然，但我不会看漏。

为了不让父亲发现我已经有所觉察，我赶紧移开了视线。

前方有动静。两条人影正穿过与我们稍有距离的滚滚人潮，往我们这边挤过来，这引起了我的注意。

前面的是一位身材高挑修长的成年人，跟在后面的轮廓则像是小个子的少年。两人都戴着帽子，双目深深地藏在被压低的帽檐之下，上衣是立领款式，身子向前躬着，步频也很高，脚步匆忙，双方的姿态与动作颇为一致。

父亲好像很留意那两人。但当他注意到我在意的眼神，便开口说："爱玛，刚才那是……"

他说着脸上就露出了"不妙"的表情。

"咦，怎么了？出什么事了吗？"

我故意装蒜，父亲的表情则看起来更头疼了。

"啊，不……没事。"

他慌忙摆着手，试图蒙混过去，还咳嗽了几声。

"总之就拜托你看家了哦，还有……对了，要好好上学去。"

"父亲，这句话刚刚已经听你说过了。"

遭到我当场吐槽的父亲搔了搔头，一脸非常难为情地说道：

"啊？是、是这样吗……啊哈哈，唉，只有这件事最重要嘛。"

我看着他这样，将心中即将喷涌而出的同情和笑意全都压回了扑克脸之下。

"那么我走了，一路顺利哦！！"

我故意冷淡地说道。然后一个转身便背对着他，大步流星地向前走去，背后却传来了他有些失望又有些寂寞的声音："哦，哦……"

我不由得想回头，但无论如何还是忍住了。

就这样，我穿过聚集在第二码头的人群。随着父亲和"极光号"渐行渐远，我感到自己的心也在疼痛。

（我做了坏事呢，对父亲用那种说话方式。）

我开始反省，但想到他们对我隐瞒了好多事情，虽然已经暴露了，那么这点程度的坏心眼也是他们应得的嘛。我已经用自己的方法知晓一切，却对父亲佯装不知，所以也不太方便多说他们的坏话。

此时，一台蒸汽牵引车缓缓驶来，随后便开到了路尽头。车身侧边大大地写着公司名"法尼荷产业"。见此，我小声叨念一句。

"——到了！"

我心里想，不过还是说出了声，随后自顾自点了点头。

"那里面装有为了营救莎莉准备的重要物品……是的，是相当于

264

赎金的东西。"

4

父亲猛虎·哈特里任船长的空中飞船"极光号"上，船头和船尾的五十五根桅杆上装有螺旋桨，在它们高速旋转着飞离伦敦港的前后，即将出席列国代表大会的世界各国元首们正陆陆续续从各自国家的港口出发，踏上旅途。

阵容耀眼得堪称炫目，好比演员阵容豪华至极的戏剧，总之非常了不起。来自大英帝国的维多利亚女王陛下和威尔士王子阿尔伯特·爱德华殿下④率先抵达，俄罗斯的皇帝尼古拉二世、德意志的"恺撒"·威廉二世也都各自率领着成列的舰船以彰显国威。

另外，奥地利－匈牙利双元帝国⑤的弗兰茨·约瑟夫皇帝及其辅佐官弗兰茨·费迪南德大公、丹麦的国王克里斯蒂安九世⑥、瑞典－挪威的国王奥斯卡二世⑦与索菲亚·冯·南茜王妃、意大利国王翁贝托⑧与玛格丽特妃、荷兰的威廉明娜女王⑨与丈夫·梅克伦堡公海因里希、希腊的乔治国王⑩、西班牙的少年国王阿方索十三世⑪及同行的摄政王玛利亚·克里斯蒂娜王太后亦会前来，与会成员就是如此强大，简直就是一幅华丽绚烂的皇室绘卷。

顺便说一句，欧仁·路易·让·波拿巴——即拿破仑四世⑫大总统则从本会议的发祥地法兰西国动身前往会场。

尤其引人注目的是巴伐利亚国王路德维希二世⑬，曾一度有传言称这位陛下精神异常，而他已把传播谣言逼他退位的奸臣们一气肃清，获得了广大国民的支持，现在正专注于把全国建设成为童话王国、极乐仙境。

被称为"疯王""童话国王"等的他已经很久没在国外露面了，此次还提前宣称会乘坐新建造的飞船"新天鹅堡号"。这可真是太令人期待了，究竟会是怎样的一艘飞船呢？

而放眼东方，在驱除了西太后⑭以后，中国已经实现变法维新，清朝第十一代皇帝光绪帝已君临亚洲屈指可数的蒸汽之都北京。明君拉玛五世⑮废除了自暹罗王国时代起便根深蒂固的奴隶制度。夏威夷王国有女王莉里渥卡拉尼⑯，她的侄女卡奥拉尼公主既是王位继承人，也因身为绝世美少女而广为人知。还有来自新兴的菲律宾共和国的独立斗士阿奎纳多大总统⑰。这样精彩的参会阵容比起欧洲来也毫不逊色。

更有埃塞俄比亚帝国的孟尼利克二世⑱皇帝，就任奥斯曼土耳其苏丹的同时，也是哈里发的阿卜杜勒·哈米德⑲皇帝，波斯王国的穆扎法尔丁⑳国王，摩洛哥的国王阿卜杜勒·阿齐兹四世㉑等等，真是不胜枚举，而且说到底，跟在国名或者人名后头的称号就已经多得过头了，让人记都记不完。

再加上分布在新旧大陆、两大洋的独立部落，自尊心甚高的他们也纷纷派出了自己的代表，因此我们都期待着在官方举办的大型舞会上，各国要员们优雅的舞姿，还有勇敢强壮的部落战士们一展舞艺。

计划前往标准岛的当然不仅是这些伟人，还有操作航船载着他们上天下海、为他们提供后勤保障，并熟练地操持各种事务的人们。而即使去到岛上也得做诸多准备，需要有人打点好对来访者的迎接工作，这些都是不可或缺的。

突然想起来，还有负责警备的人员、取材报道的人员，其中大概会存有居心叵测之人，通过莎莉的诱拐案，我已经明白了他们的目的。同时，更有以破解谜题为天职的"侦探"，以及本身就如谜题一样的少年组成的二人组——

随后，我本人也加入了这群人之中，但目前尚不清楚该归在哪类。

……哎呀，有敲门声传来，差点就听漏了，真是好险、好险。即便到了这个房间里，蒸汽设备的驱动声依然混杂其中，响个不停。

我蹑手蹑脚地移动到门边，打开门锁，握住门把手，一边解读着对方的动静，一边慢慢用力，随后——

"真过分啊，爱玛小姐，我正想着你和穆里埃先生会不会都在这个船上，一起赶往标准岛去。听说小姐你作为实习侦探加入了那位侦探先生的事务所，可真了不起，我就知道只有猛虎船长的女儿才办得到！然后只要打听一下，得知穆里埃先生有带助手上船，我心想那个助手可就是爱玛小姐你啦。"

这是"极光号"上的某一间房，我自幼起便熟识的路易大叔也是飞船上的乘务人员之一，他现在正一脸打心眼里为难的样子，用力地挠着头。

——我在第二码头给父亲送完花，又悄悄折返回"极光号"来了。

随后，我拜托了在进货口负责监督货物装卸的路易大叔，成功地混上了船。

我记得好像曾提过自己对"极光号"的内部了若指掌，但还是讨要了一间基本满足"待在里头感觉还行，同时又很难被人找到"这个奢侈条件的空房，并且还有些厚脸皮地请路易大叔帮我拿来了食物和饮料。

方才的敲门声就来自路易大叔，他手里拿着托盘，不过表情有些难以表述。总觉得他是正好听到了穆里埃先生或父亲的谈话，得知我其实不是名侦探的助手，而且送行之后就回家去了，现在本不该坐在这艘飞船上，所以他才慌忙飞奔过来的吧。

"啊——啊，要是露馅了，肯定会被船长臭骂一通。真没辙。现在也没法让你半路下车，不对，下船，这下子可怎么办才好啊……"

与外表不同，路易大叔此刻显得格外胆小，随后他再次叹气，不过从他背后传来了似曾相识的声音。

"没事的。"

伴着话语，说话的人静静走了出来。

是尤金。

"要是不想让船长大发雷霆，那谁都别把她偷渡的事说出去就行了。"

"这，话虽如此……但果然还是不好吧？"

生性耿直、从不说谎的路易大叔连连摇头。对此，尤金说道："所以说了没事的啊，就算被人发现了，我们也不会把你供出去的，帮她上船的人是我，不是你。所以请装作不知道。"

"……嗯。"

路易大叔勉勉强强地点头同意了。

看着他们之间的交易，我与其说是安心了，反倒是有某种情绪在逐渐高涨起来。

平日总是少言寡语、仿佛感情缺失的少年会用这种方式说话吗？不对，如果他还是以前的样子，那么绝对不会带上被晾在一边的我，甚至不惜违背穆里埃先生的意思。

不错，里应外合帮我潜入"极光号"的不是别人，正是尤金。

——那天，我因只有自己被排除在"标准岛之行"外，失望之余，正没精打米地走在回家的路上，却察觉到背后有人接近。

来找我的人就是尤金，表情隐隐带着悲意，仿佛在诉说着什么。他注视着我，随后开口：

"一起去吧。"

非常出人意料的一句话。这个异于平时的他带给了我很大冲击，但我还是提出了疑问："为什么？穆里埃先生明明说了只带你去啊，为什么还要说这种不可能实现的话？"

同一个问题，我试着问了两遍，尤金则陷入了思考，随后做出表示：

"……因为是我害的。"

声音低沉而嘶哑。

"你说是你害的，到底是什么意思？"

我话刚问出口，便感到呼吸突然一滞。随后我又继续追问：

"莫非，莎莉……莎莉·法尼荷被诱拐也是你害的？这又是怎么回事？"

"我……还不能说。总之我也有责任。现在搞得不只是你，就连你的朋友也被卷进来了。"

尤金苦楚不已地说着，他这个样子让我没法穷追不舍。

无论如何，他已经将心中所想都传达给我了，回头想想还挺奇怪的，直到刚才为止，我都觉得他不是这种人。

其实我本来就没对他抱有希望，不过，在商量好由"极光号"运送绑匪指定的可疑行李，而且穆里埃先生和尤金两人也会一起搭乘的时候，我发现了有机可乘。

就在几小时前，我侥幸又好运地受助于人，走进父亲指挥的飞船当了偷渡客，现在正在大海的上空飞行。

那天，我离开了穆里埃侦探事务所，因此没办法再去调查，这点很是遗憾。但后来疑似拐走莎莉的那批犯人又来了联络，将已被放在"某个空地的行李"交托给了法尼荷产业。

那行李根本就跟棺材似的，是个大黑箱子，而且还比真的棺材要大上一两圈。虽说决不允许打开箱盖，可即使有这个打算，能不能撬开它还是问题。

270

这个棺材封得很牢，也没有方法窥视里头装了什么，唯一的手段就是使用医疗专用的以太透视光。要是真这么做了，一旦被棺材内部的装置感知到，就可能会发生谁都不想看到的事态。强行把箱子破坏的话也是一样。

于是，这个如同棺材般的黑色箱子就如字面一样是个"黑箱"，被堆在了"极光号"上。

事情发展就如那封威胁信所写，为了搬运它，犯人那一方做出了详细指示。令人吃惊的是，对方下令要从法尼荷产业旗下挑出十名负责物流工作的职员，其中也要包括法尼荷先生在内。

对此，名侦探巴尔萨克·穆里埃的见解可是简洁明快的。

"请听从对方的命令，由我在船上监视对方的一举一动，防止出现意外事件。"

他如此说道，尤金也跟着他，与那件"行李"一起乘上"极光号"。随后借由尤金在船上的接应，我也得以继续下去——

"总、总之，"路易大叔看起来还是对我们的事情担心不已，再次重申，"小心别被找到了啊，你们要是有事找我，要小心避过别人，我也会做我力所能及的……那么，多加小心。"

他像这样又仔细叮嘱了一次，正准备离开。

"船员大叔，我有件事想请问你。"

出乎意料地，尤金出声叫住了路易大叔。

"这位是路易大叔哦。"

我在一旁补充说明。尤金点了点头，继续说道：

"好的，路易大叔，今天法尼荷产业的车运了行李进来，您知道的吧？"

"这是当然，"路易大叔颔首，表示肯定，"毕竟它可是哈特里船长亲自来拜托要好好装卸的啊，所以全程都是我在管。"

"原来是这样……那么关于那个行李，您有什么在意的地方吗？或者觉得它哪里有古怪吗？"

听完尤金的提问，路易大叔歪着头，不解地说：

"怎么讲呢，要说怪，也就是特别黑，外观还挺平整的，但里头什么样，我也不知道啊，没法告诉你啊，你还真难到我了。另外……就算是我们，也不可能撕开所有的打包行李，检查里面的东西啊。"

"那么，关于里面的东西呢？"

我问起了还不曾见过的货物。毕竟想到这是解放莎莉时不可或缺的赎金，我就怎样都无法压抑住自己的好奇心。

"说实话，一点苗头都看不出来呐，难得小姐提了问题，我却答不上来，真不甘心。"

路易大叔似乎对此很是遗憾。

这下也只能投降了，我心想。而正当我考虑接下来再问些什么时，尤金又一次开口：

"那么被指名要去搬运这个箱子的人们有什么不对劲吗？有说起

关于箱子里装了什么之类的话吗……"

他问这个干什么呀？不过路易大叔好像也抱着同样的迷思，纳闷地回答："不知道啊，提到这茬，还真没说过什么特别的事，不过大家嘴里都净是嘟囔着'被安排了个不得了的活啊''之后会变成什么样子啊''想早点做完回去''不给咱涨工资可不行啊'之类的哭诉。"

路易大叔的表情一脸惊讶，但我觉得好像能理解这些人的感受。这段遭遇与其说是公司的命令，倒更像是被面目不明的犯人点名，被迫赶去做的。此行的目的地非常遥远，还得带着运行李的活计，哭诉一两句可以说是理所当然的。

"这样吗……非常感激。"

尤金道了声谢。路易大叔保险起见又加了一句"没有其他要问的了哦？"便离开了。

"喂，尤金。"轮到我向他发问了，"刚刚的问题有什么用意吗？"

"不知道呢。"

这个打马虎眼的态度仿佛回到了从前，让人觉得他就像把感情藏得很深很远，可我却不知为何有些高兴。居然会抱有这种感觉，我也是挺莫名其妙的了。

"那么接下来怎么办？我该做些什么？"问完之后，我又慌忙补上一句，"啊，这次不许回答'不知道'哦。"

"——明白了。"尤金分外坦率地点了点头，凝视着我，"我们该做的是——找到'魔神'并击退它。"

"魔、魔神？"

我惊讶地反问道。

"是的，魔神——就是《一千零一夜》里出现的恶魔啊，精怪啊，那一类的东西。说什么都得防着它们作恶，要干掉它们。"

"可，可是……我们能做到吗？如果没有成功呢？"

我不解地询问，然而尤金的回答让我更加深陷于混乱之中。

"如果没有成功……如果变成这样的局面，那么任谁都会失去自己重要的人吧，就像曾经的我那样。"

"咦，你在说什么？"

尤金轻声地加在最后的那句话深深吸引了我，可他却并不打算作答，只是用有些微妙的玩笑口吻说了一句：

"好了，走吧，去找魔神。不过最可怕的不是魔神，而是想要利用魔神的人类。但愿你们比我们聪明……怎么了，爱玛？已经没时间了！"

然后——地球死了。

连带着所有的生物。不，确切说来，地球是被依附于地表而生存的弱小家伙们给殃及了。

指导者们死了，其属下们、大人孩子们、男人女人们、少年少女们——以及恋人们，也都死了。

既有死得快的，也有死得慢的。热和光造成迅速死亡，而冰与寒则导致缓慢死亡。

而若是在经历热和光的包围后苟延残喘下来，则远比被寒冰冻结而殒命更为惨烈和痛楚。

总之，地球已经玩完了。以之为舞台的所有故事也都由此而终。再也没有可说之事，一切皆是无药可救。

THE END[22]——下一页，就连一篇短文，不，就连一个字都不会再有。

① "法兰西帝国"即法国；"拿破仑三世"即路易－拿破仑·波拿巴，是法兰西第二帝国皇帝，同时也是法国历史上首位民选总统，依靠工商业与金融资产者的支持，大力促进法国工业革命和对外扩张，代表作有《拿破仑思想》《论消灭贫困》《政治沉思录》等。

② "战神广场"即"巴黎战神广场"（Parc du Champ de Mars）是一个坐落于法国巴黎七区的广大带状公园，介于埃菲尔铁塔和巴黎军校之间，而且还是世界博览会、1900 年奥运会以及露天音乐会等各种活动的举办场所。

③ "奥本·勒维耶"（Urbain Verrier）是 19 世纪中叶法国著名天文学家、天体力学研究者，也是海王星的发现者。

④ "威尔士的阿尔伯特·爱德华殿下"（Albert Edward，1841 年 11 月 9 日—1910 年 5 月 6 日），维多利亚女王的儿子，当时还是威尔士亲王，继位后成为爱德华七世，大不列颠及爱尔兰联合王国国王及印度皇帝，恢复英国君主立宪制的辉煌，并且因为开明的作风深受人民爱戴，其孙子爱德华八世便是后世闻名的"温莎公爵"。

⑤ "奥地利－匈牙利双元帝国"即史称的"奥匈帝国"，是欧洲传统的五大强国和当时世界列强之一，1867 年后匈牙利从法理上已经脱离奥地利帝国独立，但两国的外交立场保持一致，直到 1918 年一战战败后解体。弗兰茨·约瑟夫一世（Franz Joseph I，1830 年 8 月 18 日—1916 年 11 月 21 日），主要成就是将奥地利帝国改组为奥匈帝国。"弗兰茨·费迪南德大公"

（Archduke Franz Ferdinand of Austria，1863 年 12 月 18 日—914 年 6 月 28 日）是奥匈帝国皇储，其妻子在萨拉热窝事件中被刺杀身亡，成为引发第一次世界大战的导火索。

⑥ "克里斯蒂安九世"（Christian Ⅸ，1818 年 4 月 8 日—1906 年 1 月 29 日）是丹麦国王，其六名子女分别与欧洲其他的王室成员结婚，并且有四名子女最终成为了丹麦、英国、俄罗斯和希腊的国王或王后，因此也被称为"欧洲岳父"。

⑦ "奥斯卡二世"（Oscar II，1829 年 1 月 21 日—1907 年 12 月 8 日）是瑞典 – 挪威国王，鼓励科学研究，推进工业化，使科技迅速发展，但瑞典—挪威联合也是他在位期间解散的。

⑧ "翁贝托"是意大利国王翁贝托一世（Umberto I，1844 年 1 月 9 日—1900 年 7 月 29 日），领导意大利王国摆脱孤立状态，与奥匈帝国和德意志帝国结成二国同盟，并主张民族主义和帝国主义政策，后被无政府主义者盖塔诺·布雷西刺杀。"玛格丽特王后"是萨伏伊的公主，除了为丈夫提供政治决策上的支持而受到敬仰，也因为美丽时尚、酷爱珍珠等成为意大利王国的象征，给很多音乐家和艺术家带来了灵感。

⑨ "威廉明娜女王"（Wilhelmina，1880 年 8 月 31 日—1962 年 11 月 28 日），荷兰女王和王太后（公主头衔，1948 年至 1962 年），曾著有回忆录《寂寞但不孤单》。"梅克伦堡"指梅克伦堡—什未林公国"，是北德意志地区 1348 年建立的一个公国（1815 年后为大公国）。

⑩ "乔治国王"指希腊国王乔治一世（Georgios A' Vasileus ton Ellinon，

1845 年 12 月 24 日—1913 年 3 月 18 日），在位 50 年期间建立了较为民主的君主立宪制政体，是希腊近现代史上在位时间最长的君主。他去世后，希腊陷入了半个多世纪的不安与动荡。

⑪ "阿方索十三世"（Alfonso XIII，1886 年 5 月 17 日—1941 年 2 月 28 日），波旁王朝的西班牙国王，阿方索十二世的遗腹子。在他于 1902 年成年前，他的母亲奥地利的玛利亚·克里斯蒂娜王太后是西班牙的摄政王。成年后，西班牙的君主制便为革命所扰，阿方索十三世试图改革并取得一定成果。一战时阿方索十三世保持中立，避免了西班牙被战火牵连，后来开始支持里韦拉将军的独裁统治，结果导致日益衰落的西班牙爆发革命。

⑫ "拿破仑四世"（Napoléon Eugène Louis Jean Joseph Bonaparte，1856 年 3 月 16 日—1879 年 6 月 1 日），原为法兰西帝国皇太子，在就任英军的军官期间自愿到祖鲁兰出征，在侦察时被祖鲁人突袭并刺死。有证据显示他生前曾以左轮手枪反抗，直到弹药耗尽。

⑬ "路德维希二世",（Ludwig II，1845 年 8 月 25 日—1886 年 6 月 13 日），维特尔斯巴赫王朝的巴伐利亚国王，以对艺术的狂热追求而著称，兴建了包括"新天鹅堡"在内的数座城堡，同时也是著名作曲家瓦格纳的忠实崇拜者和资助人。他沉浸在个人幻想中的行为引起了王室保守派的不满，1886 年 6 月被以精神病为由废黜，数日后与医生外出散步时神秘地死于斯坦恩贝格湖。本书中所写"澄清精神病谣言"是对史实做了相反的改编。

⑭ "西太后"即清朝的慈禧太后，因她为咸丰帝守丧时居住在烟波致爽殿的西暖阁，因此叫"西太后"。

⑮ "拉玛五世" 原名朱拉隆功（Chulalongkorn，1853 年 9 月 20 日—
1910 年 10 月 23 日，中文名为郑隆，泰国（原称暹罗）却克里王朝（曼谷王朝）
国王，是泰国近代史上一位开明的君主，进行了一系列的改革，为现代泰国的
社会发展奠定了基础。

⑯ "莉里渥卡拉尼女王"（ Queen Liliuokalani of Hawaii，1838 年 9 月
2 日—1917 年 11 月 11 日），是夏威夷王国最后一位君主和唯一一位女王，她
还同时是一名作家和作曲家，有著作《女王歌集》。

⑰ "阿奎纳多大总统" 全名艾米利奥•阿奎纳多（Emilio Aguinaldo，
1869 年 3 月 22 日—1964 年 2 月 6 日），菲律宾共和国首任总统，菲律宾独立
战争后期领袖及主和派首领，美菲战争和日本占领菲律宾时期投敌停战。

⑱ "孟利尼克二世"（Menelik Ⅱ，1844 年 8 月 17 日—1913 年 12 月 12 日），
埃塞俄比亚国王，是现代埃塞俄比亚国家的缔造者，非洲历史上最伟大和最有
成就的统治者之一。

⑲ "阿卜杜勒•哈米德"指阿卜杜勒•哈米德二世 （II. AbdülHamid，
1842 年 9 月 21 日—1918 年 2 月 10 日）。

⑳ "穆扎法尔丁"（1853 年 3 月 23 日—1907 年 1 月 13 日））是伊朗
卡扎尔王朝的第五任国王，在位期间伊朗半殖民化加深，最终于 1905 年爆发
了立宪革命。

㉑ "阿卜杜勒•阿齐兹四世"（Abdulaziz Ibn，1875 年 1 月 15 日—
1953 年 11 月 9 日），沙特阿拉伯国父，执政期间引进西方现代化的电器、武
器和交通工具，为沙特的现代化奠定了基础，还改革了税制和司法制度，整顿

和限制奴隶买卖，实行睦邻政策。

㉒ "THE END"意味"完结"，是写在书末正式表明本书已完结的短语，此处是将死去的地球比作一本已经完结的书，不会再有后文。

第八章

1

　　"嘎咻嘎咻嘎咻……"蒸汽机械设备的响动声不绝于耳。这是我自幼听惯的摇篮曲，它那细碎的节奏和摇篮同步，而在睡醒时分听来，则又宛如鸟儿们的啼鸣。

　　这是我们世界里常见的光景。因此，在波光粼粼、一片湛蓝，仿佛要将人吸入其中的大海上，低头往下探望纵深数百米处的海底世界才是绝无仅有的体验。

　　而且，若是在平时的早晨，我从化身为冒险家、名侦探等身份的梦中醒来之后，只是一名技术学校的学生，但只有今天例外。

　　（是的……不管怎样——）

　　我都忍不住惊讶和佩服自己，禁不住喃喃自语：

　　"今天的我是'偷渡者'！"

　　知道我偷渡者爱玛·哈特里在此的人，只有因莎莉诱拐案而性格骤变的尤金，以及船员路易大叔。甚至就连身为"极光号"船长的父亲和将我搁置在外的巴尔萨克·穆里埃侦探都不知情。

　　往后事情到底会如何发展呢？在不被他们发现的情况下，平安登陆本次航行的目的地——列国代表大会的召开地点标准岛。要是达成的话，那么接下来我能做什么、我又该做什么，说实话我自己也不太清楚。

有一点后悔，有很多不安，但是，没有任何退却的念头。

为了救出我重要的朋友莎莉，我什么都愿意做。而那个决计不会敞开心扉的尤金居然也来帮我完成偷渡，我没有理由拒绝。

——突然，敲门声响起。我离开舷窗①边，放轻脚步，走近门背后。

敲门声还在继续，节奏是提前跟尤金定好的，确认"暗号"无误之后，我便解开门栓。

"爱玛，马上就要到标准岛了——"

说着，尤金的目光认真起来。

"你、你怎么这副打扮？"

迷惑不解的表情，被堵在嗓子里的语声，他至今不曾暴露于人前的人情味就这样泄露了。

啊啊，他其实是跟我们差不多年纪的普通男孩啊，直到这时我才有了实感。不过我当然不会把想法说出口。

"怎么样？其实我后来去了趟莎莉家，到她房间里把这身衣服给偷偷借出来了，总觉得会派得上用场。"

"她会穿这种衣服吗？法尼荷家是富豪人家，莎莉是他们家的大小姐吧？怎么会穿这种衣服？"

尤金一脸意外地问道。

"这是在学校的体验课上和实习期间穿的哦，莎莉出席经营会议

283

之前，都在第一线干这些工作。"

"原来如此，是这么回事啊。"

尤金似乎接受了我的解释，点了点头。稍顿片刻之后，他有些难为情地补充了一句：

"很适合你啊，这个。"

我可真是想不到居然能从他嘴里听到赞美，有些慌乱地答道："谢、谢谢。"

光是如此回话就已经耗尽勇气了。因为害羞，我指着舷窗外头，好引开他的视线。

"呀，你瞧！标准岛已经这么近了。"

我如此说道。尤金的兴趣似乎也被带了过去，"诶……"地叹出声来，靠向舷窗边。

地平线的后方，影影绰绰可以看到形似陆地的景象。高崖座座，群山起伏，还有成列矗立着的白色建筑群也渐渐显出形来。

完全就像是海市蜃楼般的海上都市，这里正是我们以及全世界的人们都向往的标准岛。

就连"极光号"在它的威容面前也不过是一条小鱼。它虽然被称为"岛"，却并非天然形成的自然产物，而是集结了人类的智慧与努力所造就的巨大人工岛屿。

"那就是——标准岛。"

尤金说得仿佛身处梦境中一般。其实我认为他是睡觉也不会做梦的人，所以他现在的状态已经可以说超乎我的想象了。

"是的……别名爱丽丝岛。"

我边点着头边说道。尤金似乎有些奇怪：

"爱丽丝，是人名吗？"

"不是，但你很快就会知道了哦。"

我起了恶作剧的心，没有直接把答案告诉他。

"先不说别的了，你看，那边那个高高的就是世界大会堂。"

一座宫殿般的大型建筑耸立在略为隆起的岛中央地带上，我所指向的正是它。它被称作"世界第八大奇迹"②，而且还是即将举行世界第一盛典的会场。

各国的风格都被采纳，时代的鸿沟亦被跨越，这所大会堂怎么看都无愧于"第八大奇迹"之名。其内部大厅众多，回廊环绕，画作及其他丰富多彩的展品彰显出各个国家与民族的文化与历史。

将中心地带建有一座"大熔炉"的岛屿命名为"标准岛"，并非出于讽刺或反语，倒不如说它非常符合这个世界的理想状态。

"爱玛，看那边，那个是什么？像座奇怪的塔。"

尤金似乎突然注意到了什么，指着一栋奇异的建筑物向我提问。它位于一片绚烂的建筑群中却不甚起眼，因此才更引人注意。

它就建在大会堂正面的广场中，与它正面相对的就是如今正迎接着不断从世界各地远道而来的海空船队的港口。

相较于其他的建筑物，它没有过多的装饰，极其简朴而素雅，但它的形状却足以让尤金感到不解。

——那是一座高数十米的塔，塔身是圆筒形的，塔顶上有一根类似柱子的建筑组件垂直竖立着，而且只有这部分特别高耸。

这根柱子简直就像是扦子似的立着，坐镇塔顶，而且柱子底部还"串"有像极了团子③的巨大球体，所以"扦子"这个比喻确实贴切。

"那个啊……"

我正准备回答，捉弄人的心思又再次抬头了。

"哎呀，你知道它是用来干什么的吗？那座塔和那个只串了一个团子似的建筑部件究竟是什么呢？"

被我这么一问，尤金一脸困惑，稍稍偏了偏脑袋。

"谁知道啊……"

我总觉得他这个样子有些怪怪的，同时却又为此感到喜悦。这是最有力的证据，证明他也会有这些情感。

"那么，给你一个提示。"我说道，"想知道纬度，只要去测出天体的高度即可，因为纬度和北极星与地平线之间的夹角一致，那要怎么才能测出经度呢？"

"……不知道。"

尤金做出回答，但显然更加困惑了。我继续解释下去：

"第二个提示，那个设施——特别是串在柱子上的球体部分，叫作'报时球'（Time Ball），整套设施叫作'报时球塔'哦。"

"报时球？这么说，是和时间有关的啰？"

"正是如此。"

我煞有介事地答道。

何止尤金，任谁都会觉得那座团子塔很是莫名其妙，可要在船上讨生活的话就必须知道那座塔。所谓报时球，是为了航海必不可少的经度测定而造的。

"那，经度是在基准地及自己所在的场地上同时去测量某个天体的高度，通过比较两者之间的差值来计算的——没错，所以才说它和时间有关啊。"

"厉害……几乎都说对了。"

我虽是出题者，却迅速丧失了自信。

总之就是他说的这么回事，测量精度对于掌握正确的时间而言是不可或缺的，为此，人们耗费苦心，终于发明了能够在摇晃的海面上长时间稳定运作、不会紊乱的时钟，即航海钟是也。

"但不管多好的时钟，也必须校准正确时间才行吧，所以说……"

所以说首先需要设置好午炮④，市民们亲切地称呼它为"咚咚"，其实它本来是为了停泊在港湾或者航行至附近的船只而打响的。

可是，音速毕竟也有界限，正午的炮响传达到距离午炮三千米处的船只时，已经比正午延迟了十秒，这样就无法实现精确测量。

"正是考虑到这一点，才有了报时球。但要说为何这个团子串能够把准确的时间点，同时传递给海面和空中的行船呢？原因在于——嗯，到底在于什么呢？"

"好啊，绝对会说中给你看！"

尤金有些挑衅般地说完，便进入了思考。从现在的他身上已经完全看不出那个默不作声、捉摸不透的尤金的影子了。想到这里，我安心得几乎要叹气，他却突然一副事不关己的口吻说道：

"无所谓了，这种事怎样都好。"

说完，还把视线从我身上移开。瞬间，我觉得自己那好不容易热起来的心，又逐渐冷了下去。

"尤金，你……"

我说着说着，似乎有要哭出来的苗头。

但是，尤金答话时视线并没有看我，我仍旧在他的态度中寻找有别于之前那个不带人情味的部分，即使只有些微不同之处。

当当当！船内突然响起了钟声，汽笛鸣叫得格外高亢。

"这是——"

尤金一下子回望我，而我却尽力摆出强硬的态度。

"没错，这是马上就要到达目的地的信号哦。也是呢，终于到了要大展身手的时间了，接下来可不要玩这么无聊的问答游戏了呢！"

2

——这简直就是一场海空一体的华丽盛景，犹如中世纪欧洲的节日大游行。

尺寸各异的蒸汽巨轮劈波斩浪，航行而来，就像是浮在海上的宫殿或要塞。在它们上空排云前进的则是专注花式表演、比起海上船队也毫不逊色的空中飞船，犹如把新品种的鲸鱼或传说中的龙扔去天上一般。

既然有翱翔于天际的船只，也就有疾驶在海面的飞行机器，其中一些甚至还能深潜海底。在此，我就不再多做介绍，暂且无视它们的种类区别了——

机型最为庞大的是飘扬着黄龙旗⑤的"远翔"，还有"童话国王"⑥按自己喜好所设计出的"新天鹅堡号"，机型稍小却绚烂豪华的是"黎明寺⑦号"，以"新艺术"⑧风格为理念构造出华美线条的是"空中鹦鹉螺号"⑨，其他还有"埃尔图鲁尔号"⑩、"阿塔纳斯·珂雪⑪号"、野性豪放的"卡拉卡瓦⑫大王号"和华丽耀眼的"阿塔瓦尔帕⑬号"，以及航行速度傲视群雄，性能卓越超群的"雷光艇"等。

它们阵容庞大，舰船体积也是互不逊色。然而目的地却是一处，凑在一起便挤得水泄不通。

目的地"标准岛"无论何时都保持着令人舒适的气候，甚至能在一定程度上控制温度冷暖与天气阴晴，简直就是地上，不，海上的乐园。

很快，从泊船港口走下，登上人工岛的人们在热烈的奏乐声中，举行了华丽盛装的游行。或是排成长长的队列，或是友好地共乘着同一辆蒸汽马车，行进的前方马上就会出现像履带机一样的自卷式红色绒毯无限地铺展开去，而宾客就这样始终有红毯相迎……

同时，即将容纳他们，以及举行欢迎宴会的会场也是热闹非凡，正在准备招待世界各国的皇帝、国王、大总统、族长等经常在新闻图片中见到的熟面孔。

这是一场华丽至极、豪奢无比的宴会。然而，在准备工作有条不紊进行的大厅里，隐隐冒出一处格格不入的角落。

那是一间相当大的房间，尽管更像从大厅中割出一块作为候场区。房间正中摆满东西，一眼望去，像是铺着白色桌布的宴会桌。但仔细看，它们的侧面也有板子，也就是说，其实这是"箱子"。

而且箱子周围还有十个男人排成一列，工作制服姑且还算整洁，但在前后奔波的厨师和服务生们中，只有他们像是无所事事一样。

（哎呀……）

记忆的琴弦仿佛被什么所拨动，不错，我在哪见过他们，好像就是在法尼荷产业旗下……当我还在苦思冥想时，听见有人叫我。

"喂！那边的！说你呢！在那里发什么呆？快来干活啊，干活！"

大厅中纵横穿梭的黑衣男子训了我。总之，他们那几个是例外，不用忙活，但我好像并不在其列。

不过也正常啦，黑色的连衣裙外系着白色围裙，围裙上缀有天使双翼般的荷叶边，头上戴了头饰，手腕上也扣上了袖扣——穿成这样跑出来的我，也难免被误认为是在这边工作的人，但这恰好是我希望的。

"好的！"

我精神饱满地回答道，随后一边念叨着"好忙好忙"，一边开始移动。其实我打算找个合适的地方躲起来，继续观察和监视那个候场室。

可现场乱得不行，只要有人能派上用场就得用上，我也无法轻易逃脱，很快就在潜逃过程中被抓住了。

"把这些盘子送到那边去！"

"来帮忙搬一下花！"

"你看看你，这做的是什么啊！"

诸如此类的工作一桩接着一桩布置过来，我忙得不可开交，但也不能说是全无乐趣。

时间回溯——在"极光号"抵达标准岛后，尤金协助我下了船，随后我很快便换上了从莎莉房里带出来的衣服，我自己都要称赞一句"果敢"的作战行动正式开始。

这套衣服是她自愿跑去法尼荷产业旗下酒店兼职做接待工作时候穿的。

在本次的列国代表大会之中，莎莉父亲的公司负责宴会及其相关的部分——这是我去她家找线索的时候，突然想起来的事。幸好她的家人似乎已被告知了诱拐事件，很顺利地就放我进了她的房间，毕竟我之前去她家玩过好几次嘛。

在她房里，我找到了这套工作服。因为她身材娇小，所以我还思考过如何解决尺寸问题，但只需拆开几处之前改小的地方，问题就能解决了。

我怀着某种异样的感觉，与尤金分开行动，不过我们约好之后还要汇合，我要把这套制服当作唯一的武器，抢在那个涉案"箱子"被搬来之前潜入会场。

我的预测果然应验了，代表大会正式开始前的欢迎宴会会场，及其周边区域都是穿着同样服饰的女性，忙忙碌碌的身影令人目不暇接。

冷静想想，这样其实挺乱来的，不过我还是一头扎在她们中间，而且没被发现。

随后，我便观察着那个箱子所在的候场室……不行，快点回去吧。而后我见到了令人瞠目结舌的景象。

直到刚才还打开着的候场室大门闭上了。咦？我心存疑惑地走近，透过门上的小窗往里看去。

"呀！"

只消一眼，我便险些叫出声来。

——候场室里笼罩着一层薄雾般的东西，起初我还以为是自己看错了，可却并非如此。这是烟……是的，某种气体般的东西正弥漫着。

而屋里还有负责搬运和保护箱子的男士，他们收到命令要驻扎在候场室内，目前仍忠实地执行着任务，并没有被解散。可现在他们或是闭上眼睛，或是一脸呆滞，一个个都渐渐陷入了萎靡……

（这、这是……）

我不禁在心中大叫起来。

何等大胆的作案手法！距离往来的人群如此之近，对着数人释出麻醉气体一类的东西使其入睡。

目的当然是强抢箱子，不会有错。必须马上把门打开，让他们醒过来。我就这么想着，一把抓住了把手，可是下个瞬间便有了别的想法。

（不，如果这不是麻醉气体，而是毒气呢？）

意识到了这种恐怖的可能性，我的背脊阵阵发冷。要是这样，连我自己都不可能平安无事，但也得尽快救出他们。

我急得快要爆炸了，总之要让周围人都赶紧知情。为此我立刻转身准备行动，但就在这个时刻……

"啊！"

我不禁惊叫一声，当我如反弹般转过身时，尤金的脸近在眼前，我们的鼻尖都差点要撞上。他穿着的制服像是侍应生，不过我想我没有辨认错。

"你为什么在这里？"

我正打算问下去，却被尤金伸手堵住了嘴。这一瞬间，我的脑中一片空白，只觉得意识如同潮水般退去——

不知又过了多少时间。

在那之后，眼前是没有什么变化，"箱子"还好好的，包围着箱子的男士们也不增不减，人数未变。

只是他们的状态发生了很大的改变。严峻的面容也好，挺直的背脊也好，完全就像是换了一批人。

男士们"霍"地站起来，搬运起了"箱子"。保护这个"箱子"才是他们的任务，可他们却放弃了本该不离不弃的对象，慢慢向候场区的门口走去。

对面是"绚烂""华丽"等词汇都不足以形容的精彩与壮丽——极致的光线特效全景正在展开。

确是如此，此时已迎来了宴会的开幕式，"标准岛"被迟暮时分那柔和的天光笼罩，海面的颜色也愈发浓烈。

世界各国的服饰齐聚一堂，无数人在起舞，谈笑，呲着嘴大啖山珍海味。热闹的音乐奏响，背后大厅的装潢及厅外的广阔美景都犹如展开的画卷一般。此情此景释放出压倒性的存在感和冲击感，甚至令人疑惑它是否真实存在……

然后，我——爱玛·哈特里就正处在该场景的正中间，赶上了这个既重要到无与伦比又充满危险刺激、眼看即将要在历史上留下印记的决定性瞬间。

此时，在充当宴会会场的大厅里，仪式主官身着华服，伴随着他高昂的朗诵声，各国的代表大会出席者们纷至入场。

"大不列颠及爱尔兰联合王国[14]、加拿大、澳大利亚的女王陛下"、"德意志皇帝暨普鲁士王"、还有"大清国爱新觉罗·载湉陛下[15]"等大众熟知的名号已经念完。但接着还有"北美大陆部落调停者会议代表'呵欠者'杰罗尼莫[16]阁下——"、"兰芳公司[17]大唐总长（大总统）

刘阁下——"、"琉球王国⑱尚泰王陛下——"、"虾夷共和国总裁土方阁下⑲——"等等充满个性的参会者也陆续现身——直到这个阶段还是很太平的，然而——

"日本帝国天皇陛下的代理人……咦？"

有一瞬间的停顿，似乎是主官有所困惑，但随后他便继续朗声宣读下去，而同时宴会场的内部，众人也在闲聊。

"会议就跳着舞进行吧！"

"是啊是啊，对梅特涅⑳这样的人物来说，或许已经没有出场余地了。"

"看哪看哪，那些公主大人们可真漂亮！简直是为这届大会锦上添花！"

"没错没错，尤其是那位肤色微黑的南方来客，要说她那楚楚动人的模样——完全就称得上是精灵的公主啊。"

"确实如此，还有，请看那边那位美人，她在特兰西瓦尼亚㉑大公的舞会上首次亮相，一鸣惊人，不论是那份美貌还是完美的言行举止、待人接物，都使得传言四起，说这莫不是匈牙利公主在微服私访……"

"嘘！"

制止声响起，对话者们也同时停下。全场都静了下来，嘈杂声就如同退潮般冷却。与此同时，挤得层层叠叠、满满当当，都快没有立足之地的人墙"咻"地一下快速朝左右退开，那场面就好似摩西分海㉒一般。

来者身穿黑色礼服裙，一头银发盘起，那是一名身材矮小圆润，但非常有威严的老妇人——不用说，这自然是维多利亚女王。她的动作沉静而缓慢，踏上演讲台时步伐稳健，让人意识不到她其实年事已高。随后，她静静地环视出席者，过不久，便用慈母般温柔的声音说出了第一句话：

"各位——"

"各位——"这温柔又不失威严的嗓音响彻我的四周，我突然清醒过来。

"今日，欢迎各位列国代表参与本次大会，以及会前宴。我在此向各位致以衷心的谢意。作为现场最年长者，同时也是我们联合王国与国民的代表，而且无可否认，我还是对这个文明世界负有责任的一人。现在，我想向各位献上一言。其实原本该在会议现场彻底讨论后再予以正式发布的，但事态有些紧急。而且按照我的想法，接下来也有必要将重要的议题公开化，让全世界十六亿同胞与我们一同思考——就是基于这样的考量。

"此外，我的讲话和会议历来都是用活字印刷、幻灯片、有声新闻或者蒸汽通讯设备来进行详细传播，而此次我将首次尝试使用以太通讯网，这是前不久我与中国的皇帝陛下对话时用过的技术。不论地点，全球各地都能听得清楚、详尽……"

就在女王如此宣言的一瞬间。

一群男人们挥舞着一只小型枪炮似的武器，从大厅的角落、候场室的附近乱纷纷地跑来，其中数人还把枪口对准了天花板，发出的响声差点撕裂耳膜，尤为惨烈的是他们把装点在各处的大花瓶或桌上的餐具击得粉碎，毫不珍惜。

这是发生在一瞬间的事，但在这个尽是各国的显贵们、绅士们、淑女们，以及地位最高之人的场所，他们可不是那么轻而易举就会被镇住的。

所以，他们对现场的变故仍是轻松以待。对此，歹人们自己也显露出了犹疑之情，可还是向着现场最为核心——不，是本届列国代表大会的核心，同时被视作世界中心的那名人物猛冲了过去。

他们迅速将目标层层包围，阵型既像是大幅扩开的裙摆，又像是在画同心圆。他们齐齐伸出的手中握着枪，枪口闪着凝滞而沉闷的光泽。

"失礼了，女王陛下。"

其中一人略带讽刺地说道。他看起来年过三十，鸡皮肤，貌似东方人的男子。他的话在我听来有些难懂，但他还是不停地说着下述内容。

"这个世界就是个假货，跟劣质的戏仿㉓作品一样，我对它一丁点留恋都没有。若不是对女王陛下，还有您身边那些大人物们还抱有敬意，我可就真不客气了，这一点还请您记在心里。"

"你说我们的世界是个假货？"

女王用严肃而富有威严的声音回话道。

"正是如此，"鸡皮肤男子说着，便把枪口对准了对方的眉心，"你也一样哦，老婆婆。我管你是繁荣的大英帝国的女王还是什么，反正包括这些在内的一切都是假货，所以我随时都可以毫不犹豫地扣下扳机。"

"啊呀呀，好吧……你这话说得可真强硬。"

即使被枪口指着，女王仍忍不住发出了笑声，毫不畏惧。

"那么对你们而言，所谓的真实世界又在何方呢？还是说，它已经消失了呢？"

鸡皮肤男子闻言却答不上话来，而他的同伙们也都一副被戳中痛处的表情。

"嗯？怎么了？"

"吵死了！"

他只是这样喊叫出来就已拼尽全力。

"哎哟，我说了什么不中听的话吗？要是这样可真抱歉了。"

说着，女王还伸手掩住嘴，"呵呵呵"地笑了，随后微微侧了侧头。

"嗯——对了，你们有一点倒是说得在理，世界是假货，人类是赝品——这点确实不错。"

"你到底什么意思……"

鸡皮肤男子仿佛呻吟般地答道，其同伙们的动摇则更为剧烈。

"就是这个意思！"

女王的声调突然变了，胳膊猛地一挥，把男子手里的枪支抢飞出去，身上的黑色礼裙也由下往上整个一掀就被扯掉了，恰如揭幕式上的铜像那样。

与此同时，盘起的银发结成一团甩到空中，脚上的鞋子借着横跳之势在地板上滑行。歹人们也是倒霉，一个个的脸上和腹部都吃到了直击而来的拳头，痛得满地打滚。

刹那间，维多利亚女王的身影消失了，继而出现的则是穿着一身亮眼的西装，持枪在手的名侦探巴尔萨克·穆里埃那飒爽的身姿！

纵然是那群胆大包天的歹人，刹那间也都僵立不动了。趁着突破口出现，众人更是像睡醒了似的一扫前态，充斥着本该用于宴请的会场的异国服装被齐齐脱下，露出了整齐划一的黑色制服，且不出所料地，人手一把手枪。

中华帝国的皇帝也好，德意志的恺撒也好，俄罗斯的沙皇和女王大人也好，苏丹的大王也好，暹罗的大王也好，部落酋长们也好，大总统们也好，总理大臣们也好，总之所有人全都是替身假扮的，身上的衣着仔细看看其实还挺廉价，跟小道具似的，演技还拙劣易察——然而他们实际上全都强壮敏捷，气势迫人。

其中还混有我认识的脸，是戴亚斯警部——他们是被派到标准岛上执行护卫和警备任务的警官队伍，这下歹人们可要寡不敌众了。

"你们这群混蛋，究竟——"

这个鸡皮肤的男子一边掉头转向防守，一边口吐狠话。对此，穆里埃先生却像是有什么不满。

"怎么，还不明白吗？真可惜。但是，哎，你们毕竟来自另一个地球，这也无可厚非，或许正因如此，所以碰上这种骗小孩的把戏都会上当吧。"

正如名侦探事务所说，不仅人是假的，就连看起来大得没边的宴会会场本身，也有一大半都是大型道具而已，其中大小道具的配置还刻意搅乱了远近感。除了真人以外，亦有精密操作的机关人偶，以及之前在新水晶宫见过的活动肖像画等，从远处看过去，它们完全就化身成了出席者们。

这与骗小孩的把戏的确没什么两样，不过要实施这么大费周章的把戏，估计还是得调动整座岛上所有施工人员和设计策划人员——而且在"极光号"抵达标准岛之前就要开工。

"可恶……"鸡皮肤男子发出咆哮，"你们是什么时候把我们移动到这里的？不对，是什么时候看透我们的真实身份和目的的？"

"当然是一开始就知道哦。"

穆里埃先生看起来更愉快了。

"绑走莎莉·法尼荷小姐的犯人授意法尼荷公司下令，让你们把放在其他房间的'箱子'搬运到这座岛上来，但其真实用意并非如此，主角并不是犯人和箱子，而是你们——让你们合法地潜入列国代表大会中才是目的所在!

而这又是为了什么呢？为了夺取我们的世界，为了把它变成你们新的故乡。你们拥有我们所没有的知识和技术，一旦使用，便能轻而易举地征服我们的世界。可尽管我们的世界也有许多不如人意之处，但你们却极尽残忍之能事，就像是黄金之国^㉔的征服者那样呢。不过要是发展成那种局面就麻烦了，所以稍微用了一点计策，这才有了眼下的结果。"

不错……那时我透过门上的玻璃窗所看到的，正是穆里埃侦探发出指示，让法尼荷产业派出的那一行人吸入催眠瓦斯，陷入沉睡的一幕。之后他们便被搬到了这个假宴会会场的另一个候场室，再往后就如大家所见了。

"虽然我也没打算做到这地步，不过无论如何都想取得决定性的证据。这样一来，直到真正的欢迎宴会结束为止，你们都只能做着自己的黄粱美梦。"

"你这装模作样的家伙！你以为你是夏洛克·福尔摩斯㉕吗……"

鸡皮肤男子吼出了一个略耳熟的名字。然后他用仿佛挤出来般的声音继续道：

"你这混蛋、你这混蛋……为什么知道这么多？"

"我告诉他的。"

这时，有个人影从警官们之间迅速穿过，走了出来。那是穿着侍应生服装的尤金。就在他登场的下一瞬间，歹人们爆发出吵嚷声。

"是你！你这畜生！混账叛徒！"

鸡皮肤男子咆哮起来，尤金却不见一丝怯意，露出了令人心头一颤的冷笑。

"我原本就反对你们的做法。你们将愿意帮助我们的人们虐杀，抢走他们的飞船却又破坏了它们，甚至害死同伴，还想对逃往的新世界鸠占鹊巢……所以你们才把我塞进那个胶囊，流放到空无一物的空间里，让我在黑暗之中渐渐窒息身亡。就你们这样的人，我可不想被你们称作'背叛者'呢！"

"真的好吗？你连这些都挑明了，要是我们原来的世界被人知道，不会引起大混乱吗？我们不正是为此才坚守秘密的吗？"

男人恨恨地说道。穆里埃先生却眯起眼，微微笑着，代替尤金答道：

"啊，这倒不劳挂心，本次列国代表大会的目的正是发布这件事，并且会决议通过相应的政策。而且托你们的福，计划还提前了。现在，英国女王陛下应该正在真正的宴会会场中演讲，是货真价实的女王陛下本人呢，与这里的赝品不同哦。"

"各位，此刻的我，回想起了巴黎'产业宫'召开的第一届列国代表大会。那时我还是三十多岁的年纪，我的丈夫阿尔伯特[26]尚健在，我们从巴黎天文台台长奥本·勒维耶教授那里听到了令人惊诧的发现。

"原来，在海王星之后，还存在有一颗太阳系的第九行星——'对称地球'。地球和对称地球分别位于太阳的两侧，绕太阳公转，互为双子星，但相互之间是绝对看不见对方的。它的质量、构成及其他要素几乎都与我们的地球世界一模一样，因此我们预测这对'双子星'拥有其他的天体没有的共性，而且考虑到两颗星球之间的距离很近，我们还讨论过是否该公开这一发现。

　　"顺便说一句，那时的勒维耶教授为了进行解说还向我们首次展示了这座'行星运行仪'……把它搬到这里来。"

　　——在维多利亚女王的示意之下，一台只能说是极尽精妙之能事的金黄色机械装置就摆在带有脚轮的底座上，被搬运了进来。

　　无数的齿轮和形状奇特的零件正在运作，"滴答滴答"的声响不绝于耳，再现了自水星、金星、地球到海王星的八大行星。要说行星运行仪本身，我们已在学校教材里司空见惯，只不过现场这台有一处不同，那就是在地球围绕太阳公转轨道的对位点上还附有另一颗行星。

　　它就是对称地球，太阳系第九颗行星。

　　女王继续说道：

　　"之后，我们持续用水力飞轮发射器射出探测器，还派出搭载了爱迪生先生、尼古拉·特斯拉博士发明的以太螺旋桨的宇航蒸汽飞船，由此确定了我们的那颗兄弟行星——对称地球正对其自身的急速寒冷化束手无策，而且全面打响了世界大战，更加雪上加霜的是它还遭到未知能源所导致的全球规模的污染，已经濒临灭亡。

　　"有趣的是，我们的地球和对称地球因诞生于同一时间、同一条件之下，又经历了相似的发展过程，不愧是'兄弟行星'。彼此的地貌，环境，以及孕育出的生命都很相似，简直对称到可以说是双胞胎。

　　"历史方面则更令人震惊，对称地球的世界在各方各面都与我们有所偏差，而且好像要领先几十上百年。他们虽然实现了大幅度的进步，可同时也受极度邪恶、罔顾人伦的'思想'所操控着，曾一度虐杀数百、数千万人，就连历代的暴君们亦无法企及——其结果也只有毁灭一途。

"当时适逢列国代表大会召开，在会上揭晓此事实的举措最终改变了我们的想法，让我们以惊人的高速构建了当今的自由和平世界。然而，正是因为对称地球的悲剧，我们才能拥有现在的生活。因此，我们迎来了必须公开其存在，并且做出决策的时刻……"

（这可是件惊天大事啊……）

正在对真正的欢迎宴会进行事实解说，并将其详情写成文章的正是那位《以画传声新报》的本·克劳奇记者。此刻的他不禁悄声地自言自语：

"对称地球——已经灭亡的另一个世界。嗯，很好很好。那一连串杀人事件也与它脱不开关系哦？就等那个来了，还会更猛烈一些吧……之后就终于要到了吧？终于要到了对吧？"

3

"那么，为什么你们甚至不惜如此大费周章也要到这个岛上来？是为了要把某些东西带过来。而且需要把它拆分，由十个人每人贴身携带一部分，或者混入随身的行李中去……所以到底是什么东西呢？炸药或者毒气吗？还是病毒之类的？"

在现在已经暴露"真身"的假会场里，巴尔萨克·穆里埃先生朝着那群陷入沉痛之中的歹人们说道。

"揭穿这些事情可不是名侦探的工作吧？"

那个鸡皮肤的男人还在装腔作势地讥讽着。

"不错，这是我们的任务。"

开口的是戴亚斯警部。他命令部下把歹人们都拘捕起来，接着继续发话：

"过来，我们要好好问问你们。"

"你们到底赶不赶得上啊……搞不好还有些别的事是非问出来不可的哟。"

不过与其说是装腔作势，鸡皮肤男人的口气更接近于破罐子破摔。

"你说什么？"警部皱起眉头。可能是在注意避免落入对方的节奏，他撂下了下面的话：

"真是烦人啊，喂，走利索点！"

说着，他对部下比了个暗号。

如此一来，来自"对称地球"的阴谋者们便被戴亚斯警部押解归案。

"那个，穆里埃先生。"

我不得不走到名侦探先生面前。

"爱玛君，怎么了？"

我这个被排除在行动之外的实习生，为什么会出现在这里？以及我被尤金制止的事……都在他的意料之中吧，名侦探果然能看透一切啊。

"最关键的是——莎莉究竟在哪里？她没事吧？"

穆里埃先生若无其事地说道：

"哦，你问这个啊。总体来说，所谓'箱子'的警备工作只是对外宣称的名目，真正的目的在于让那十个企图破坏"标准岛"的男人潜入进来。为了使计划成行，那么不渗透到法尼荷产业的内部是不行的……对这些细节的调查先放一放，我最初考虑的是，'箱子'里其实什么都没有。但要是这样，那么只需潜入岛上，随后隐藏行踪暗中活动即可。当然，把'箱子'放到欢迎宴的会场附近，便能够出于职责占据场地，不过，终究只是如此而已吗？再往深里想，若是能察觉到'带着箱子'这个盲点，集中思考它的作用——这下就能明白了吧，爱玛君、尤金君。"

"穆里埃先生，我懂了！"

我喘着气，名侦探先生则面带微笑，指了指"箱子"所在的候场区，随后示意地板的下层。我理解了他的用意，与此同时，有人用力拽着我的胳膊。

"爱玛，我们走！"

是尤金。原本那样冷淡的尤金正直视着我的双眼，流露出真情实感，催促着我。

"嗯！"

我用尽力气，拼命点头。

几分钟后，我们赶到了假会场正下方的房间，映入眼帘的是既感人又惊人，而且还让人不知该不该笑的场景。

——好几个穿着施工用的连体工装裤的大叔们站在人字梯上，好像在忙活什么大工程似的。

他们脚边放着看起来怪吓人的蒸汽自动锯子，目测已经使用完毕。天花板和楼上的地板一起被切出了四四方方的一块区域，大小正好与那个"箱子"一致。

我们赶到的时候，后续操作也即将完成。有块板子还堵在切好的区域里没取下来，大叔们用了一台特殊的设备，把这块板子表面剥开，慎重与大胆兼备地将之取下。

不用说这是那个"箱子"的底部。这项工程似乎是从它被放到假会场后就启动了。原本"箱子"内部就严禁检查，而事实上，要撬开它也极为困难。

但据说再牢不可破的金库，其内侧也是软肋。现在"箱子"就放在固定位置上，而且歹人们的注意力又转向了下一步行动，这样的机会可不能放过。

于是，穆里埃先生便暗中安排人员，神不知鬼不觉地在假会场楼下的房内施工……相比之下，歹人们被逮住的速度反而更快，真是有些蠢了，不过也没办法。

我一边想着一边等着施工作业，只见"箱子"的底部被巧妙地解体，工装裤大叔们伸手从一端开始将底板缓缓卸下，活像是空中飞船降下舷梯时的样子。

"莎莉——"

我忍不住用尽全力叫喊道。

莎莉，我重要的朋友——莎莉·法尼荷和'箱子'的底板一起出现在我眼前！还好她安然无恙！

她还穿着技术学校的制服，似乎比想象中更加，不，是远远比想象中更加精神。虽然不知道她是不是一直都窝在箱子里，还是中途被搬移过，但本以为被幽禁在这么狭窄的地方，她的精神会受不了，可幸好还不至于。啊，或者该说一句"可惜"。

"搞什么啦，到底想让我等多久！就这种小破箱子，直接打破它把我救出来就行吧？啊——好火大！被关在这种地方，你们知道我有多窝火吗？请好好意识到这一点，赶快行动啊，真是的！"

——莎莉·法尼荷生气了，怒火熊熊。不管是将她从倾斜的底板上抱下来时，还是让她平安着地之后，她都气鼓鼓的，那架势简直快要头上冒烟了。

话说，这到底是古怪的宝匣㉗还是潘多拉的盒子？不对，如果我手里有个魔术师用来变出鸽子的帽子，那此刻从帽中跳出来的倒是一只漂亮但凶猛的小猫咪。

不管怎么说，"生气包莎莉"完好无缺。我总算松了口气，心中充满喜悦。同时，莎莉则盯着我看。

"爱玛！爱玛·哈特里——你怎么在这里！那就快点找到我，救我出来啊！就算是实习的，你也是侦探吧？这时候还不来救你的朋友吗？真是的！你可真是的！"

说着，她便毫不客气地走到我面前，作势要捶我几拳，整个人都用力扑在我身上。随后，突然跟蚊子哼哼似的继续说道：

"……我其实很害怕，很不安啊！"

她把脸埋在我胸前，我切实地感觉到与她接触的那块变得湿湿的。

"——对不起哦，但是，你没事，太好了。"

我也小声地答道，同时轻轻拍着莎莉的背部，可就在下一秒，她却猛地退开，伸手扶正了歪得奇奇怪怪的眼镜，再度发挥了"生气包莎莉"的本色。

"对了！那群家伙！我父亲公司里的职员也混在把我绑走的那群家伙们里！想不到我家公司里居然有这种人……不、不、不要脸也该有个限度吧！"

莎莉的吼声震耳欲聋，我不由得对她的发言点头赞同：

"果然是这么回事，我也觉得见过那几个人，就是在莫洛伊教授被害现场楼卜的宴会厅里见到的。"

"是的，那时候他们确实也在，不过这到底是怎么回事……不，比起这个还有更要命的事情！"

莎莉急得上气不接下气。

"更要命的事情？"

听我这么问道，莎莉极快地点了好几下头：

"对对对，他们不只要霸占欢迎宴会的会场，还在谋划一件超级不得了的坏事，我在'箱子'里都听见了！他们的计划是毁了这座标准岛，把出席列国代表大会的人全都弄死！"

"你说什么？"

必须马上告诉穆里埃先生……我慌慌张张地回身，却发现本该站在那里的人不见了，真是让人措手不及。

我也顾不上周围的人了，直接大叫起来：

"等等……尤金！尤金你去哪儿？"

"那群家伙讲了什么来着？在被塞进那个'箱子'前后我听见了不少，但听不太明白。啊…是了，他们有提过把自己带进来的什么东西放在了哪里，对，确实这么说过……"

"带进来的东西？是什么？炸药之类的吗？"

我明知莎莉已经身心俱疲了，却还是在追问她。

刚才，我其实立刻跑出去追赶尤金，可他很快就不见了，无奈之下，我只好回到原来的房间，硬是问起发生在莎莉身上的事情。

原来，她在乘坐自家蒸汽汽车去公司的路上，当经过一个没什么人的街角时硬是被拖走了，之后便被绑匪们强制入睡，不知过了多久（期间还一直是半梦半醒的状态），她听到了诱拐犯们的对话——对我来说，这是最为重要的问题，因此我反复询问。

幸好她认为自己必须传达身为受害者所获得的情报，受到这种想法的驱使，虽然困惑地说着"这我也记不太清了……"，却还是闭上眼睛，仿佛在拼命地搜寻相应的记忆。

"对了，他们说了些古怪的话，类似于炸药那样的东西没错，但并不靠点火、化学反应等手段，而是要通过相互撞击引发爆炸什么的……"

"是说要猛烈撞击才会爆炸啰？就像硝化甘油[28]、摔炮[29]之类的吗？"

"虽然我也这么认为，但据说等那些炸药或者什么我们也不了解的物质积聚到一定数量时就会自行产生反应，释出的能量别说这座岛，就连大都市也能炸掉一个。为了实现这个目的，他们会把分成小份的东西猛地撞在一起，合并成一个，而且除了会将一切都烧个干净之外，还会往四周扩散可怕的毒素，什么什么的——啊啊……我觉得八成是在对同伙们说明计划，不过也说不定他们就是故意讲给我听的，毕竟我有可能在箱子里就苏醒过来。"

"那、那么，那个物质叫什么呢？你听到他们是如何称呼它的吗？"

我继续问道，心想着就算只知道名称也好，哪怕是再细微的线索，能否尽量多掌握一点。而沙利却一脸为难地深思起来。

"乌拉诺斯——是指希腊神话里的天空之神，还是太阳系的第七行星天王星呢？我记得他们是这么说的。他们自己分工带进来的物质就是这样的来历。"

说实话，我完全听不明白。尤金肯定很清楚，但他现在并不在这里。

而且穆里埃先生一时半会儿也来不了这边，按在场的人的说法，戴亚斯警部要把犯人们带离此处，先生便和警部分开，前往真正的会场。作为在暗中守护列国首脑会议的名侦探，这番举措也是理所当然的。

"那、那个叫天王星还是天空神的物质被放在哪儿了？他们肯定也说了吧？"

我开始询问自认为最关键的部分，可莎莉却一下子柔弱了起来："这个……这个我没有听到……至少我不记得听过。"

或许正是因为感受到了此事的重要性，莎莉的语气非常懊丧。

"这样啊……"

我叹出一口气，既然歹人一党已被逮捕，也可以放下心来吧。不对，若是他们已经把爆炸物设置好了，我们根本不知道它什么时候就会发生反应，那么无论如何也要阻止。

话虽如此，不知道藏东西的地点可什么都做不了，但尤金明显是知道了什么才会冲出去的。按说他不会漫无目的地满岛瞎跑，那么到底去哪儿了呢？

"有了！"

我一下子拔高音量，害得包括莎莉在内的所有人都吓了一大跳。

我脑中灵光一现，想到了一个地方，也是唯一的所在。他一定在那里，除此以外不做考虑……当我这么想着时，身体已经摆出了准备冲刺的架势，然后又在出动的前一刹慌忙停下脚步，下意识地就问了一句：

"这个岛上的报时球会在几点运作？通常是正午时分、下午一点之类的午间时段吧？"

一个小女孩突然唐突地提出问题，周围的人群都很困惑。

"啊，啊啊，这个嘛，这个岛上是上午六点、正午十二点、晚上六点，每隔六小时运作一次……喂，你怎么了？！"

我一边听着惊讶的叫声从背后传来，一边全力向前冲去。

"等……等等啊……爱玛！"

莎莉见我这个样子，大惊失措地叫出声来，而我却只对她挥了下手。

我对自己该去的地方没有任何犹豫，唯一的问题是尤金是否也得出了相同的结论。

我发自内心地祈祷着。

（拜托了，尤金，请解开我那时出的趣味问答。是你的话，能做到的……所以拜托了！）

4

外头的天色还微亮着，可实际上夜晚已经落下了帷幕。

就在我终于靠近目标时，却发现报时球塔已然起了巨大的变化。那个串在它柱底的球体，正开始缓缓地往柱顶上升。

（完了……）

我抬头看着被浅红的暮色所笼罩的美丽球体，心中发出了沮丧的喊声。

报时球会在既定时间的前一会儿，被卷扬机[30]拉到十几米高的地方，然后在准点时分一口气落下。

——另一方面，停泊在港口及港口附近航行的船只，则会在官方定义的正午前一会儿，由航海士手持秒表和双筒望远镜待命，随后以报

313

时球落下的瞬间为基准时间，修正船上的钟表。

如此一来，便不再像午炮那样由于音速的局限性而会导致误差。这座标准岛为了能让更多的船在海上航行时准确调整报时点，也为了起到宣传示范作用，增加了报时球的每日运作次数。而在天色昏暗，能见度差的时候，好像还会开灯。

然而这给我们添了意想不到的麻烦。如果没有增加次数，那么报时球会在明天早上才会掉落。

根据莎莉的说法，被带入这座岛并且安置在某处的物质，其分散的各部分若是经撞击而合为一体，即会造成大规模的破坏。若真如此，那么还有比这里更适合的地方吗？

当然，报时球也不是每次都会猛撞塔顶的，否则它们早就都坏掉了。不过这个叫什么"海王星素"还是"天空神素"的物质——不管念作乌拉诺还是呜啦啦都无所谓，它们被分别藏在报时球和球下的塔顶之间，报时球落下时强烈的冲击力，应该能使它们一体化。

然而……塔及其四周都没有尤金的身影。我还以为他肯定会来这里，是我猜错了吗？

其实，从经度的计算展开联想，猜出那个球体能够上升和下落，可能的确有些勉强。而且我的猜测也不一定就是对的。

我心中如此怀疑，同时也很清楚要是自己猜对了，那么所要面对的风险将有多大，可我仍停不下来脚步，依然朝着报时球塔飞奔而去。

已经能看见塔的入口，这时，有人紧紧地抓住了我的手腕。

"喂，你，要去哪儿啊？前面禁止入内哦。"

我差点摔倒在地，只见对方是位大叔，着装和警备制服差不多。

"拜托了，请让我过去，我要去报时球那里。"

"太、太乱来了！"

大叔用力摇着头，继续道：

"现在发生了点事情，我也只收到一份联络，说犯人已经抓住了，叫我们都加强警备。即使像你这样的小女孩，也不能轻易放行……哈哈，我就想呢，有个男孩刚刚还在这里转悠，不知道什么时候就不见了，难道他是你的小伙伴吗？"

"刚才有个这样的男孩在吗？"我忍不住大声叫道，"果然，他来这里了……"

大叔没有听漏我不小心说出口的话，趁机问道：

"'果然'？也就是说，你是他的小伙伴啊。那就更不能让你过去，请你从出口离开。"

"这、这怎么行……那么至少请让我见见操作报时球的人。"

"啊？这可不行，通常是有专门负责的工作人员紧盯着时钟，让这球升升降降的，但我们这座塔直连了蒸汽计算机，是全自动运作呢。"

"那么能不能把蒸汽机关稍微关停一下……"

"别、别胡说！"

就在我们各执己见，来回争执期间，球体已经升到了柱顶，这样下去它随时都可能下落。我是该放着它去追尤金呢，还是放弃努力直接逃走呢，但也不能保证自己逃得出去啊。不论选哪一项，被这个大叔抓得这么牢，我都无计可施。

"放、放开我……"

我几乎是在哀声惨叫，附近突然传来一个悠闲而温和的声音："这位小姐，怎么了啊？"

那是一名青年绅士，他蓄着唇须，一口一口不断吸着烟，我不禁喊出声来。

"啊！你是那时候在新水晶宫里遇到的人……"

就是那名青年，他的立领装虽然比那时候豪华许多，还装饰有金银丝缎的饰绦和勋章，但那种独特的气质与神韵是不会认错的。

"哦，是你……"

对方就像也在同一时间想起了那次事件，脸上笑意更盛。我则慌慌张张地说：

"原来如此，嗯嗯……是这么回事啊。"

他深思过后，随即转向警备大叔，突如其来地下令道：

"请让她过去。"

十分单纯明快的指令，警备大叔呆愣在原地，过了一会才回过神来："这、这太乱来了！"话才出口，就听到有人呼喊。

"殿下——殿下——"

一名中老年人带着一群人小跑过来，我想他是认出了这名青年绅士才叫出口的。

"殿下！"

这群人的声音中充满喜悦，边喊着边跑了过来，把绅士团团围住，这一连串的变故让我惊讶不已。

"哎哎，终于找到您了。呼……不，先说正事，殿下，您怎么又从欢迎宴会上溜出来了啊。"

"嗯，我就是想抽会儿烟，再稍微喘口气。反正还没到正式会议嘛。"

被称作"殿下"的绅士带着孩子般恶作剧的表情，不紧不慢地答道，而追着他过来的那群人则都惊呆了。

"您这话说得……就算只是欢迎宴会，也不可轻率对待啊！其实，维多利亚女王陛下方才还在发表重要讲话。"

"什么，女王陛下吗……这下惨了，那我们回去吧。"

殿下似乎有些慌了，说完却突然看了我一眼，问道：

"怎么了？未来的少女侦探？"

"那、那个……"

在他们的交谈过程中，我突然意识到了一件事，总算勉强开了口：

"莫非您是，那个，皇、皇太子殿下……？"

"哎，是啊。"绅士简洁明了地回答，"我还有些公事要办，所以先走一步了哦——啊，那边的那位。"

"是、在！"

警备大叔惶恐地弹了起来。

皇太子殿下——我们国家的王子，素以为人爽朗、好奇心旺盛、厌恶形式主义而闻名，他快速看了我一眼，脸上浮现出了一丝微笑。

"就如她所愿，放她进去。好了，去吧，名侦探穆里埃年少的弟子！"

"非常感谢您！"

回答完毕，我甚至忘了还要再向皇太子行个更正式的礼，便竭尽全力朝着报时球塔跑去——

——已经没法从地面上解决或遏止这场悲剧了。

高耸的塔上，似乎有人影正在大幅度地动着，结果却反而往下坠落，在黄昏时分的苍穹中划出一道抛物线，悲痛的惨叫声拖得很长，不绝于耳。随后，只听到"嘭咔"一声，好像有什么狠狠冲撞了大地，那汁水迸裂声令人不适。

之后便是堪称恐怖的寂静与令人窒息的沉默，以及急速转浓的夜色。整个岛正逐渐被一片昏暗所包围……

——这是两人最初相遇的时候。

周围天寒地冻，受到污染的都市夜空虽然算不上满天星斗，但猎户座⑧的三颗明星仍很容易被辨识出来。

"我叫 Eugene，你呢？"

少年问道，明明只是问一下名字而已，但其中还是蕴含着无尽的真挚。

"我叫 Emma……"

少女答道，似乎也非常重视这场邂逅。

译者注

① "舷窗"是设置在船舶舷侧外板、上层建筑和甲板室外围壁等处，具有水密性的圆形窗，一般由主窗框、玻璃压板、风暴盖等组成。

② "世界七大奇迹"（Seven wonders of the world）是公元前三世纪左右，在地中海东部沿岸地区七座宏伟的建筑和雕塑。它们是：埃及胡夫金字塔、巴比伦空中花园、阿尔忒弥斯神庙、奥林匹亚宙斯神像、摩索拉斯陵墓、罗德岛太阳神巨像和亚历山大灯塔。但因为这些建筑大多已湮灭在历史长河中，现仅存埃及胡夫金字塔，因此也有学者、专家及网友投票评选了新的"七大奇迹"。

③ "团子"是一种日本点心、小吃，将熟面食搓成的团子串在细竹扦子上，可以直接食用，也有刷酱烤制、蘸黄豆粉等多种吃法，甜口和咸口的风味都有。

④ "午炮"即正午时的号炮。旧时有的都市于每天正午时分打响一炮，作为定时的标准。

⑤ "黄龙旗"即"黄底蓝龙戏红珠"旗，是中国第一种官方国旗，清末使用（1888—1912）。中国本无"国旗"之概念，因为与西洋人打交道而催生出国旗。最初黄龙旗呈三角形，并非正式国旗，主要是官船和海军用以与外国舰船区分，民船不得悬挂，也有个别涉外官衙开始悬挂三角黄龙旗。1888年中国第一种国旗诞生，即长方形的"黄底蓝龙戏红珠"旗。1912年1月10日，黄龙旗由五色旗取代。

⑥"童话国王"即前文提及过的"疯王"巴伐利亚国王路德维希二世。

⑦"黎明寺"（Wat Arun），又称为"破晓寺"或"郑王庙"，是泰国皇家寺庙之一，为纪念泰国第 41 代君王、民族英雄郑昭而于 1842 年所建，规模仅次于大皇宫，其主殿和标志性的五座佛塔是游客最常游览的景点。

⑧"新艺术"指"新艺术运动"（Art Nouveau），是 19 世纪末 20 世纪初在欧洲和美国产生并发展的一次影响面相当大的"装饰艺术"的运动，涉及十多个国家，从建筑、家具、产品、首饰、服装、平面设计、书籍插画一直到雕塑和绘画艺术都受到影响，延续长达十余年，是设计史上一次非常重要的形式主义运动，倡导自然风格，装饰上突出表现曲线和有机形态，代表人物有克里姆特（Klimt）、穆夏（Mucha）等。

⑨"鹦鹉螺"是一种海洋软体动物，具有卷曲的珍珠似的外壳。在科幻之父凡尔纳（Jules Verna）的名作《海底两万里》和《神秘岛》中亦出现同名潜水艇，后来属于美国海军的世上第一艘核潜艇也因纪念凡尔纳小说而将其命名为"鹦鹉螺号"。

⑩"埃尔图鲁尔"（Ertuğrul）是奥斯曼帝国（现今的土耳其）的一艘木质军舰，1890 年 9 月在日本和歌山县串本町大岛的附近海域发生沉船事故。船上所载的土耳其大使团等 618 人跌入大海，导致 500 多人丧生，只有 69 名幸存者在当地民众的营救下脱险。125 年后的现代，终于完成其挖掘打捞工作，让沉舰与文物回到了故乡。

⑪"阿塔纳斯·珂雪"（Athanasius Kircher），是一位 17 世纪德国耶稣会成员和通才，一生大多数时间在罗马的罗马学院任教和做研究工作，在许多

方面领先于时代，尤其细菌学、医学、声学、天文学、力学和色彩理论。他是第一个认识到微生物在鼠疫传播中的作用的人，也是第一个设立有效防止鼠疫传播的规则的人。

⑫ "卡拉卡瓦"（Kalakaua）是夏威夷国王卡美哈梅哈五世，又被尊称为"快乐的君主"，也是最后一位实际统治夏威夷王国的君主，于统治期间恢复了19世纪20年代被教会视为伤风败俗的呼拉舞传统。夏威夷的檀香山（又名"火奴鲁鲁"）至今还有名为"卡拉卡瓦大道"的知名旅游景点。

⑬ "阿塔瓦尔帕"（Atahualpa）是印加帝国第十三代皇帝，也是西班牙殖民征服之前的最后一代印加皇帝，他的文治武功有口皆碑，建立了一个西至太平洋，东抵安第斯山脉，北起厄瓜多尔，南至智利的大帝国，国土达到四百多万平方公里，人口一千多万。

⑭ "大不列颠及爱尔兰联合王国"是英国的全称，而加拿大、澳大利亚当时曾是英国的殖民地，因此此处英国女王的头衔还包括了加拿大和澳大利亚女王。

⑮ "爱新觉罗·载湉"即"光绪帝"，是清朝第十一位皇帝，定都北京后的第九位皇帝，在位年号光绪，主要成就有对日本主战、主持"戊戌变法"等。

⑯ "'呵欠者'杰罗尼莫（Geronimo）是美国印第安人阿柏切（Apache）族首领，"呵欠者"读音是"戈亚斯雷"（Goyathlay），是他的印第安语名字。他在1829年出生于今墨西哥西部，领导了当时阿帕切的印第安部落抗击美国移民者的运动。

⑰"兰芳公司"其实指兰芳大统制共和国（1776年—1888年），通常简称兰芳共和国，是曾存在于南洋婆罗洲（现称加里曼丹岛）上的海外华人所创立的第一个共和国，从某种程度上可以算是亚洲历史上的第一个共和国。1776年来自广东嘉应州（今梅州）的罗芳伯和来自潮州的陈兰伯在东南亚西婆罗洲（现称西加里曼丹）坤甸成立了"兰芳公司"，这是一个类似于东印度公司的含有政治色彩的团体组织；1777年，"公司"改为"共和国"，以东万律为首都的"兰芳大统制共和国"建立。它的最后一任总制是刘恩官。

⑱"琉球王国"原本是东亚地区的一个小国，分为山南、山北和中山三国，到明朝时期，才统一建立了琉球王国，此后统治长达600年，始终是我国海外最忠诚的藩属国之一，且全面汉化，但在清朝衰败之后灭于日本，改名冲绳。"尚泰王"便是琉球王国最后一任国王。

⑲"虾夷共和国"因抵抗日本明治政府而于1868年12月成立于北海道函馆，虾夷是北海道的旧称，故对外称"虾夷共和国"，对内则称"虾夷德川将军家臣武士团领国"，选举榎本武扬为总裁、大鸟圭介为陆军参谋、土方岁三为陆军奉行并与明治政府分庭抗礼，仅存活一百二十五天。

⑳"梅特涅"即"克莱门斯·冯·梅特涅"（Klemens von Metternich），19世纪著名奥地利外交家，是保守势力的代表，反对一切民族主义、自由主义和革命运动，因此参加国际会议的人员会闲聊说他"没有出场余地"了。

㉑特兰西瓦尼亚（拉丁语Transilvania，罗马尼亚语Transilvania或Ardeal，匈牙利语Erdély，德语Siebenbürgen，中文曾由德语音译为锡本布尔根）是旧地区名。指罗马尼亚中西部地区。原受匈牙利王国统治，在土耳其攻占布

达佩斯后，成为匈牙利贵族的避难所。在一战后，因 1920 年签订的《特里亚农条约》，成为罗马尼亚一部分。

㉒ "摩西分海"是出自《圣经》的经典故事。传说先知摩西带领饱受埃及人奴役的以色列人逃出埃及，却被红海挡住了去路。这时候发生了神迹，他伸出手杖将红海一分为二，眼前出现了一条去路。

㉓ "戏仿"（parody）又称谐仿，是在自己的作品中对其他作品进行借用，以达到调侃、嘲讽、抖机灵甚至致敬的目的，属二次创作的一种，对象通常都是大众耳熟能详的作品。

㉔ "黄金之国"指南美洲的印加帝国（现秘鲁），因其境内有大量金矿，遭西班牙等欧洲国家侵略与殖民。

㉕ "夏洛克·福尔摩斯"（Sherlock Holmes）是由 19 世纪末的英国侦探小说家阿瑟·柯南·道尔（Arthur Conan Doyle）所塑造的经典侦探人物。

㉖ "阿尔伯特"指维多利亚女王的丈夫兼表弟的阿尔伯特亲王，他虽出生于德国，但与维多利亚女王成婚后因自身才干与贡献成为了英国的无冕之王。他听取了诸多民众诉求，例如实行教育改革、全球范围内推行废奴运动、积极参与 1851 年世界博览会的筹办等，并说服了女王在与议会交往时不带有党派倾向性，促进了英国君主立宪制的发展。

㉗ "古怪的宝匣"指传说故事《浦岛太郎》中，海底的龙宫公主在分别时赠给浦岛太郎一只宝匣，并嘱咐他不要打开，可浦岛太郎却在回到地上后打开了它，就此变成了老人家；"潘多拉的盒子"源于希腊神话，美貌女子潘多拉拥有一只盒子，里面装满了灾害、嫉妒、贪婪等负面要素，一旦打开，它们

便被释放了出来。两个典故都在指箱子里的莎莉是个"让人头疼"的存在。

㉘ "硝化甘油"是一种黄色的油状透明液体，可因震动而爆炸，属化学危险品。

㉙ "摔炮"，又叫"砂炮"，是一种小球形状的安全爆竹，猛力往地上一摔或用力踩破它，就会发出响亮的爆炸声，是孩子们童年常见的小玩具之一。

㉚ "卷扬机"又称"绞车"，是用卷筒缠绕钢丝绳或链条来垂直提升、水平牵拉或倾斜拽引重物的轻小型起重设备。

㉛ "猎户座"（Orion）是赤道带星座之一，在地球大部分地区都能看到，其中"三颗明星"指构成其腰带部分的三颗星。

第九章

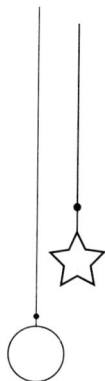

1

我已经喘不上气，但还是一刻不停地沿着报时球塔的楼梯往上跑去。

我明白自己的行为愚蠢至极。如果莎莉听到的是真话，并且我的推理也没有错，那么现在应该火速离开这里，尽可能地驾驶快艇，离这座标准岛越远越好。

可我现在做的却是截然相反的事。大爆炸或许即将发生，而我还要赶往爆炸的正中心。

如果要问我为什么这样做，那当然是为了阻止爆炸，拯救大家的性命，不过尽管有着这些要素，最重要的动机却不在此。

那是，因为……

（尤金就在前面……只要我再往楼上爬，就一定能见到他！）

我喃喃自语着，心口像打鼓般狂跳。这个愿望很快便实现了。

我抵达塔顶上，从串着报时球的柱子底端出来，视野一下开阔了起来——渐入黄昏的天空，以及波光粼粼、浪花涛涛、映出天空色彩的大海都尽收眼底。以世界大会堂为首，林立在这座人工岛上的建筑物已然点亮了一盏盏明灯，灯光摇曳，透出窗外。

可是我却没有观赏它们的闲暇。海风吹拂着我的面颊，丝丝凉爽让我恢复了精神。看起来很扎实的防护栏包围着塔顶，我以支柱为中心，绕着塔顶转了一圈。

随后我很快便看到，尤金的后背就在前方尽头处。明明只有那么一会儿没见到，却已让我怀念的背影很快便接近了——只是样子好像发生了一些变化。

他的肩膀怒耸着，两腿张开，而且似乎握紧了双拳，看起来十分古怪。

"尤金……"

我正打算出声呼唤他，但却发现有谁站在他前面，便立刻闭上了嘴，只听见那人喋喋不休地说道：

"你好啊，小鬼，居然有本事找到这里来。你本来就跟那群野心家一样从遥远的太阳另一边漂泊而来，现在这点距离算不上什么吧？算了，总之你能调查到这一步，我还是要夸一下你的智慧和胆量，然后狠狠嘲笑一通。你好不容易才被人救了一命，却要为这种事陷入窘境，蠢透了。"

我仿佛在哪里听过这个声音，是谁……而且这个男人明显是带着恶意与杀意。不会错的，所以他的背影才会散发着异样的气氛。

我紧靠着支柱，用鸭子步①蹑手蹑脚地向前挪动，避免被那个男人和尤金发现。就在这时，男人又发话了：

"呵呵，并非来自对称地球的我，为什么会参与毁灭我自己的世界的计划，你这表情好像很疑惑啊。好吧，我怎么说也算是用声音和口才吃饭的人，反正一切都会变成原子灰飞烟灭的，就把能说的都说出来好了……"

这个说话方式？当我的视线越过尤金的肩膀看到对方时，疑问便一下子解决了。是的，这个声音的主人正是——

（本·克劳奇记者！可为什么是他？！）

不管有多么不可置信，事实就是事实。那个貌似很能干但总透着些古怪的《以画传声新报》记者本·克劳奇正举枪对着尤金。

他的面容丑陋地扭曲着，充满了憎恶、绝望、嘲笑的色彩。

他继续道：

"我之前得到消息，称有个案件让堂堂穆里埃侦探都陷入迷宫，于是我便进行了追踪，但自那时起，小子，你和你的同伙就来拉拢我……"

尤金认了，并且还交代了什么似的，我听不太清，克劳奇记者哼声嘲笑。

"被说成那群人的同伙，你很不满吗？总之自从你们出现之后，我就不断追踪着一连串事件，期间总算跟他们接上了头。毕竟我身为记者还是有些特殊待遇的，再加上运气确实不错，即使如此我也从没走过如此险峻的桥啊。

"最关键的是，他们为了封口甚至还打算杀我。只不过我采取了相反的措施，反而成了他们的帮手，协力这次的计划。他们本来打算使用从自己原本的世界——那个什么'对称地球'上带来的技术，颠覆我们的现有世界，将之据为己有。

"为什么要做这种事？我对这个无聊得要死的和平世界，对这个乱七八糟的世界早就腻了。与此相对的是他们的世界已濒临灭绝，在那里人们相互憎恨、你死我亡，战栗狂暴，而且只要打起某些主义、思想等名目，就能利用机构组织高效地虐杀几千万人。此等壮烈，地球上的我们根本没法想象。

"就在这时，我有幸受命去采访标准岛的列国代表大会，便积极承担了他们的一部分计划，抓了法尼荷产业老总的女儿作人质，以搬运实际上空无一物的'箱子'为由，把他们数十人的执行部队给偷偷弄进来。

"这次虽然曝光了，但他们的影响力已经渗透到各方各面，比如法尼荷集团关联公司所经营的酒店，还有新水晶宫的工作人员里也混入了对称地球的人，当然也有像我这样的协助者，他们大多是看上了他们的技术，瞄准了机会为了以后一攫千金——说到这份上，你们也该大致有数了吧。

"此次作战的内幕是有个在法尼荷产业工作的家伙，觊觎着现任总裁对企业的支配权。又有个对称地球人正好在他的公司里做送货职员，察觉到了他的心思，便把同伙们凑在一起让他们一起参与了行动。"

"这些事我还是知道的。"

尤金打断了他，而这次他的说话声连我也听得清了，是低沉但响亮的声音。

"当着别人的面哭诉什么'被安排了个很不得了的活啊''真想早点做完回去'的家伙们，在其他时候可是像训练有素的士兵那样，意志坚决，状态紧绷地时刻待命啊。"

（啊，是那时候尤金问路易大叔的问题！）

我内心十分钦佩，但克劳奇记者却轻蔑似的用鼻子哼道：

"呵，那他们还真了不起哟，不过这些都无关紧要，他们其实也没有什么不乐意，最后终于登上了盼望已久的标准岛，并趁此机会携带了某些东西——没错，就是将那个会产生巨大破坏而且有毒的物质按人数分成数份，再在岛上某处拼合物质、开展行动的准备工作。实际上，接下这个任务的就是我。之后，事态就会按这个方向发展——"

这时，他的口气突然变了：

"啊啊，之后会怎么样呢？世界各国代表云集的宴会正酣，潜入会场的不安定因素突然冲了出来。虽说会令他们不胜惶恐，但他们还是会将英国女王，大清国皇帝，还有其他身份尊贵的人们押作人质。这是多么胆大妄为，简直在对全世界万国人民发出挑战！这就是他们称霸世界的宣言！尽管现在进展还算顺利，却还是有让人忧心的地方——我暗中得到消息，生性好战的恺撒和沙皇已经在觊觎对称地球的技术！这一点会将事态演变成什么样呢，实在是无法预测呀……

"哎，我现在心情非常激动，解说里都带上了实况报道的语言风格，等待着可以说出'要来了吗？终于要来了吗？'的那个瞬间。可是怎么回事，这不是什么都没有发生吗？"

　　说着说着，他又恢复了原先的语气，非常不甘似的甩出那最后一句话。

　　"真是太遗憾了，你和你的同伴，虽然我不知道他们是否当你是同伴，已经四散分离了，但是你跟他们不同，你能见识到真家伙，难道不好吗？"

　　尤金语带嘲讽。这下则轮到克劳奇记者激动地大声吼叫：

　　"你胡言乱语什么……我啊，已经把他们占领欢迎宴会，随后引发大混乱的第一手报道给拟好了，而且已经发送完毕。毕竟一旦发生骚乱，这个岛与外界的联系可就断了，现在《以画传声新报》总部的记者们应该正为这条要命的超级独家新闻而炸锅吧！然而穆里埃侦探多管闲事，害得我的头条泡汤，所以我已经没有可以回去的地方了……

　　"剩下的手段就是把装在这报时球上的那什么元素能量给解放出来，把整个标准岛都炸飞。他们好像是打算赶在爆炸前率先撤离，不过我不会让他们得逞的，因为——"

　　克劳奇记者无声地笑了，笑得身子都一颤一颤的。他指着头上的球体，又继续用充满个人特色的语调说道：

　　"请看！高悬在我头上的报时球会在傍晚六点落下，而我们也将被解放的未知元素中的庞大能量化为乌有。已经没有任何手段能阻止了，非常抱歉，这里是标准岛，拥有全世界最准确的时钟，甚至还与独立的天文观测位置计算装置联动，能够得到自动修正。机械设备自身也会播报时间，因此不存在通过人力中止报时球运作的可能。像这样，报时球被拉升到高位便已是最后环节，接下来已经完全无计可施了……啊，很快就要跟大家永别了，各位再见，再见……"

说完，他再次迅速地将语气切换：

"哎，按照收录这段'最后的新闻'的录音管的构造来看，要是运气够好，它早晚会在某处被发现。实际上，《标准岛大爆炸，大半要人死伤》的新闻已经发送出去，没有写成全员死亡则是考虑到报道的准确性。

"这样一来，我想做的事都已经……哦，还有一件。我想啊，反正要为世纪特大新闻殉职，在被炸成碎片之前杀个人也不赖哦。尤金君，怎样……呜哇啊！你做什么？"

克劳奇记者一改方才那种虚无主义的腔调，半变调地高声叫了起来。在他看来这是始料未及的情况，可对我而言却并非如此。

理由很简单，我之前一直都在绕着柱子逆行，终于转到克劳奇记者身后，发动突袭，对准他的背心就是一记来自父亲真传的柔术招式。

以前那次是防御，而这次则是攻击。"悄悄接近对方背后"这一点倒是两次皆同。相比之下，那时我的行动还算尚可预料，眼下却是攻其不备，照理说是能够逆转女性与男性、孩子与成人之间的差距……

"爱玛！"

尤金嘶声呼喊着我的名字，与此同时我也已经让对手吃了我一招猛撞，但下一瞬间，对方持枪的手却一个大回转，枪口调头擦过了我的太阳穴。

"呼！"猛烈的破裂声响起。顷刻之间我什么都听不见，什么都看不见了。是我大意被抓了空子，剧烈的力量将我击飞出去。

我感到整个世界以我自身为中心转了一周，随后我又被来自某个方向上的巨大力量一口气拖了过去。冰冷的战栗感贯穿全身，我伸手乱抓，想要抓住些能够支撑我的身体的东西。

当我回过神来时，发现自己已经垂在防护栏外了，只靠一只胳膊吊着，但抓着栏杆的手也很快开始打滑——就在这时，有一股力量坚实地止住了它。

那是尤金的手。他温暖而又有力的指掌支持着我，双眼凝视着我，口中在轻念：

"这次，我不会放手。"

这次？尽管现在正面临绝对的危机，可听到他这么说，我还是回望着他的脸。这时，越过他的肩膀，克劳奇突然出现在他的背后，露出一个令人生厌的笑容。

"这可真有意思，除了杀人的乐趣之外，还能有各种附赠品呀……"

他笑得有些抽搐，同时慢慢地将枪口戳到了尤金的太阳穴上，手指也即将扣动扳机——就在此刻！

只听见"哇""呀"的怪叫声响起，克劳奇的脸扭曲得已经失去人样，眼睛瞪得就像某种鱼类那般巨大，嘴巴也像是下颚脱臼了那般完全大张着。

他已经站立不稳，尤金用后背一下子将他撞了出去。

"就是现在，爱玛！"

尤金拼命伸出另一只手，抓住了我的肩膀，一口气把我拉过了栏杆，我们直接一起摔倒在地，而我却完全感觉不到疼痛。

克劳奇的视线却到处乱飘。令人吃惊的是，自他的肩膀起有一道向下斜着劈开的斩痕，切口很深，鲜血就从那里喷出来。他脚步蹒跚地后退着。

他满脸都是"难以置信"的表情，已经模糊失焦的视线却在游移，手里无力地举着枪支。

当枪口对准了我和尤金时，一条人影从我们身边越过，跃向克劳奇。随后，激烈而锐利的破风之声传来。

那个人影就要如日食般将克劳奇整个覆盖，而克劳奇却往斜下方倒了下去，就像要跌出我的视线范围。

"以上内容由《以画传声新报》的本·克劳奇……为您从现场播报……"

他一边吐着血，一边拼死挤出了现场报道的结句。下一刻，他便直接翻过围栏，后背朝下往地上坠落——

人影则缓缓地回过头来，强劲健韧的肌肉从半裸的装束中显露出来，一口整齐的白牙在微暗的暮色中闪光耀眼，还有基于与西方文明迥然不同的美学制成的华丽饰物，而这一切的主人便是那位……

"温斯罗波咖斯先生！"

肤色漆黑的巨人手持着银光熠熠的战斧，岿然直立。我不自觉地就开口叫住了他。

他是莫洛伊教授被害时，我们在法尼荷产业旗下的酒店中遇到的祖鲁族战士。而今，他似乎也是被派来参加列国代表大会的人员之一，由于好到令人惊异的视力而注意到塔上的争斗，又凭借同样惊人的肌力赶了上来，果断地终结了那名可悲的新闻记者。

"未必要杀死对方"这种道理对温斯罗波咖斯先生可不适用，不过比起那些，更重要的还是报时球何时会落下。我们不过是被一个犯罪者吸引了注意力，可即使他已身死，危机却并未离去。

在此期间，尤金"咚"地推开我。

"爱玛，快逃。这里我来想办法，现在还来得及，你跑得越远越好。"

"不要。"我即刻回答，"你所谓的办法，也就是想在报时球落下来的时候拿自己的身体去挡吧？我绝不让你这么做，是谁说'这次我不会放手'的？"

这回换成我抓着他的手，用全身的力气去拖住他。可这时却传来了说话声：

"没关系，报时球是不会下落的，放心吧。"

一边说着一边现身的正是名侦探巴尔萨克·穆里埃先生。他用眼角扫了一下处于震惊中的我们，又摆出他平素那游刃有余的态度：

"不管怎么说都是隐患巨大的东西，还是要多花点时间，慎重解决。话虽如此，现在离球体落下的傍晚六点已经很近了，所以得让时间等我们一会哦。"

"让时间——"

"等我们？"

我和尤金同时叫起来，但是此刻我脑中重演了和他的对话。

——那就是——标准岛。

——是的……别名爱丽丝岛。

——爱丽丝，是人名吗？

——不是，但你很快就会知道了哦。

"爱丽丝"在法语中意为"螺旋桨"，即是说，这里是螺旋桨岛，岛上有相当于几十艘豪华客轮功率的巨大蒸汽设备，建得跟工厂似的，从而使得这座岛能够自由移动。

"呃，难道是说……"

我和尤金面面相觑，穆里埃先生笑了：

"哦，不愧是在我的事务所里实习的孩子们呢，好像已经注意到了。没错，现在标准岛正以最大速度自东向西行进——与地球自转的方向相反！"

2

"……这里的报时球，是通过蒸汽计算机算出自己当下的位置与时间的设备，但反过来操作，也就可以凭借空间的转移来调整时间的流速了，有时甚至可以让时间静止。地球的自转速度在赤道附近是时速一千七百公里，而这里的自转时速也有个一千三四百公里，只要岛的航行速度能够达到，那么岛上的时间就永远也到不了傍晚六点。

"当然，这是一座漂浮在海上的岛，没有以太螺旋桨就不可能实现那个速度。不过即使移动起来远低于自转速度，也还是可以拖延报时时间。因为岛的位置时刻都在变化，那么与之相应，装置也不得不随位置自动修正时间。受到这个干扰，报时球可就没法到点下落了，只能始终维持这个状态。"

次日，我们在整座标准岛上最时髦雅致、景观宜人的咖啡厅里专心倾听穆里埃先生发言。

大家围着桌子坐了一圈。安心地品着好茶，顺便稍事歇息的除了名侦探先生，还有我、尤金、莎莉、奇奇纳博士、戴亚斯警部。啊，还有一位想说但说不出口的，就是我的父亲猛虎·哈特里，可不能忘了他。

同时，欢迎宴之后召开的列国代表大会上，令人震撼的事实一件一件接连发表，像对称地球的存在，其高度的文明是如何走向破灭的，还包括接受来自那边的难民，以及我们的世界归根到底将会以'蒸汽设备'与'以太科学'为基石，而对称地球上的那些科学技术，尽管极具诱惑，但却会造成过度依赖从而导致惨剧，因此我们决定不予采纳。

若将以上内容全部通告全世界，新鲜感与惊讶度势必会如波纹般扩散吧。但是我们的兴趣正集中在与之不同的其他事上。

"关于尤金君所说的'魔神'，今后还是有必要加以警戒，以防有人去向'魔神'祈求什么。另外，报时球是可以被安全地拆解的，虽然善后工作会很头疼……总之，我目前还是想先谈及一下我们遭遇的各种谜团及其解答——各位意下如何？"

大家当然没有异议。

"至今为止的一连串事件——那位本·克劳奇记者的眼光似乎相当犀利，只可惜走错了路。不过他能从自己的独立视角出发，追踪这些连续死亡事件的谜案，也是让有些专业技能与自尊的我相当着恼。因为，他们这次用的诡计，尽管在对称地球人的世界中是常识，可是在我们的世界里却是完全未知的事物。

"这些诡计已经不为我们所知，而支持着它的力量对我们来说则更是陌生，所以我不得不回归原始发散想象。

"有位同行前辈曾有一句名言'从一滴水中就能推理出尼亚加拉大瀑布[②]的存在'，不实践这一点可不行啊。"

穆里埃先生"呼"地叹了口气，仿佛回想起那些不能为他人所见的苦恼历程。随后他又恢复了平时的飒爽英姿，继续讲述：

"我想，这些犯罪基本上都是我们尚无法解明的——因此我认为他们以不可见、无固定形态且无法触及的流体来实施犯罪，经由金属、水或其他物质的传递，与磁力及其他动能产生密切关联。换言之，这个流体[③]使得充作导体的物质散发出磁场，生成更多的能量，同时又反过来从磁场和导体所赋予的能量中再被创造出来。此外最为惊人且骇人的，还是该流体基于其自身强弱，会给予人体冲击，最严重时甚至可能造成对方死亡。

"如此一来，这就绝不是什么特殊现象——小到琥珀经过摩擦后可以吸起碎纸片，大到从天上劈下的雷电，这些情况在我们的世界也是大家所熟悉的了。

"而假设这个未知的流体是'琥珀力'——或者叫它'电'，则这一连串的事件便都能够得到彻底的解答。

"首先是乔治·马克西拉先生在从内部上锁的浴室里凄惨死亡的案件。浴室外的锅炉上有输送热水至浴池的管道，只需让'电'通过那根管道，愉快地泡着澡的马克西拉先生浑身上下很快便出现了强烈的痉挛，即使是强健的心脏，也会迅速麻痹甚至停止。

"接着是伦敦大学研究楼里发生的马蒂亚斯·托利马工学学士坠楼惨死案件，真相其实也很简单。在送走了研究室的那位访客——正是卜文会提到的马尔巴拉教授以后，托利马学士曾一度把门锁上。没过多久，他就因为敲门声而走到房门边。敲门的并非马尔巴拉教授，而是另有其人，那人伪装成教授，以落下东西为由想让学士开门。

"此刻，要是学士察觉到异常而把来者打发走就好了，可他却没有这样做，结果便自然是触碰了门锁或者把手。然而，门已经从走廊侧被接上了发电装置，强力的'电'全都集中到了学士身上，便发生了远比马克西拉先生那时候更为强烈的现象。

"原因在于'电'不满足于仅仅取他性命，还要让他的身体附带东洋传统科学与流派——即'阴阳'之一的属性。对了，就改叫它们为'+'

（正极）、'－'（负极）吧，可以想见，它们就相当于磁铁的 N 极与 S 极那样，具有同类相斥的性质。由此，托利马学士瞬间就被弹飞到门的反方向去了，结果撞破了窗户，并且保持那个姿势，背脊向下直接摔在了地上——就是这样。

"其实这两起案件发生时，我还不知道'电'的存在，而关于两人的死亡也毫无任何调查方向或线索。现在回想起来，当时没有无知地进行错误推理真是要感谢我的好运气，但毕竟被世人推崇为名侦探，因这两个案子而陷入迷宫，其实深深地伤到了我的自尊，让我非常懊恼。

"但这团懊恼的迷雾已经一口气烟消云散——就算不至于完全消散，总之让疑云放晴的便是与尤金君的相遇。当时他正在宇宙中漂流，却奇迹般地被航行途中的'极光号'救下。我把他带回侦探事务所，没多久便发现他虽与我们极为相似，但在赖以生存的基础常识方面，仍有一些不同于我们的认知。即是说，他所处的环境是以与'蒸汽设备''以太'迥然相异的科学技术为基础所孕育出的文明。

"能够显示这一点的实例还有好几个，不过其中一个例子，爱玛君，是你跟我一起见闻的哦，你知道我说的是什么吧？"

"嗯，那是……"

穆里埃先生冷不防抛了一个话题给我，我一时慌慌忙忙的，可很快便记起了那段回忆。

"莫非是风扇④吗？"

"是的，正是如此。"

穆里埃先生神情满足地点头赞同，而尤金却一脸意外。

"蒸汽设备有一个不便之处，但对我们来说，因为习惯而不会在意，那就是动力源和驱动部分必须紧密连在一起，比如说要使用转动轴或滑轮传送东西时就会受限。而另一方面，用'电'的好处就在于其动力源及基于动力而运行的部分之间，只要将金属之类的材质制成导线，连接双方，那么它们彼此间无论相距多远都是可行的。

"尤金来自以'电'为常识的世界，所以在他眼里，需要通过蒸汽设备来驱动风扇，就像是接在炉子上的鼓风机一样，肯定会觉得愚蠢，也想象不出使用家装小型蒸汽引擎来给各个家蒸产品⑤输送动力的系统，是吗？"

原来如此，原来是这么回事，我可以接受这样的解释，同时回想起了那一幕。

"我有一个问题，尤金，你在穆里埃先生的资料室里调查马兑西拉先生案和托利马学士案的资料时，为什么要刻意做出把灰尘擦掉这样的怪事啊？"

听到我这么问，尤金一副仿佛被攻其不备的样子。

"这个……我担心会被采集指纹。"

"指、指纹？那是什么？"

我突然提高了声音。

"呃？那个，指纹是……"

尤金正打算进行说明，穆里埃先生却先开了口：

"在他的世界里，就有诸如此类的事情哦。我们和他们的常识，有些是相互错开的，这一点同样适用于搜查技术，犯罪行为也会受到影响。指纹只是其中一例，因为没有能够自由变换笔迹的书法机，而只能将来源不同的活字印刷品拼贴起来的情况，其实也是出于这个原因。"

"原来是这样……"

对着还是一知半解却仍频频点头的我，穆里埃先生又重复了一遍"就是这样"。

"遇到了尤金君，我逐步得知了'电'的存在以及作用，这下对我而言，前述两起案件的结构图也随之大变，而随后发生的吉恩·莫洛伊教授的头部被陨铁击碎案，则是从开始便采取了与前两起事件都不同的方法，具体展开说明的话——就像我前面说过的那样，'电'可以与磁力相结合，通过'电'来产生天然磁石无法比拟的强大吸力……是这样没错吧，尤金君？"

"对，就是这样。"

突然被点名，尤金也是有些着慌地点头应允着。

"所谓'电磁铁'就是将导线呈线圈状缠绕的铁芯，如果做得够大，甚至能吸起摩托车，很多铁屑，废铁之类的。"

"我明白了……不过，如果是陨铁也一样可以吗？"

"是的。"

"隔着房间的天花板以及再上一层的地板呢？"

"只要有十分强力的发电机就行——啊，是指'能发电的设备'。"

尤金干脆利落地答道，但在我听来却十分具有冲击性。

难道那时候他去调查酒店宴会场的地板就是因为……还有他叫道"爱玛，趴下！"也是担心混入工作人员中的犯人们会伤害我……啊，肯定是这样的。

我凝视着尤金的侧脸，而在我旁边的莎莉则既惊又怒。

"所以说，那群家伙就在那层楼上堂而皇之地作恶？我就觉得好像在哪见过那几张脸，原来他们在我父亲的公司里已经渗透得这么深了！"

"是的，正是这样。"

穆里埃先生微笑着，同时又快速扫了我和尤金一眼。

"好了，既然已经说到这一步，你们应该都明白了吧。犯人——正确说来是'犯人们'，他们把电磁铁和'发电装置'带到了莫洛伊教授下榻的房间正上方，按预先调查过的位置将电磁铁设置在地板上，随后通'电'，接着很快便产生了强大的磁力。而正下方行李箱里的陨铁被强磁力吸起，自行顶开了行李箱的盖子，一路上浮到临近天花板处。

"与此同时，犯人们用滑动的方式把电磁铁贴着地板移动，连带着陨铁也移动到枕头的正上方，而莫洛伊教授正毫不知情地在床上熟睡。然后只要将流向电磁铁的'电'给停了，陨铁立刻就会'咚'地直击教授的头部。"

"哇哦！"

真相是多么异想天开，但又多么奸猾！我愣愣地张大了口，随后说道：

"啊，那么……那时，睡在教授隔壁房间的那位祖鲁族战士，叫作温斯罗波咖斯先生，他心爱的战斧——'女酋长'是吗？战士先生认为斧子'在半夜时分微微颤动'是因为有贼人入侵，实际上却是磁力在作怪？"

"正是这个道理。亏你能注意到呢。"

穆里埃先生面带笑容地夸奖了我。

"那么，那时关于使用以太螺旋桨把陨铁从一楼的房间一直穿过天花板、穿过地板的推理岂不是——"

"没错，完全就是假的哦，只是为了暂时瞒过世人才佯装解决的。如果公布事实，那么'罪犯以完全未知的能源为凶器而横行'这点可能会招致整个社会的动荡，这可就趁了犯人们的心意。而且最关键的是，以不存在于这个世界，至少是尚未为人所知的理论作为依据，我不认为这样的推理会被世人所信服……"

"所以我就说你很过分啊，扯那么大的谎来骗人，亏我还把你当多年的老搭档！"

戴亚斯皱着眉，脸色沉闷，说话时的表情总让人有些好笑。

"哎呀，非常抱歉，不过我后来向你说明情况时，你对'电'的说法不也持莫名其妙的态度吗？"

穆里埃先生爆出了让人意想不到的料，奇奇纳博士"哈哈哈，就是这样！就是这样！"地笑了出来，这下警部也无从辩解了。

"这个啊……你也不用都说出来吧。"

他边挠着头边说。

"那么，那么，"我又一次询问，"您一开始就知道那么多，但还是让雨果·西蒙博士蒙受不白之冤吗？就算是假推理也很过分呐。"

"嗯……确实如此。"

穆里埃先生带上了一丝苦笑，拿出一张照片展示给我们看。

"这、这是……"

这张照片与克劳奇记者在"另一个世界"餐厅里摆出来的一样，都拍下了奇奇纳博士、莫洛伊教授、西蒙博士、马尔巴拉教授，还有马克西拉先生与托利马工学学士。

"这张照片就由老人家我来说明吧。"奇奇纳博士甩了甩自己的白发白须，突然就加入了对话，"关于对称地球上的文明，以及支撑着其文明的科学技术，我们总算有了解明的头绪。如果要列举其中最为重要的几点，那么第一就是穆里埃君说起的'电'。第二是依靠从石油中提炼出来的有毒物质来驱动的装置，托利马君给它暂命名为'内燃机'。接着是第三位，也是最可怕、最可恶的那个元素，它蕴藏着极不寻常的力量，险些就把我们整个岛都炸飞。暗中进行着上述几点的相关研究，并且交换情报的就是这张照片上所拍下的小组，也是因此我们之中才有好几人都被来自对称地球，而且对我们的世界怀有野心的家伙们给盯上了。"

"野心……他们想对我们的世界做什么？"

我大惑不解地问道，莎莉则握紧了小拳头，一副完全听进去了的样子。

"征服与支配。在我们世界的各个历史节点中实现征服与支配，或者说差点就打算动手了。在他们看来，我们这里的蒸汽的世界，缺乏对'电'的认知，也不懂得活用石油，简直是无知又落后的世界，与其要在这种地方避人耳目地活着，索性——"

"啊，抱歉，关于那个什么石油，还有从中提炼出的汽油，克劳奇记者之前也说过相关的事……"

我心中萌生疑问，终于还是打断了奇奇纳博士的话。而莎莉作为一名小实业家，似乎也对此涌现出了兴趣：

"是啊，是说那东西很有用吗？莫非能撬动世界经济？"

"嗯，这个嘛……"博士正在支支吾吾，尤金却代为回答了：

"它是使我所在的世界陷入不幸的元凶之一。烧炭所产生的煤烟都比不上这个有毒物质对空气的污染。而它的自然储备又很不凑巧地分布不均，产地集中，所以以为了争夺能源，不时就会爆发战争。出产石油的国家日益强盛，而其他国家则被迫臣服，有时光凭坐拥油田，那些既不推进改革又不实行民主化的国家统治者们，哪怕他们远比这个世界的所有暴君都更为傲慢和残虐、无知又无能，却还能保住地位……"

我被他波澜不惊的口吻下所暗藏的语势镇住了，这时奇奇纳博士捻着胡子说道：

"唉，总之就是这么回事，他们就如同难民似的逃到这里，却打算支配这个世界。而另一方面，我们的学者们也渴求着他们的知识。结果，不幸的接点就此产生。鉴于现在还不知道详情，同时顾虑到他们的名誉，就让我做一下匿名处理吧，比如某某知道了他们的野心，某某更进一步打算为他们提供助力，最后却都招致了凄惨的死亡……"

"其中唯一被救下的就是雨果·西蒙博士，我们借着杀害莫洛伊教授的罪名硬是把他保护起来，可也就只有他一个，这令我们感到羞耻。起码，我们是希望能防止马尔巴拉教授被杀的。"

总是自信满满、游刃有余的穆里埃先生说道，此刻他的表情上也蒙上了一层阴云。

"这也是无可奈何的，穆里埃君。马尔巴拉君很怕他们，但又实在舍不得新奇的科学知识，所以拒不接受警方的保护，一直潜伏着生活。"

奇奇纳博士安慰道。

"他是被报纸上的广告叫去那个地方的，尤金也要赶去那里吧？"

听到我的问题，穆里埃先生和尤金同时点头。

"我提前问过马尔巴拉教授和另外几位学者的名字。"

尤金说道。随后穆里埃先生接过话来继续说了下去：

"之后，尽管马尔巴拉教授被杀，但皇太子那样身份高贵，而且怎么想都没必要作伪证的人物却说出了如下的证言'碰巧就在那条玻璃回廊的转角处附近，那个物体飞了过去，是沿着那个转角的弧度飞过去的'。如此一来，事件便如我当时所说，原本转弯的回廊因空间扭曲而变得笔直，所以从原本是死角的地方射出的刀刃能命中死者——我也只能这么推理。"

"那个，关于这件事啊，"我还是忍不住举起了手，"确实，基于殿下的证言，只能那样去思考，但不是很奇怪吗？"

"哦？怎么说？"

穆里埃先生看起来很是愉快，向我提问。

"嗯……假设回廊中的空间被扭曲后，转角变得笔直，那么从外部看来，按说也不存在弧度啊。因为回廊本身及其内部在视觉上都会变成直线型，不可能看见凶器以弧形的路线飞过来。"

"啊，原来如此！"

戴亚斯警部大声嚷道。奇奇纳博士则微笑着说道：

"哦呵呵呵，原来是这样，没错。不过，小妹妹你认为那里究竟发生了什么？不，老人家我也不是没有任何假设，不过我对那种可能性没有确凿的把握。"

我慌了手脚，赶忙说道：

"不，我……博士您都不清楚的事情，我怎么可能了解呀！但是，是他的话——"

我慢慢回头，视线所及自然是尤金。

他瞬间露出了"呃？要我来说吗？"的为难表情。穆里埃先生也对他投去了期待的目光，他无奈之下只得缓缓开口：

"是这样的……玻璃回廊上一路都安装有用于调节温度的金属管

道，它们一圈一圈盘旋在廊上，呈线圈状，我估计就是在那管道（相当于线圈）上通了高压电流。为此，他们首先需要使用'condenser'⑥——当然，它并不适用于蒸汽设备，而是蓄电用的装置。然后，他们会在'线圈'里找出合适的位置，在那里放上作为凶器的铁制品，并将提前蓄好的电一口气释放出来，再于下一瞬间切断电源。如此一来会发生什么呢？第一，由于管道之中有强电流通过，由此产生的电磁力会把凶器沿着'线圈'的中心轴高速推飞出去。

"接下来就是重点，也就是电源在下一瞬即被切断了。因为只要电流还在继续往前跑，那么在这整个'线圈'的出口附近，便会产生朝向反方向回拉的力，凶器也会受到此力而静止在'线圈'中。然而由于此时电源已被彻底切断，按照惯性定律，它便继续往前飞，直朝被害人那边飞去了——我想大概就是这么回事。

"其实，被害人要是再往里走些，离通了电的管道再近些，可能都不一定要彻底切断电源；而若是想通过进一步提高凶器的速度来提升其杀伤力，只要把金属管道划分成若干段，当凶器依次飞过每一段时，反复通电断电、通电断电，（令推力再叠加惯性作用，）即可快速地实现加速。"

"哦，原来是这么个道理……"

所有的人，就连奇奇纳博士在内，看起来都非常激动。

"这些知识与技术的成果，我们今后该如何接受，以及是否接受？如果不知道它们的存在倒也罢了，而今既然已有所了解，那么如何处理

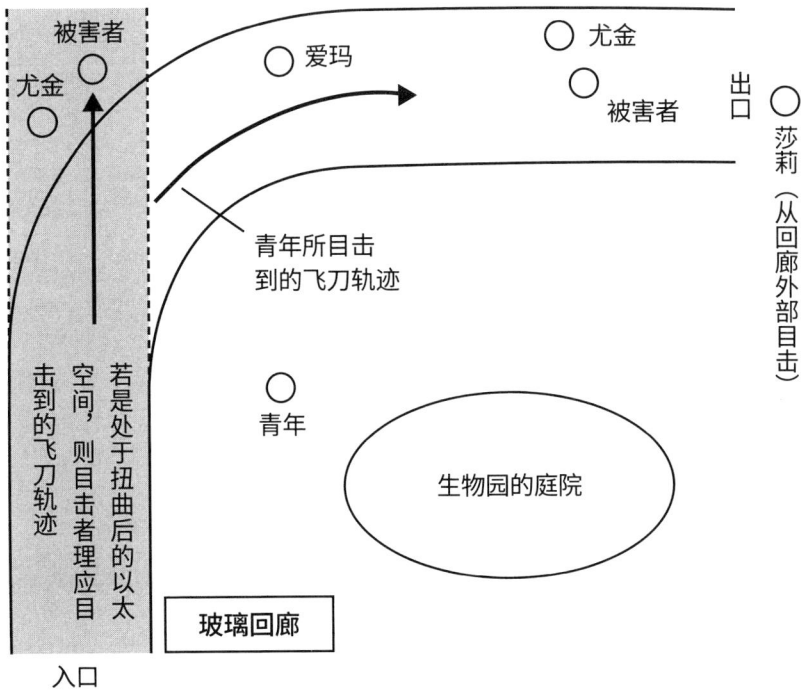

被害者

尤金

爱玛

尤金

被害者

出口

莎莉（从回廊外部目击）

青年所目击到的飞刀轨迹

青年

生物园的庭院

玻璃回廊

入口

若是处于扭曲后的以太空间，则目击者理应目击到的飞刀轨迹便成了难题。"

名侦探巴尔萨克·穆里埃抱着胳膊，若有所思地说道：

"我作为一名'侦探'，对此次的案子还是有些想法的，那就是正因为我们对'电'一无所知，所以才会被那些'不可能杀人事件'给搅得苦不堪言，可是对于熟知其存在的对称地球人来说，很容易就能解开谜题吧？如果可以，那我想问问你——你发现真相了吗？"

场面一度陷入沉默，或许是为了打破这种气氛，有人举起了手。

"我说啊……"

提问者是我的父亲猛虎·哈特里。他忸忸怩怩地搓着手里的船长帽，说道：

"我也有个问题想请教穆里埃先生，可以吧？"

"是的，请讲。"

"我们家爱玛啊，不管怎么说已经碰上了这种事，遇到危险也是没办法的。但是不是可以让她结束侦探实习回家了呢？"

"为什么？"

为什么要在这种时候说这种话。我忍不住叫出来，却被尤金伸手制止了。

"说得也是呢，那就现在结束好了。"

穆里埃先生干脆地回答。

"啊！"

我当场哑然，同时心里早有预期。无论如何，穆里埃先生曾经把我丢下了，事情大概会按这条路线发展下去。

"这样吗？"

父亲看起来可开心了。穆里埃先生也点头道：

"就是这样。无论如何，这些事件都只与尤金君本人有关，而且他自己也希望参与调查，也就罢了。可我明明是为了安全起见才命令爱玛留在所里的，最后却导致了这样糟糕的结果，要是仍视她为见习生，放在一边未免不负责任。所以今后，我会正式邀请爱玛君担任我的助手，和尤金君一起。"

"咦？"

我惊讶地环顾四周。我的父亲已然完全愣住，几欲晕倒。莎莉对我眨眼示意，苦笑着说道"不是挺好吗"。戴亚斯警部大为惊讶。还有"呵呵"笑着、兴致盎然的奇奇纳博士。

以及，尤金，尤金他——

（他这是什么反应？）

我忍不住内心暗暗念叨。

（他不是可以像这样笑出来的嘛！而且还很有魅力！）

3

月光皎洁，天海一色，只有空中的飞船与水中的航船迅猛前行。然而，目的地却与此前相反，都在往各自的祖国返航，因此行进的方向并不统一。

"极光号"也是其中一艘。我和尤金一道站在甲板上，吹着海风，凝视着银鳞般层层泛着光泽的海面，仅此而已。而我们的上方是一片夜空，密密镶满了宛如宝石般的星辰。

来时我还是个偷渡客，避人耳目地躲在一间屋内，没有机会与他闲聊，所以像当下这般与他共处，对我来说还是头一回。说起来，虽然我也乘坐过父亲的船，可现在这样的旅行似乎还是第一次吧——

不，目前还有一个更重要的'首次经历'。尤金终于缓缓地向我打开心扉，起初还只是露出很狭窄的缝隙，可他开始说起自己的事情了。

"我们的世界——就是你们称之为'对称地球'的世界毁灭时，我和家人分开了，只顾着四处逃跑，只有我和另一个女孩子哦。

"周围的一切全都疯了，保护她真的很难。当整个世界都陷入天寒地冻时，暴风雪刮得很猛，与科学家们所宣称的恰恰相反，我们的地球正因急速寒冷化而面临死亡。一小片面包都弥足珍贵，而一根火柴大小的小火苗就更贵重了，我们每天都拼着命活下去，但也有幸福的时候……

"期间，我们听到了一种说法，称有冒着烟的宇宙飞船从别的星球过来救我们了。我拉着她的手，赶到那些船抵达的地方。那是一片废墟中的一个空地，已经有数万人聚集在那里，挤得满满的，大家都亢奋得好像脑浆沸腾一样……

"前来救助我们的人来自你们的世界，他们冷静地向我们打了招呼，并且做出承诺，即使本次有人搭乘不上，下次也一定会接大家过去。然而结果却引发了恐慌……群众接连袭击虐杀了他们，宇宙飞船——你们称之为宇航蒸汽飞船也被暴徒们如怒涛般地涌入了。

"接着轮番发生了大爆炸，大家乘上飞船，想要发动它们却乱来一通，导致数不清的人伴随火柱一起窜到天上，随后很快就被埋入冰雪之中。

"在这之中，人潮涌向仅存的飞船，我们也被卷了进去。我一边掩护着她一边拼命跑，可是……恐慌之中，我放开了你的手……"

"我的手？"

我之所以会这样反问他，当然是对他的话感到意外，可是在我脑海深处，却也有种意料之中的感觉。

"不，抱歉……不是你，是一个跟你很像的女孩子。然后……"

他有些慌乱地纠正了，我们便把话题继续下去。

"那女孩是不是与我同名？"

尤金一下子瞪大了眼睛。很快，视线又低低垂了下去。

"啊…是的。她也叫这个名字……不过写法和你有些不同。她是我的同班同学……也是我的恋人。总之，我放开了她的手，虽然急着往回找，但却被人潮给冲走了。之后，我被不由分说地推上了一艘飞船，虽然自己也知道这不现实，但只能祈祷着她被别的飞船救走。然而不久后，我就得知剩下的人全都死了……

"飞船内也与船外一样，不，是比船外更可怕的地狱，能勉强起飞已经算得上奇迹。之后，在离地球还很远的时候，我听到了非常可怕的话题——只是杀害救我们的人们，抢夺他们的飞船还不够，还要入侵我们眼中的'对称地球'，用自己那'更优秀、更进步'的科学技术征服它。而且那先行一步的家伙们已开始着手推进计划。

"事实上已经有人在两个地球之间往返了。我们乘坐的飞船因此才能混在里头。他们还煽动大家说，反正就算去了另一个世界，外来人员也只会被当成奴隶使唤的。既然如此，那就干一票大的，让他们大吃一惊……"

"为什么说外来人员会被当成奴隶？"

我心想着他话里的问题，不小心就打断他的话，提出问题，尤金却摇了摇头。

"谁知道呢……大概是如果自己处在相反立场上就会这么做吧。顺便说句，在你们的世界中讴歌独立与自由的国家和民族——比如南北美大陆，你要是有兴趣的话，我可以告诉你它们在我们的历史上做了什么。"

"嗯，以后有机会听你说。"

我回答完，看向他的表情，心想刚才不问他就好了。

"他们，那时候抓住的鸡皮肤男人也包括在内，高调宣扬着自己的主张，夸口说要在短时间内征服并支配那些不懂电、不懂内燃机，更别说原子力学的野蛮蠢材。这些言行还大受褒扬，也难怪让人厌恶。"

尤金继续说着，话里夹杂着我闻所未闻的词汇。

357

"那些得意忘形的家伙们叫嚣着是为了尚未实现的理想做的。我对他们的话感到愤慨，可却不知如何阻止，被无力感折磨着。然而，我还没有做出任何行动，就在偷听时被发现了，更糟糕的是，有人举报我在骚乱中曾试图阻止别人杀害飞船上的乘务人员，我当场就被宣判为背叛者，也因此理所当然地要接受处罚。于是，他们把我塞进那个胶囊，里面只有最低限度维持生命的装置，随后我就被扔到了宇宙中……"

"凭什么，好残忍……"

我不自觉就词穷了。尤金却带着些微的苦笑说：

"是啊……这就是我的世界的做法。爱玛，说真的，与那个世界的恋人永别之后，我已经觉得什么都无所谓了。完全不觉得死亡恐怖，只是觉得活着很麻烦……幸好我已经记不清那段时间有多久，只记得我无数次都被按下某个按钮的冲动驱使着。"

"那个按钮莫非是——"

我想起了那时的事，开口问道。

"是的，就是那个从胶囊内侧打开它的按钮。他们怀着恶意把选择的机会留给我，我在胶囊中其实是动弹不得的，只能在令人绝望的孤独中忍饥受渴，随后窒息，在痛苦中步向死亡，或是选择将自己放逐到彻底黑暗、绝对零度的真空宇宙之中。

"可是奇迹般的幸运降临，我被你父亲和奇奇纳博士乘坐的'极光号'所救，关于那次航行你早就知道吧？"

"嗯，隐约知道，"我答道，"是奇奇纳博士察觉到对称地球那里出了大事，就去找政府谈判，又借了法尼荷基金的名头，自己主动以平民身份统帅'极光号'出发的——大概就是这么回事。"

"没错，但另一方面，我好不容易得到了博士他们的帮助，却没有走出胶囊的打算。我不想去了解他们是怎样的人，怀揣着怎样的目的，也不希望多加争论。以及最重要的是，我对进入没有她的世界感到畏惧，所以一直都没法按下按钮。直到你进入那间房间。"

"咦，这么说……"

我情不自禁屏住了呼吸，只见尤金用力点了点头。

"是的……因为胶囊外有你在。我当然知道不可能是她，这应该只是个梦，胶囊外的一定是别的人。可是，果然还是忍不住按下了按钮啊……"

"是这样的吗？"

我嘟哝了一句，算是回应。尤金曾经说过的话又在我脑海中回响。

——但首先你得告诉我，爱玛，你是谁？为什么在这里？

"不过，说到底只是如双子星一般的两颗地球，这些都只是偶然的恶作剧啊，我和你熟识的她不是同一个人，我代替不了她。"

"这……我也明白。"

尤金突然用力说道。

不知为何，我想要岔开话题。

"然后，你有幸在穆里埃先生的侦探事务所安顿下来，并且打算追查你们地球上的那群人的阴谋吗。当然，穆里埃先生也有他的计划……

可是，跑到一个完全未知的世界，还想孤身一人去面对所有的挑战，真是让人难以置信的勇气啊。"

"不是的，也不尽是……"

尤金摇了摇头，随后一笑：

"你听那群人瞎说呢。有这样相似的星球存在，而且保留着我们星球上十九世纪末的文明，还有了进一步的发展，这番光景可是让我大吃一惊啊。当然，冲击力最大的还是有人跟她那么相似，甚至名字都一模一样。第二吃惊的还是——你们居然都在说日语！"

我一瞬间呆住了，随后说道：

"因为……我们是日本人啊，住在日本的首都，使用平假名、片假名和汉字⑦——侦探事务所的门上也写了'穆里埃侦探事务所'吧？这有什么不可思议的？"

我还当他突然要说什么。我们首都的港口、大学都是为颂扬我国引以为傲的伟人伦敦先生的功绩，严格说来先生姓伦名敦，而以他命名的。看来对称地球上没有与他相对应的人物，不过他确实是一名日本人。我们效仿伦敦市的"水晶宫"，在有别于英格兰的地球另一侧的我国建造了"新水晶宫"，里面有大英生物园。还有我们最初那起案件的发生地"牛津·剑桥酒店"，这些似乎都是使用了创设者的名字。

首先，至今为止的故事不全都是以日语来讲述的吗？到底谁以为这是英语？我将自己的体验汇总成这一本书，文章是用日语写的，故事的舞台是在日本，登场的几乎只有日本人，居然还有读者没有意识到这

360

一点吗？

"不是，我的意思是……姓名，你们全都用的片假名，总觉得哪里不对劲……就是这样。"

尤金越说我越迷糊。顺便补充一下，方才举例的"伦敦"、"牛津"等先人的名字虽然是写作汉字，但随着国家开放、文明的发展，现在一般都是以"名字－姓氏"的顺序，用片假名来书写。

"那么，你那位恋人的名字是怎么写的？来，就在这里写出来看看。"

我带着一丝坏心眼，把纸笔塞给了尤金。它们虽是侦探必需品，但却不太有机会出场。尤金不知为何有些磨蹭。

"嗯，她的名字是羽鸟惠麻⑧——你看，汉字是这样写的，连姓氏的读音都跟你很像。在我的概念里，总觉得爱玛·哈特里像是外国人的名字，写成这样——Emma Hartley。"

这是我第一次看到自己的名字被写成汉字，盯着"羽鸟惠麻"猛看。

"诶嘿，那么我父亲——猛虎·哈特里呢？"

"羽鸟大河⑨——英语名应该就叫作 Tiger。"

尤金手握钢笔答道。

"总觉得很帅呀，那莎莉，莎莉·法尼荷呢？这个有点难了吧？"

"其实，那个世界的'爱玛'也有一个这样的朋友，叫作'埴保沙里⑩'——"

那个"莎莉"也已经去世了吗？我瞬间想到了这个问题。也许是察觉到我的心情，尤金急忙运笔说道：

"如果是外国人的名字，就是 Sally Ferneyhough 吧。她的父亲雷恩先生是 Lean——不，是'莲'⑪。在这艘船上很照顾我的路易大叔在我心里大概是 Luigi 这样的发音，配上汉字是'至二'。接着还有奇奇纳博士，不是 Kitchener，而是'吉名'这样的汉字。"

这时，我总算是明白他想表达的事了。

——按这个节奏，跟 Ben Crouch 这个外国人名相似的本·克劳奇记者写作"仓内勉"⑫，会被理解为姓 Dyas 的戴亚斯警部是"大安"，吉恩·莫洛伊教授叫作"诸井甚"而非 Jean Molloy，雨果·西蒙博士是"西门佑吾"，不叫 Ugo Simon。

乔治·马克西拉先生，不是 George McHiller，而是"幕平让治"。马蒂亚斯·托利马工学学士不是 Matias Trimmer，而是"鸟间待康"。还有，马尔巴拉教授在报纸广告里被简称为'O教授'，但并不是 Marlborough，而是"丸原"……这些大概也都是双胞胎地球才有的笑点。

唯一不太明白的是那位名侦探——巴尔萨克·穆里埃的名字。对此，尤金似乎也觉得很难对上谁。不过他说若是把"巴尔"看作"春"，再去匹配其他读音，记得日本以前倒是有个侦探的名字还算接近……但唯一可以肯定的是那位侦探并不是穆里埃先生那般英俊潇洒的绅士。

"森、江、春、策"⑬——我对着这组没什么特殊涵义的文字看了一会，随后非常突然地问道：

"还有，你呢？"

尤金正欲开口，便先动笔写下 Eugene，又随即写下两个汉字，它们好像具有不可思议的吸引力。

"我叫作雄人[14]，你呢？"

他直视着我，问道。

"我叫作爱玛，爱玛·哈特里。"

我清晰地回答。我坚信自己绝不是羽鸟惠麻，而且也该把这个想法明确地传达给了对方。

突然，我感到有一只温暖的手覆上了我的手，然后，肩膀和肩膀相互触碰，接着……

我抬头，望见猎户座的三颗明星正在满天的星斗中闪耀生辉。雄人也在望着这些将夜空装点得美不胜收的星辰吧，我一下子冒出了这种想法。正在这时，尤金小声说着：

"在这里，猎户座是夏天的星座呀。"

我一瞬间没能领会他话里的意思，不过还是很在意他的语气，便问向他：

"对了，对称地球是在黄道十二宫的另一侧，地轴的倾斜方向也和我们相反呀。但为什么突然说这个？"

"不……就是觉得包括这些在内，我一定要适应起来。"

"是吗？"

不知为何，我似乎不想再追问下去，只是两个人一起眺望着星空。

因为这个缘故，我下意识变得有些呆呆的，都没有注意到背后有一个小小的人影在不知不觉地逼近，更别提来者已经是怒火熊熊，就差一声嘶吼了……

被不得了的气势所迫，我回头一看，来人的背后还有以穆里埃先生为首的一排人，包括我的父亲猛虎船长、奇奇纳博士、戴亚斯警部、路易大叔等等，所有人都一脸惊讶，或微笑，或苦笑。

而其中只有一个人，明显带着不同于他人的情绪，整张脸都涨得通红——是莎莉·法尼荷。她的嗓门直接传到了地平线。

"爱玛！爱玛·哈特里！你在这种地方干什么？啊！真是的！真是的！你！你们！"

"生气包莎莉"的吼声只有今夜是令人喜悦的，要说理由，当然是因为它强而有力地证明了我是爱玛·哈特里，而不是除我以外的任何人。而这一点，一定清楚无误地传达给了尤金／雄人……

译者注

① "鸭子步"是一种行走步法，双腿蹲下，一只腿由侧面展开，迅速滑到正前方，然后另外一只腿由后方滑到正前方一直重复，有很好的锻炼效果，也能应用在实战中。

② "尼亚加拉瀑布"（Niagara Falls）位于加拿大安大略省和美国纽约州的交界处，瀑布源头为尼亚加拉河，主瀑布位于加拿大境内，亦是该瀑布的最佳观赏地；而这位"同行前辈"是柯南·道尔笔下的名侦探夏洛克·福尔摩斯，"一个逻辑学家能凭一滴水推测出大西洋或尼亚加拉瀑布的存在"是他的名言，比喻的是要懂得见微知著，善于联想和推理。

③ "流体"是能流动的物质，受任何微小剪切力的作用都会连续变形，是液体和气体的总称。

④ "风扇"相当于我们一般说的电扇，但由于主人公等人所在的世界没有电，因此避免称之为"电扇"。

⑤ "家蒸产品"相当于我们的"家电产品"，是作者为了符合本书背景而造的词汇。

⑥ "condenser"可以指两种装置，读音相同，但功能与适用范围不同。在蒸汽设备上使用时，译作"冷凝器"，在用于蓄电时则译作"电容器"。

⑦ "平假名、片假名和汉字"都是现代日语的组成部分，平假名和片假名是日语中表示读音的文字，其中平假名大多从中国的草书演化而来，片假名则多用于标注英语等外来词的读音，汉字曾由我国传至日本，也随着时间的

流逝而逐渐演化出了日本的读音，与汉字本身的读音有所不同。此作品中人物姓名基本都以片假名书写，会给人主观上造成他们都不是日本人的印象。

⑧ "羽鸟惠麻"读作 hatori ema，"爱玛"的全名读作 ema hatori。发音基本一样。

⑨ "羽鸟大河"读作 hatori taiga，爱玛父亲的全名读作 taiga hatori，发音基本一样。

⑩ "埴保沙里"读作 haniho sari，"莎莉"的全名读作 sari faniho，发音基本一样。

⑪ "莲"读作 ren，莎莉父亲的名字读作"ren"，"垒二"读作 ruiji，"路易"读作 ruiji，"吉名"读作 kichina，"奇奇纳"读作 kicchina。

⑫ "仓内勉"读作 kurauchi ben，"本·克劳奇"读作 ben kurauchi；"大安"读作 daiyasu，"戴亚斯"读作 daiasu；"诸井甚"读作 moroijin，"吉恩·莫洛伊"读作 jinmoroi；"西门佑吾"读作 saimon yugo，"雨果·西蒙"读作 "ugo saimon"；"幕平让治"读作 "makuhira joji"，"乔治·马克西拉"读作 joji makkuhira；"鸟间待康"读作 torima machiyasu，"马蒂亚斯·托利马"读作 machiasu torima；"O"读作"maru"，"丸原"读作 marubara，"马尔巴拉"读作 marubara。以上的英文名字与罗马音名字的发音基本一样。

⑬ "森江春策"读作 morie harusaku，"巴尔萨克·穆里埃"读作 baruzakku,murie，发音相近。"森江春策"是本书作者芦边拓笔下的名侦探，外貌平平无奇、气质朴素，不像本作的"穆里埃先生"是美男子。

⑭ "雄人"与"尤金"发音基本一样。

后记

——献给考据爱好者们的笔记

蒸汽朋克！[①]发明与发现接连不断地涌现，科学领域尚充满着光明与奇思，地球上仍残留着未知的领域，而且还经常能够幻想到那个神秘文明和恐龙横行的失落世界——这就是蒸汽设定的黄金时代。将其再做进一步改编，填满了也许并未实际存在但又很符合当时环境的小装置和机械，尽力打造出的充满活力而又波澜壮阔的故事。

喂喂，不是这样的哦，所谓"蒸汽朋克"其实是对二十世纪八十年代SF[②]新潮流——"赛博朋克"[③]进行戏仿的小玩笑，代表作有威廉·吉布森和布鲁斯·斯特林所著的《差分机》[④]，它的内容就与你所说的相去甚远，于是干脆无视那些"原本是如何如何"的声音整体去看。不知何时，蒸汽朋克已经从原有的小说、游戏、影像作品等发展、扩散到了时尚、饰物的领域。

《差分机》正如它的别名——"想象力疯狂卓绝的维多利亚时代幻想剧"所示一般，作为故事舞台与基础背景的世界观，其自身就散发着魅力，当时似乎正值"传奇故事"这一体裁的黄金时期。夏洛克·福尔摩斯、艾伦·夸特梅因[⑤]、鲁道夫·拉森狄尔[⑥]，甚至连德古拉伯爵[⑦]

367

都"存活"在那个年代。

而且最重要的是，那时还有大家熟悉的潜水艇"鹦鹉螺号"上的尼摩船长⑧、驾驶"信天翁号"的"征服者"罗比尔、用八十天环游地球一周的菲利斯·福克先生，把人当成炮弹射向月球的"大炮俱乐部"等儒勒·凡尔纳笔下的主人公们。尽管活跃在凡尔纳作品中的还有神秘的能源——"电"，然而他所想见的未来景象，搞不好就是发展出蒸汽朋克世界的前进轨道。

◇

本书《蒸汽歌剧》是我——芦边拓首次挑战"蒸汽朋克"题材，亦是曾经的 SF 少年出于对"早川 SF 系列"中，人称"金背"丛书的偏爱而向其报恩之作。

同时，我所写的作品中也有本格推理部分，那么就该起名叫"蒸汽朋克推理"故事——这样的话，它会成为怎样的故事呢？书中的少女爱玛·哈特里是宇航蒸汽飞船兼空中飞船船长的女儿，就读于技术学校，为人充满活力、好奇心旺盛。若各位能够喜爱并享受她和同伴们的冒险，那将是我的荣幸。

仔细想来，"蒸汽朋克"这个词汇诞生之前，按说属于这个词义范畴的故事便已经在传播。如果撇开"蒸汽设备"这一限制，比如说《疯狂大赛车》⑨（一九六五年）、《飞天万能车》（一九六八年）、《权贵幻觉》（一九七五年）这些从十九世纪开始到二十世纪初期间登上舞台的喜剧电影里就有珍奇精妙的机关设备大举出场，令人喜闻乐见。而凡尔纳原作的《海底两万里》（一九五四年）、《毁灭性的发明》（一九五八年）、《地心游记》（一九五九年）、《大地之王》（一九六一年）、《气球上的五星期》（一九六二年）、《月球旅行》（一九六七年，但在日本仅于电视上播出过，未上院线）等电影作品亦把源自作者梦想的发明们以更夸张厉害的形式予以视觉化。

这多么有趣呀！甚至在那部著名的歌舞片《窈窕淑女》⑩中，我所关注的还是语言学学者希金斯教授所使用的留声机及发音矫正装置等等。

唐泽俊一⑪先生原作，唐泽直树作画的日本本土蒸汽朋克伟大杰作《蒸汽王》（于一九九六年由"竹书房"⑫出版。此外，《唐泽商业协会的书述典藏》中还收录了其他版本）恐怕就是从那些作品中获得了与之相通的体验后创作出来的吧。其故事的舞台不在维多利亚时代的伦敦，而是转移到了明治时期⑬文明开化后的日本。而这部激烈的大作为大家准备了笑气铁塔、魂魄圆盘、大飞行船——蒸汽式凤凰号等道具，还有蒸汽王——田宫神风儿的活跃，我确信它在概念先行但未经实践的蒸汽朋克领域中亦属顶级杰作，并且暗中对它燃起了竞争意识。

本书就是基于此而构思并获得出版机会的一部作品。如果说，西部故事⑭就是马背上的歌剧，在宇宙舞台上展开的动作片就是太空歌剧，那么到我这部自然就该叫"蒸汽歌剧"了。

啊，有人会说比起以上的解说，就不能找更加简单易懂一点的例子来做类比吗？说得也是……嗯，直白点讲，那就是宫崎骏⑮导演的《天空之城》的推理版。本书充斥着不可能犯罪与密室诡计，兼具"本格推理精神"和"SF之魂"——就让我在此夸大其词一番吧！

◇

玩笑就开到这里。我观赏过上述所举故事，并逐渐在脑中酝酿了一个世界（我记得原本的设定是我在大学时期做的，但当时完全没有想过要把它弄成一个推理故事），虽然有了将其写成作品的机会，但我必须要把让我受到冲击的两部作品写出来。（算上方才提过的《蒸汽王》那就是三部）

其一是加勒特·P. 塞维斯⑯所著的《爱迪生征服火星》（一八九八年，未翻译出版，只有网络上的维基文库中有人正在翻译），在已故的野田昌宏⑰先生的名作《SF英雄群像》或《SF考古馆》中有介绍。它是作为 H. G. 威尔斯⑱所著的《星际战争》的续作而被创作出来的。如书名所写，爱迪生集结了上百艘自己发明的电气宇宙飞船，把分解光线炮集中起来抢先攻打了妄图再次侵略地球的火星——在这个故事中，除了爱迪生，还出现了开尔文和伦琴两位真实存在的科学家的大名。

《爱迪生征服火星》的前半本中最精彩的部分是全世界的元首们在纽约集合参与国际会议（并非只有欧洲列强参与，以明治天皇为首的亚洲势力也崛起了），野田大元帅的雄辩以及正确的归纳让人在读到这里时倍觉有趣，心头雀跃，忍不住继续往下读。

话虽如此，这本书现在也不是那么容易就能搞到手的，弄到了也不太容易读透，我便放弃了鼓动友人来帮忙的念头。这下子，"既然没法读，那我就自己写吧"的想法便产生了，于是就在这部《蒸汽歌剧》中，"列国代表大会"也同样是剧情的最高潮，十分精彩炫目。

另一部作品是我的旧识——小松左京®先生所著的中篇故事《线》。这部作品要聊起来就会降低阅读的乐趣，所以暂且不多说。但其中也构筑了一个既繁盛又闷热的世界（不管怎么说都只有蒸汽嘛），并用充满江户风情的描写支撑故事，而本书《蒸汽歌剧》也致敬了这部中篇作品，其中一项便是我的女主人公爱玛的行动对应了小松老师所描绘的小镇姑娘阿线。有兴趣的各位，还请来一探究竟。

◇

话说回来，本书《蒸汽歌剧》与之前提及的同行或前辈们的作品之间存在一个决定性的不同之处，也因此使得我在执笔过程中苦不停歇。

这个"不同之处"便是取代了电和内燃机的"发达的蒸汽设备及以太科学"的背景设定。首先第一要务还是解谜。可以说是出于本格推理的宿命吗？还是说作者的责任？难得有这么自由而愉快的舞台，我深入地思考着不能冒犯它。

基于这种想法，就算我写的是倾心已久的宇宙战斗或者太空歌剧，是否也会是同样的结果呢。尽管有些担心，不过反过来说，我将"蒸汽朋克写成本格推理"这一点贯彻到底了，所以最后的成果还是由读者们来判断吧。

在我写下如此奇怪的 SF 推理，或说是推理风格的 SF 作品之时。东京创元社编辑部的 F 小姐——古市怜子女士能够理解它，认为它还不赖，而且还在我做出"从爱玛的第一人称开始叙说故事"的决定后与我进行商谈（是在二零一零年的日本 SF 大会[⑳]上），我要对她继《绮想宫杀人事件》之后再次为我忙碌，向我提供助力而表示感谢。还有藤原女士，当本作在《Mysteries！》[㉑]上连载时，她给每一话的爱玛、尤金、莎莉他们都画上了可爱的肖像，还围绕着对异世界相关描写恰如其分地绘制插画，这次更是提供了漂亮的封面设计画，我也要借此机会向她表示深深的感谢。

然后，作为每次都会造出"连环推理""逆本格推理小说""浪漫冒险推理"等含义不明的分类的作者，这次搞出所谓的"蒸汽朋克推理"又会让推理与 SF 两类题材的书迷们都扭过头去不予理睬。然而面对这样的作品仍不吝购买的读者们，我也向你们致以衷心的谢意——愿蒸汽的力量与以太的荣耀和你们同在！

二〇一二年七月

芦边拓

文库版修订补记

其实我的作品全都是随心而写的，即使如此，本书《蒸汽歌剧》也是其中少数让我产生"可算是让我写了呀"的作品。

在愉快的连载期间，唯一令我挂心的就是来自 SF 和推理两个圈子的批评，不过这份不安最终也算是杞人忧天了。事实上，最早给予我评价的正是 SF 圈——这对于将此次专栏连载视作自身原点的我而言，是件很高兴的事了。

有幸在《本格推理 BEST10（2013）》中位列第九，《这本 SF 好想读（2013）》的"2012 年 SF 杂志读者投选最佳 SF 作品"栏目中入选前七，让我也颇为惊讶。虽然是蒸汽朋克推理的小众，而且又是充满作者个人兴趣的作品，但从实际反响来看，它也拥有普适性。现今还能够用这样崭新的形式传达自己的想法实在让人开心。

与初次刊载时相同，此次同样受到了责任编辑古市怜子女士和插画家藤原女士的关照。借此机会，我要向二位再次表示感谢。还有，要向各位读者们传达的是，请多多关照爱玛、尤金、莎莉他们，并尽情享受我所深爱的蒸汽与以太的乌托邦世界！

① "蒸汽朋克"（Steam Punk）是由"蒸汽"（steam）和"朋克"（punk）构成的合成词，其中"蒸汽"代表以蒸汽机作为动力的大型机械，蒸汽朋克的作品往往依靠某种假设的新技术，如通过新能源、新机械、新材料、新交通工具等方式，展现一个平行于19世纪西方世界的架空世界观，努力营造它的虚构和怀旧等特点，并且至今仍有其受众群体。此外它也成为了一种审美流派，在艺术、时尚、设计等领域散发魅力。

② "SF"即"科学幻想小说""科幻小说"（Science Fiction，简称"Sci-Fi"或"SF"）。"早川SF系列"是日本出版公司"早川书房"于1957年12月—1974年11月期间推出的共计318册的SF小说系列丛书，对SF小说在日本的普及起到了至关重要的作用。其中"金背"是指书脊为金色的一系列，另外还有"银背"丛书，同理，是书脊被印刷成银色的部分系列丛书。"金背"和"银背"的称呼其实都是读者们对相应丛书的爱称。

③ "赛博朋克"（Cyber Punk）是由"赛博"（cyber）和"朋克"（punk）构成的合成词，又称数字朋克、赛伯朋克等，是科幻作品的一个分支，以计算机或信息技术为主题，常有社会秩序受破坏的情节；而现在赛博朋克的情节通常围绕黑客、人工智能及大型企业之间的矛盾而展开，背景设在不远的将来的一个反乌托邦地球，而不是早期赛博朋克的外太空。

④ "《差分机》"（The Difference Engine）是1991年由美国作家威廉•吉布森（William Gibson）和美国作家布鲁斯•斯特林（Bruce Sterling）为纪念

英国数学家巴贝奇及其所设计的差分机所著的小说。巴贝奇在1819年设计"差分机"，并于1822年制造出可动模型。它能提高乘法速度和改进对数表等数字表的精确度，为现代计算机设计思想的发展奠定基础。

⑤　"艾伦·夸特梅因"（Allan Quatermain）是英国小说家亨利·赖德·哈格德（H.Rider Haggard）的幻想冒险小说系列主人公，同名小说于1887年出版，也是其名作《所罗门王的宝藏》（*King Solomon's Mines*）的续作。

⑥　"鲁道夫·拉森狄尔"（Rudolf Rassendyll）是英国小说家安东尼·霍普（Anthony Hope）笔下的一位英国探险家，登场于《曾达的囚徒》（*The Prisoner of Zenda*）。作者原为律师，后被封爵，他也是另一位著名作家、《柳林风声》（*The Wind in the Willows*）的作者肯尼斯·格雷厄姆（Kenneth Grahame）的表兄。

⑦　"德古拉伯爵"（Dracula），也有译作"德拉库拉""卓库勒"等，是出自英国（现爱尔兰）的小说家布拉姆·斯托克（Bram Stoker）的作品《德古拉》（*Dracula*）中的著名吸血鬼。原型取自于欧洲历史上著名人物、古代罗马尼亚名将（后被封为大公）的弗拉德三世采佩什（Vlad al III），相传他用残忍的穿刺手段处死了上千名奥斯曼帝国的土耳其人战俘，故得名"采佩什"（罗马尼亚语"穿刺"），又名"穿刺大公"。

⑧　"鹦鹉螺号的尼摩船长"出自《海底两万里》（*Twenty Thousand Leagues Under The Sea*）和《神秘岛》（*The Mysterious Island*）[这两部作品再加上《格兰特船长的儿女》（*In Search of the Castaways*）一起被称为"凡尔纳三部曲"]；"信天翁号的罗比尔"出自《征服者罗比尔》（*Robur the*

Conqueror）和《世界主宰者》（*The Master of the World*）；"八十天环游地球的菲利斯·福克先生"出自《八十天环游地球》（*Around the World In 80 Days*）；"大炮俱乐部"出自《从地球到月球》（*From the Earth to the Moon*）、《环绕月球》（*Around the Moon*），都是科幻之父巨匠凡尔纳的作品。

⑨ "《疯狂大赛车》"（*The Great Race*）、"《飞天万能车》"（*Chitty ChittyBang Bang*）、"《权贵幻觉》"（*Royal Flash*）都是有名的喜剧电影；电影《毁灭性的发明》（*A Deadly Invention*）原作是凡尔纳小说《迎着三色旗》（*Face au drapeau*），其中"毁灭性的发明"影射的便是原子武器；电影《地心游记》（*Journey to The Center of Earth*）原作是凡尔纳同名小说；电影《大地之王》（*Master of the World*）原作是凡尔纳小说《征服者罗比尔》和《世界主宰者》；电影《气球上的五星期》（*Five Weeks in a Balloon*）原作是凡尔纳小说《气球上的五星期》，也是其第一部长篇小说；电影《月球旅行》（*Those Fantastic Flying Fools*，又名 *Jules Verne's Rocket to the Moon*）原作是凡尔纳小说《从地球到月球》。

⑩ "《窈窕淑女》"（*My Fair Lady*）是华纳兄弟影业于 1964 年出品的歌舞片，由乔治·库克（George Cukor）执导，奥黛丽·赫本（Audrey Hepburn）、雷克斯·哈里森（Rex Harrison）、杰瑞米·布雷特（Jeremy Brett）等主演。该片改编自萧伯纳的戏剧剧作《卖花女》（*Pygmalion*），讲述下层阶级的卖花女被中产阶层语言学教授改造成优雅贵妇人的故事。值得一提的是，在《窈窕淑女》中还只是一名英俊青年的杰瑞米·布雷特在后来的演艺生涯中饰演了"福尔摩斯"，该版本亦堪称史上最为经典的福尔摩斯。

⑪　"唐泽俊一"（1958 年 5 月 22 日出生）是日本灵异事物评论家、专栏作家、广播主持人，活跃在电视与广播节目中，有一档名为《杂学之泉》的电视节目，以特殊的切入点、传播冷门小知识来获得支持率。执笔范围包括古书、漫画，覆盖面相当之广；"唐泽直树"（1961 年 10 月 21 日出生）是日本漫画家、同人作家，唐泽俊一的弟弟，两人曾共用"唐泽商业协会"的名义合著出书，漫画《蒸汽王》便是其中之一。

⑫　"竹书房"是日本有名的出版公司，创办于 1972 年 3 月。以创刊《近代麻将》闻名亚洲，以影视动漫策划、制作、发行以及书籍漫画出版等为主业，同时运营博物馆，还在日本与世界孔子协会共同举办过"孔子文化奖"。

⑬　"明治时期"是 1868 年日本明治天皇即位，将年号改为"明治"并将"江户"改名为"东京"起，一直到 1912 年明治天皇驾崩为止的四十五年间。在这一时期，日本接受了西方文明而发生了巨变，于上改变国家体制、启蒙自由思想、建立社会制度，于下大幅改变人民的生活习惯，因此明治时代可以说是日本全盘西化、迈向近现代国家的一个过程，但同时也保留日本和风，出现了"和洋折中"的生活风格。

⑭　"西部故事"指以美国开发西部地区为题材的故事，大量涉及马、牛仔、持枪格斗等元素，西部文学至今约有二百年历史，而著名的"西部片"也是在 20 世纪初开始流行，多取材自西部文学与民间传说。

⑮　"宫崎骏"（1941 年 1 月 5 日出生）是日本著名动画导演、编剧作家等，与好友及伙伴共同创立"吉卜力工作室"，代表作有《千与千寻》《天空之城》《风之谷》《幽灵公主》《龙猫》《萤火虫之墓》《哈尔的移动城堡》《悬

崖上的金鱼公主》《魔女宅急便》《红猪》等，也深为我国观众所熟悉与喜爱；

"《天空之城》"是宫崎骏任导演、吉卜力工作室制作的动画电影，1986年在日本上映，该片讲述的是主人公少女希达和少年巴鲁以及海盗、军队、穆斯卡等寻找天空之城"拉普达"的历险记。同时，电影主题曲《伴随着你》由宫崎骏好友、著名音乐家久石让作曲，是一首优美动听、为多国观众所熟悉和喜爱的名曲。

⑯ "加勒特•P. 塞维斯"（Garrett P. Serviss）是美国科幻小说家、天文科普作家，其作品《爱迪生征服火星》（*Edison's Conquest of Mars*）讲述了主人公利用自己发明的"电气球"挫败了火星人入侵地球的计划。

⑰ "野田昌宏"（1933年8月18日—2008年6月6日），日本小说家、SF作家、翻译家、宇宙开发评论家、制作人等。

⑱ "H. G. 威尔斯"（Herbert George Wells）是英国著名小说家、新闻记者、政治家、社会学家和历史学家，尤以科幻小说创作闻名于世，《星际战争》（*The War of The Worlds*）是其著名作品之一。故事发生在大英帝国建立了庞大殖民地、称霸世界的19世纪末期，火星人从天而降，在伦敦附近着陆，拉开了征服地球战争的序幕。此外，本作也被美国著名导演史蒂芬•斯皮尔伯格（Steven Spielberg）改变成同名电影，并于2005年上映。

⑲ "小松左京"（原名"小松实"，1931年1月28日—2011年7月26日），日本著名科幻小说家、随笔作家、采访记者、剧作家，号称"日本科幻界的推土机"，代表作有《日本沉没》、《日本阿帕奇族》等，与星新一、筒井康隆合称为日本科幻的"御三家"。

⑳　　"日本 SF 大会"是日本科幻爱好者的盛会。第一届于 1962 年 5 月在日本东京的目黑举行，大会上主要颁发奖项有"星云奖""黑暗星云奖""柴野拓美奖""最佳地球与海洋科幻奖"等。

㉑　　"《Mysteries！》"是日本出版社"东京创元社"旗下的双月刊推理杂志。

图书在版编目（CIP）数据

蒸汽歌剧 /（日）芦边拓著；邢利颉译.
-- 北京：台海出版社，2020.6
ISBN 978-7-5168-2586-0

Ⅰ.①蒸… Ⅱ.①芦…②邢… Ⅲ.①推理小说－日
本－现代 Ⅳ.① I313.45

中国版本图书馆 CIP 数据核字 (2020) 第 073386 号

版权合同登记号　图字：01-2020-1358

蒸汽歌剧

著　者：[日]芦边拓	译　者：邢利颉

出版人：蔡　旭	封面设计：Mystery_Factory[稚梦]
责任编辑：王　萍	

出版发行　台海出版社
地　　址：北京市东城区景山东街 20 号　　邮政编码：100009
电　　话：010-64041652（发行、邮购）
传　　真：010-84045799（总编室）
网　　址：www.taimeng.org.cn/thcbs/default.htm
E - mail：thcbs@126.com

经　　销：全国各地新华书店
印　　刷：嘉业印刷（天津）有限公司
本书如有破损、缺页、装订错误，请与本社联系调换

开　本：880 毫米 ×1230 毫米	1/32
字　数：248 千字	印　张：12.25
版　次：2020 年 6 月第 1 版	印　次：2020 年 6 月第 1 次印刷
书　号：ISBN 978-7-5168-2586-0	

定　　价：56.00 元